智者的自我修养

蒙田的生活哲学

[法] 蒙田 著 高兴 译

中国華僑出版社
北京

图书在版编目（CIP）数据

　　智者的自我修养：蒙田的生活哲学 /（法）蒙田著；高兴译．
—北京：中国华侨出版社，2019.10
　　ISBN 978-7-5113-7982-5

　　Ⅰ．①智… Ⅱ．①蒙… ②高… Ⅲ．①随笔—作品集—法国—中世纪
Ⅳ．① I565.63

　　中国版本图书馆 CIP 数据核字（2019）第 190339 号

智者的自我修养：蒙田的生活哲学

著　　　者：[法]蒙田
译　　　者：高　兴
责任编辑：刘晓燕
责任校对：孙　丽
经　　　销：新华书店
开　　　本：670 毫米 × 960 毫米　1/16 开　印张：15　字数：198 千字
印　　　刷：河北省三河市天润建兴印务有限公司
版　　　次：2020 年 2 月第 1 版
印　　　次：2024 年 2 月第 2 次印刷
书　　　号：ISBN 978-7-5113-7982-5
定　　　价：42.00 元

中国华侨出版社　北京市朝阳区西坝河东里 77 号楼底商 5 号　邮编：100028
发 行 部：（010）64443051　　　　传　　真：（010）64439708
网　　址：http://www.oveaschin.com　　E-mail：oveaschin@sina.com

如果发现印装质量问题、影响阅读，请与印刷厂联系调换。

译者序

俗话说：一样米养百样人。意思就是说，每个人即使身处的环境相同，面临的客观条件相同，但因为每个人拥有的知识和思想都不同，所以面对事情的态度也会有所不同。这就是我们常说的世界观。我们每天都会遇到形形色色的事，但不同的人对事物的态度会截然不同。为什么会出现这种情况呢？蒙田或许能告诉你答案。在他的作品中，你会发现原来人性是多种多样的，而且它会影响人们对事物的理解和判断。

蒙田通过对人性的分析和描写，让人们了解自身存在的问题：为什么人们遇事时而兴奋、时而紧张、时而恐惧、时而担忧，这些我们都能在本作品中找到答案。有的人能够很好地控制自己的情绪，因此能够保持理智，从而对事情作出正确的判断，让自己的损失减至最低。但有的人面对问题时总喜欢无限放大，最后让自己的双眼模糊，看不清事情的实质，从而作出错误的判断，这些都与人性有关。通过阅读蒙田的这部作品，你能够学会很好地控制自己的情感，因为它让你明白自己为什么会有这样的情绪，为什么会作出这样的判断，为什么没有看清眼前的事物，从而不断地修正自己的行为，控制自己的情感，让自己不断地进步。

蒙田还通过描写历史故事和自己的亲身经历来凸显人性，让人们既看到事情积极的一面，也看到消极的一面；让人们知道，每件事情都有两面性，至于得出的是积极的结果还是消极的结果，都取决于自己。在书中他引导人们要学会理性地分析问题，不要一味地让情绪控制自己的思维，否则极易失去自我，最后只能处于被动消极的状态中。

除了对人性进行分析刻画外，蒙田在作品中还对生活中某些常见的现象发表自己的见解。就像在"谈合时宜"这个篇章中，他建议人们要在适当的时候做适当的事，不要随便浪费光阴，否则一切都会变得没有意义。

这就是历经四百年洗礼的作品，是历久不衰，无论你读多少次都不会感到厌倦，甚至每次都能有所得益的书籍——《蒙田随笔集》。它已被编译成各种语言，在世界各地游历，无论走到哪里，它都是十分受人们欢迎和爱不释手的书籍。这不仅仅因为人们想要学习知识，更因为人们想被这部句句经典、字字精华的书洗涤自己的心灵，让自己的灵魂不断地提升到一个常人难以企及的高度。为了读者更好地理解蒙田的思想，本书《智者的自我修养：蒙田的生活哲学》与时代贴合，选入《蒙田随笔集》中的精华篇章，与读者共享精神的盛宴。

目录

上卷

第一章　谈异曲同工——不同方法可以收到同样效果 / 003

第二章　谈悲伤——痛苦可以把人变成石头 / 006

第三章　谈闲逸——闲逸只能分散人的精神 / 009

第四章　谈说谎者——欺骗比静默更加拒人门外 / 011

第五章　谈口才的缓急——各人说话各有不同分量 / 015

第六章　谈坚毅——不要在内心接受恐惧和痛苦 / 017

第七章　谈个人见解——祸福善恶取决于个人看法 / 020

第八章　谈恐惧——恐惧会掏走人心里的种种智慧 / 034

第九章　谈想象力——丰富的想象力可以创造奇迹 / 037

第十章　谈习惯——法律和习俗最不容易被改变 / 042

第十一章　谈学究气——最有学问不等于最有智慧 / 053

第十二章　谈轻信——凭一己判断力辨别真伪是愚蠢的 / 062

中卷

第一章　谈人的行为——变化无常是人行为的常见特征 / 069

第二章　谈饮酒——酗酒是一种懦弱和愚蠢的恶习 / 075

第三章　谈良心——人心将因自己的行为而充满希望或恐惧 / 080

第四章　谈精神奖励——荣誉是一种高于物质的特权 / 084

第五章　谈书籍——多读利用知识而非创立知识的书 / 087

第六章　谈残忍——让美德突破本性的弱点而成长 / 098

第七章　谈体验死亡——濒死时更能体现人的坚毅或懦弱 / 109

第八章　谈欲望——欲望因难以得到满足而愈加强烈 / 121

第九章　谈荣耀——不要让荣耀的影子走在人的前面 / 126

第十章　谈自命不凡——夸大自我价值的荣耀是草率的自恋 / 136

第十一章　谈纯粹——世上没有绝对纯粹的事情 / 152

第十二章　谈目的和方法——软弱促使我们用卑劣方法达成正当目的 / 155

第十三章　谈无病呻吟——无病装病只可能让你真的得病 / 158

第十四章　谈暴戾——怯弱是暴戾的根本源头 / 160

第十五章　谈合时宜——智者行善也会讲求时节 / 166

第十六章　谈勇气——勇气是坚定持久的而非冲动突发的 / 169

第十七章　谈愤怒——愤怒是一种自我满足自我膨胀的感情 / 172

第十八章　谈超群天才——源自智慧和理性的坚毅品质促人成功 / 175

下卷

第一章　谈功利与诚实——背信弃义永远招人嫌恶 / 181

第二章　谈后悔——悔恨是与罪孽紧紧相随的毒瘤 / 189

第三章　谈三种关系——最优秀的人是那些善于应变的人 / 196

第四章　谈移情分心——转移注意力是一种与人接近的好方式 / 202

第五章　谈沟通的艺术——训练思维最有效的办法是与人交谈 / 208

第六章　谈意志掌控力——克制不好自己就是将自己租给他人 / 222

上卷

第一章 谈异曲同工
——不同方法可以收到同样效果

如果一个人对你心怀怨恨，只要他找到报复的机会，他就会毫不手软地对你进行打击。对待这种人，最好的方法是对他百依百顺、委曲求全，以引发他对你的同情心。但有时，以其人之道还治其人之身，也可以让对方消除对你的怨恨。

统领我们国家的威尔士爱德华王子人格高尚，但也曾与利穆赞人结怨，为了发泄愤怒不惜主动攻击他们的城市，导致当时利穆赞的居民流离失所，甚至惨遭杀害。逃命的利穆赞人看到爱德华王子准备杀入利穆赞城时俯首哀求，但爱德华王子无动于衷。直至王子走进城里亲眼看到三个孤军奋战的利穆赞勇士，他们顽强抵抗、宁死不屈的精神打动了王子，让他十分敬佩，因而下令军队撤离利穆赞城，并释放了被拘禁的利穆赞人。

曾有一名军人被斯堪德培王子下了必杀令，面对王子的穷追猛打，军人索性拔出利剑打算与王子同归于尽，但出乎他意料的是王子竟然赦免了他，原来斯堪德培王子最敬重拥有非凡勇气、不怕牺牲的人。

巴伐利亚公爵与孔拉德三世国王有血海深仇，国王不惜大动干戈也要报复公爵，当顺利攻占公爵的城市后，面对苦苦求饶的公爵，国王也面不改色。后来国王同意让妇女出城，但有一个苛刻的条件：出城的妇女只能带走随身能带走的东西。结果，妇女们不卑不亢地背着自己的丈夫和孩子在国王身边走过，这当中当然包括公爵。国王被妇女们顽强的精神感动，决定停止战争，并将侵占的城堡归还给公爵。从此，国王十分敬重公爵及其家族。

我是一个心软的人，虽然顽强精神和百依百顺这两种方法我都十分赞同，但我更赞赏后者。不过百依百顺在斯多葛派中是一种不被接受的方法，他们赞同人们帮助有困难的人，但不赞同人们一同承担他们的困苦。

通过上述事例我们可以知道人是感性动物，同时也是一个矛盾体。就像孔拉德三世国王一样，他面对公爵的哀求不为所动，却屈服于妇女们的顽强精神。所以无论用哪一种方法，只有触动了心灵深处，这种方法才有效。比如对一个和蔼、心软的人，如果你在他面前谦恭一点，诚心地承认错误，那么就很容易得到他的原谅；而对于一个崇拜顽强精神、喜欢非凡勇气的人，那么请自尊自爱，大胆对抗他的话，很可能使他冰释前嫌而且尊重你。

另外，辩解和自傲同样是能取得常人理解和妥协的两种方法。贝落毕达斯和埃米农达斯曾是某个城市的领导人，他们专横跋扈、滥用职权，甚至任期期满还继续行使权力，致使该城漫天民愤，直至被送上法庭。因为铁证如山，贝落毕达斯不得不承认自己犯下的错误。为免牢狱之灾，他乞求法官和居民怜悯，并从各方面为自己辩解，最后被当庭释放；而埃米农达斯面对指控却无所畏惧，反而在庭上大胆承认自己暗中影响选举结果，并且傲慢地批评那些指责他的人，在庭上的人无一不佩服其勇气。

菲东是雷吉奥姆城的守城将领，面对德尼血腥的讨伐，菲东镇定自若，顽强奋战到底，导致德尼付出了沉重的讨伐代价，因此德尼对菲东恨之入骨。为了慢慢折磨菲东，德尼先杀害了菲东的家人，菲东知道后竟然面不改色，平静如常。德尼命令下属脱去菲东衣服，用皮鞭狠狠抽打菲东，谁知菲东意志十分坚定，并大声宣扬何谓爱国精神、何谓宁死不屈、何谓精忠报国、何谓舍己为人，同时还大声宣扬雷吉奥姆城不能落在暴君手里，否则雷吉奥姆人将过上严税苛政的日子……周围的人都被菲东的话语触动，包括德尼的下属。为避免当地百姓及下属倒戈相向，德尼暗中下令尽快解决菲东，以除后患。

然而，人毕竟是善变的、狡诈的、自私的，在某些情况下，这些方法不一定都会起作用，因此要灵活运用而不能一成不变。就像庞培由于被马墨提人激怒，就下令军队把所有的马墨提人杀掉，以此泄愤。但当居民泽侬勇敢地站出来承担责任，要求庞培赦免其他马墨提人的时候，庞培也折服于泽侬的非凡勇气，赦免了其他马墨提人。但在佩鲁贾城，希拉的主人用同样的方法为其他居民求情，却没有这样的幸运。

对战俘很宽宏大量比较出名的是亚历山大大帝。[1]亚历山大大帝是一位骁勇善战的君主，但攻打加沙城耗用了他大量的人力、物力和时间，造成这漫长战争的原因是守城者的实力与亚历山大大帝旗鼓相当，这位勇敢聪敏的守城者叫贝蒂斯。

当身负重伤、手无寸铁甚至最后只剩下自己孤军作战时，贝蒂斯仍凭着坚毅的意志奋战到底。亚历山大大帝被他这种宁死不屈的态度气得愤怒不已，下令捉拿贝蒂斯，并用各种惩罚战俘的工具折磨贝蒂斯。但贝蒂斯面对亚历山大大帝的严酷刑具仍面不改色心不跳，甚至露出嘲讽的表情。这使亚历山大大帝更加震怒并失去理智，命令部下加重刑罚，最后使用五马分尸的方法，致使贝蒂斯死无全尸。

难道亚历山大大帝就没有见过这样英勇的勇士吗？难道亚力山大大帝因为见惯这种视死如归的人所以没有恻隐之心吗？难道亚历山大大帝因为贝蒂斯比他还英勇大胆而忌妒吗？在我看来都不是，这一切都只是因为他的自尊心。亚历山大大帝攻城的时候，一直都有像贝蒂斯这样宁死不屈、视死如归的勇士，只要他们仅存一口气，就会拼死一搏，用尽自己的力量阻止亚历山大大帝的军队进城，以保卫自己的家园，避免城里的三万名老弱病残幼沦为战俘。面对守城勇士的顽强抵抗，攻占加沙城的艰辛可想而知，对于率领军队的亚历山大大帝来说可真谓压力山大。他需要一个释放压力的地方，而贝蒂斯的行为让亚历山大大帝的压力达到了顶点，因此最后只能沦为他的发泄对象了。

1　亚历山大大帝（前356—前323），马其顿的君主，是十分著名的军事家和政治家。

第二章 谈悲伤
——痛苦可以把人变成石头

悲伤是悲苦伤心的意思。人们普遍为悲伤披上华丽的外衣,认为悲伤是人们对外界事物怜悯、同情、爱心的主观表现。我个人认为不然,或许因为我很少受到这种情感的牵制,导致我比较反感人们对这种感觉的认定。意大利人把悲伤定义为让人讨厌、憎恨的事物。我比较认同这种观点,因为悲伤始终是一种消极的行为,直接影响人们对待事物的态度。因此,斯多葛派也不提倡门生有这种情绪。

传闻,波斯君主把埃及国王打败并使其成为战俘后,当埃及国王看到女儿穿着仆人的衣服去打水时,面不改色,心情平静,只是目不转睛地盯着地面。同被俘虏的那些人无不悲痛欲绝,心有不甘。过了一会儿,国王的儿子被拉到断头台,国王也没有表现出悲伤的情感,直至他看到俘虏队伍中有一名重臣时,他才再也控制不住自己的情绪,不停地拍打胸口,悲痛不已。

我们认识的一个亲王的故事与埃及国王的极为相似。这个亲王在听到作为家中顶梁柱的哥哥去世的消息后,不久又听到作为自己精神支柱的弟弟去世的消息。面对这两个突如其来的坏消息,亲王依然神色自若,非常镇定。几天之后,一个跟随他多年的下属的死讯反而令他痛苦不已,甚至自怨自艾,并痛捶自己的胸口,以至有人推断只是下属的死才触动亲王的心灵,让亲王极度悲伤痛苦。其实不然,只是因为亲王内心的悲伤已经被兄弟的逝世而填满,他努力地压抑着自己的情感,当听闻下属也离去的消息时，亲王自身已不能控制一直压抑着的情感，最后只能发泄出来。就像当时波斯君主问埃及国王为什么对亲属的刑罚表现平静而对重臣受刑却抱头痛哭一样，埃及国王说了这样一句话："能用眼泪表达的是重臣受刑罚，但亲属的刑罚不是单单用眼泪就可以表达的。"这句话是不是也表达了亲王当时的心情呢？

曾有一位古代画家利用各种艺术手段去表现每个人面对被判处死刑时的态度。画中是一个叫伊菲革涅的女孩走上断头台的画面，画家利用艺术手段把这个女孩父亲的脸遮起来，好像任何表情也不能表达他看着女儿死亡却无计可施的情感。同样，诗人们也通过想象把先后失去七个儿子和七个女儿的母亲尼奥柏变成石头。

因为悲伤她变成了石头。

——奥维德[1]

由此可见，经常听到人们因为悲痛的事情而怨天尤人、消极生活也是有道理的。悲伤是生活的一剂苦药，如果一味沉溺其中病情就会越来越重，最后病入骨髓，导致无药可救。因此面对悲伤还是应积极面对，或许很快就会药到病除。

费迪南国王曾做了一件让匈牙利国王和民众都十分悲愤的事情。他派人往匈牙利运送了一具军人尸体，民众只知道这个军人为国牺牲了，都不知道他的身份。身为将领的拉伊西亚克对这种事情司空见惯，因此主动前去确认这名英勇战士的身份。当他脱去该名军人的盔甲还没看清军人的样子时，周围的民众已经号啕大哭起来。他好奇地认真一看，突然身体僵硬，眼睛再也离不开这具尸体了，原来这名军人竟然是自己的亲儿子。就这样持续数秒，这位平时意志坚毅的将领再也经受不住这突如其来的打击，晕倒了。

能说出来的便不是真正的悲伤，可以客观描述的爱都不是浓烈的爱。如同恋人们经常这样表达自己对对方的爱：因为爱，我迷失了自己；因为

---

[1] 奥维德，古罗马著名诗人，代表诗篇有《变形记》《爱的艺术》和《爱情三论》等。

爱，我的视线跟随着你的身影；因为爱，我经常语齿不清；因为爱，我经常热血沸腾；因为爱，我的眼睛模糊不清。

当感情最为激烈的时候，恋人们经常会失去理智，致使不能准确地表达自己的情感，并且经常患得患失、疑虑重重，这种时而甜蜜时而忧虑的状态有时令他们身心疲惫。

如果处于热恋期的情人有一方的态度突然转变，就会使另一方感到十分失落，而且有可能惊慌失措，不知如何面对。

轻度的烦恼喋喋不休，真正的烦恼绝口不提。

——塞内克

突如其来的好消息同样会使我们乐极生悲。

有个罗马妇女得知从戛纳战败生还的儿子回来，兴奋过度而亡；塔尔瓦在科西嘉岛读着嘉奖书而幸福离世；莱昂十世教皇因为得知攻打米兰的必胜秘诀而喜出望外，导致发高烧死去，等等。

经历了人生历练，我已变得越来越迟钝了，对很多事情都能以平常心对待，很少有让我突然大喜大悲的事情。

第三章 谈闲逸
——闲逸只能分散人的精神

相信大家都见过杂草丛生的土地,这样的土地显然是非常肥沃的,为了将其开垦,为我们所用,就要改变这些土地的土质。一名妇女生了一个有缺陷的孩子,那么她肯定想要一个身体健康、四肢健全的孩子,这样的欲望就会促使她重新受孕。人都有这样的缺点:不喜欢被约束,甚至被强迫去专注某些事情,最终因为这个缺点而使自己终日无所事事,虚度光阴,最后甚至失去自我。

比如在一个铜盘里,波动的水面反映出阳光或者皓白的月光,光线四射,穿过空气,直抵富丽堂皇的穹顶。

——维吉尔

通过杂乱无章的反光,我们能看到多种多样的诡异乃至疯癫的形象。

他们制造种种离奇古怪的东西,就像病人的梦幻。

——贺拉斯[1]

---

1 贺拉斯,古罗马著名诗人,与奥维德、卡图卢斯和维吉尔齐名。

做人做事必须有一定的目的性，如果漫无目的地生活，最后只会虚度一生。

四海为家者实无家。

——马尔西亚勒

我不喜欢群居生活，如果有可能我会尽量避开人多的地方。清净的环境能使我慢慢思考，整理自己的思绪。我以为这样的生活能够使自己远离世间的纷扰，让自己的思想日益成熟，甚至能更沉着地应对生活的种种问题。不过，这样想的我错了，原来闲逸只会分散人的注意力，对思考问题毫无帮助。

但是，当你骑上一匹没有缰绳的马的时候，你会感到十分不安全，因为没有了缰绳对马的约束控制，会使你失去能骑好这匹马的自信。所以，让自己有目的地忙碌起来吧，这比闲逸地虚度一生要有意义得多。

第四章　谈说谎者
——欺骗比静默更加拒人门外

我的记忆力非常差,在这一关上可以说是世界冠军,而且能把亚军选手远远抛在后面。因为每一次我想要想起一件事情或是一些知识的时候,我都没有任何印象,甚至不知道自己究竟知不知道这件事或是这些知识,说起来自己也觉得不真实,因此我应该算是世界冠军了。

除了忍受记忆力差的缺点外,我还经常受到人们的指责。他们认为我只是用记忆力差来做借口,在他们看来,记忆力是与智慧相提并论的,当你没有记忆力时,他们就会认为你缺乏逻辑分析能力,即是一个比较愚钝的人。柏拉图说记忆力是崇高的思想精神,人们必须拥有它才算正常。但我就是特殊的一个,因此人们经常说我没有智慧。我想说,智慧和记忆力是不同的概念,不能混为一谈。如果我真这样向他们解析的话,情况只会使我更难堪。他们认为我只会到处游玩,喜欢与人沟通,除了这些事之外我再也没有其他能力了,甚至说我头脑有问题,指责我没有良心,经常忘记自己需要别人的帮助或答应帮别人忙却没有帮。我就这样无辜地听着他们对我情感上的指责,但我想辩驳,我虽然记忆力差,但对于答应帮别人的事我一定会帮,请不要随意诬蔑我的人格。

我有一个缺点,就是野心,但因为记忆力差,我经常能够避免使野心这个缺点暴露出来,以至别人以为我没有野心。不过对于一个从事公益性服务的人来说,记忆力差是一个很严重的缺点。另外,当一个人的记忆力较差时,他的其他能力会增强。如果我记忆力强我就会失去自我,因为这个社会有很多做人做事的条条框框，记忆力强就会促使我按照这些所谓的真理去处理事情，没有创新，使自己的思想停滞不前，最后丧失思考的能力。大家有没有发现，那些所谓记忆力好的人喜欢很详尽地描述一件事情，但都缺乏重点。我想说，如果你叙述一件事情的时候没有重点，无论你说得多详细、多好，听众都会觉得非常乏味，致使别人觉得不耐烦，甚至讨厌你。但对于正说得兴高采烈的人，你想阻止他继续说下去是很困难的，因为他们的大脑处于兴奋状态，说起事情来就像万马奔腾，想制止要有相当的力量才可以。在老年人中这种现象十分普遍，就是同一个事件他们喜欢对同一对象描述数次，是因为他记忆力好吗？我想不是，只是能说明他对自己描述的事情印象十分深刻，但对诉说对象十分模糊，导致同一事件对同一人物诉说多次也不觉厌烦。我在一个贵族家里就看到过这样的情景，一位老人说着一件十分有趣的事情，但在座的很多人都听得十分不专心，甚至有些人是明显不耐烦的，不是故事内容不生动有趣，只是因为都听过数百遍了。

或许因为我的记忆力差，所以重踏故土或者翻看已经看了不止一两次的书籍我仍感觉十分新鲜，很有吸引力。同样我发现记忆力差还有一个好处，就是容易忘记那些不友好的人们，使自己保持身心舒畅。大流士也是记忆力比较差的人，但他想记住雅典人对自己的羞辱，因此吩咐下属每次在吃饭时提醒他三次不要忘记雅典人。

如果你的记忆力不算很好，请尽量不要说谎，这是保持你获得赞誉的最好方法。因为我们的大脑对事情最初的真相是记得很牢固的，如果你一开始就动机不纯，想要捏造事实，那就需要对事情的真相进行加工，一开始你可能记得你是怎样添油加醋的，但时间一长又或者别人要求你重复叙述这件事情的时候，你很容易就会把事情描述得前后不一，以至别人对你失去信任。语法学家把"说假话"和"说谎"的意思区分得很清楚，"说假话"就是把虚无的事情说成真实的；"说谎"是贬义词，有动机不纯地改编真实的意思。说谎的后果在阿谀奉承的人身上得到很好的体现。有些人为了讨好那些有背景的人就会想尽办法说好话，以使这些有背景的人能够记住自己、帮助自己。也有些人为了能够顺利开展工作就会对不同的人说不同的话。这样做有一个很可怕的后果，就是当这些人聚在一起讨论自己了解到的事情的时候，难保不会谈论到你对他们说的事情，这样就会引起人们怀疑你说的话的真实性，从而得知你的真实面目，影响你在人们心中的形象，最后只会不信任你。

　　说谎是人们交往时最不喜欢的行为。语言是人们相互交流沟通的有效工具，但这种工具是一把双刃剑，运用不当就会使人厌恶，甚至也会使自己产生罪恶感。经常看到有些父母因为小事去教训孩子，并显得不耐烦，甚至动手打孩子。我个人认为说谎才是最应该阻止的，因为一旦说谎成为习惯，要想改变是很困难的，这是一个伴随人们一生的陋习。我认识的一个裁缝先生就有说谎的习惯，他明明知道说真话有好处他也不会说，一开口就是谎话。

　　人类的语言表达形式是多种多样的，但真相只有一个，通过不同的语言表达形式，就会离真相越来越远。因此，当一个人不知道真实情况的话，他就很难判断说话者所说内容的真实程度，这样也使他面临更大的威胁。

　　不过有时说谎只是为了保护自己，如果把真实情况说出来我们就会面临威胁的话，我们宁愿选择说谎。毕达哥拉斯学派的人认为真相是唯一的，但谎言是多种多样的，是难以区分的。

　　传说有一个神父宁愿把忠实聪敏的狗作为生活伙伴，也不喜欢和善于玩弄语言的人交往。因此，人们有这样一种说法，陌生人虽同为人，之于人却不是人。这或者是人们保护自己的一种方法吧。

　　弗朗索瓦一世国王经常津津乐道自己如何把米兰公爵的亲信法朗西斯克·塔韦尔关进大牢的事。事情是这样的：当时国王被赶出意大利，但他对公爵很有戒心，因此想安插一名亲信在公爵身边以助他能重返意大利。但国王知道公爵的疑心很重，选择的这名亲信一定要十分机智勇敢，行事小心谨慎，才不会引起公爵的注意。经过深思熟虑，国王认为亲信梅尔韦叶非常适合担任此职务。梅尔韦叶带着国王的密诏和特使任命书，为国王送了各种各样的推荐书给公爵身边的重臣，很长一段时间，公爵也没有发觉。至于梅尔韦叶为什么遭到杀害，史书上并没有记载。公爵想与国王的侄女、丹麦国王的女儿成婚，所以请来自己的亲信法朗西斯克到国王那里游说，希望国王原谅自己的鲁莽行为，并帮忙促成与丹麦公主的婚事。法朗西斯克从公爵那里了解了基本情况后，自信满满地来到国王面前打算把杀害梅尔韦叶的原因欺瞒过去。但这一切都在国王的掌握之中，国王不断地质疑法朗西斯克的话语，最后甚至质问公爵杀害梅尔韦叶的原因。这些都是法朗西斯克不能预料的，他并不知道国王早已洞悉一切，所以面对国王的质问不禁忐忑不安，但为了保全自己，不惜对什么时候杀害公爵最好向国王提出了杀害公爵的最好时机的建议。像法朗西斯克这种见风使舵的人国王当然会严加责难了，他对国王说谎的后果就更不言而喻了。

曾有一位效力于勒二世教皇的大使，也和法朗西斯克有类似的经历。当时教皇希望英国国王能帮助自己攻打实力强劲的法国国王，于是派了这名大使去说服英国国王。英国国王了解清楚大使拜访的原因后，就说了几个不帮忙攻打法国国王的原因，谁知这位大使竟然说自己也和教皇分析过这些问题，但教皇依然一意孤行，要求自己拜访。英国国王是一位疑心重的人，看到这位大使竟然和自己说这种话，不免对他起疑。经调查发现，这位大使更忠于法国国王，英国国王出于道义把这件事告诉了教皇，最后这位大使的所有财产都被没收，也差点被杀害。

第五章　谈口才的缓急
——各人说话各有不同分量

在生活中，我们经常会遇到这样两种人：一种人说话很慢、很谨慎，任何言语都要经过深思熟虑才会说出来；另一种人说话很快，头脑也很灵活，无论对方谈论什么，他们很快就思考清楚并脱口而出地参与话题。在这个时代要求以说话为职业比较吃香的算是教师和律师了。教师通过语言去传授知识，而律师则通过口才去帮客户进行陈辩，以维护客户的权益。我个人认为，说话前多加思考的人比较适合做教师，因为教师每次上课前都会备课，传授的知识都是有章可循，而且是连贯的，教师只要组织好语言就能使一门课程生动有趣，从而引起学道者学习的兴趣。而说话快、头脑灵活的人适合做律师，律师无论准备多充分也没有用，因为对方很多时候提出的问题都是意想不到的，这就需考验应变能力及行动力。

波瓦耶国王在律师界很有地位，而且经验丰富。有一次克雷芒教皇邀请波瓦耶国王在马赛会晤中负责致辞、演讲。参与这次会晤的大使来自世界各国，为了使会晤能成功举办，波瓦耶国王预先阅读了精心准备的演讲稿。但出乎波瓦耶国王意料的是，克雷芒教皇拒绝他演讲这份稿子，只因内容涉及了一些敏感话题。克雷芒教皇要求波瓦耶国王演讲一个大家都关心的时局话题。因为该话题与先前准备的资料一点联系也没有，而且时间又十分仓促，波瓦耶国王顿感惊慌失措，最后只能由红衣主教杜拜莱国王进行演讲。由此可见，波瓦耶国王虽为一名出色的律师，但应变能力及口才都极差。

抗辩比传授知识难，可是我认为专业的律师比专业的教师好找，至少在法国是这样。

塞弗路斯·加西尤斯是一个不喜欢条条框框的人，他善于根据当时当刻的情况获取信息从而进行令人亢奋的演讲。如果要求加西尤斯事前准备好演讲稿，会使他觉得十分不爽。因此，他的对手每次都会尽量避免激怒他，以免他的智慧突然迸发而出，从而使自己陷入困境。就像我们读一些名著的时候，人们往往喜欢评论作者的哪种表现手法高明，哪种表达方式毫无建树，但如果过分吹毛求疵，那阅读这个作品还有趣味吗？就像一些人计划做一件事情一样，在事前总是忧虑不知能不能做好、做了会对自己产生什么坏处等，这样会不会有点庸人自扰呢？

也有的人不像加西尤斯那样，需要外部环境的刺激才能激发他的能力并发挥得淋漓尽致，他们或许只需要一点点的提醒或温馨的提示就足以激发他们的潜能，然后完美地发挥自己的能力去完成任务。但如果没有外力的帮助，任由他们自己发展的话，那么他们就没有这些出色的表现了。因此，外部力量是其发挥能力的重要因素。

我的自制力很差，突如其来的事情更能使我精神百倍。朋友、环境、氛围，甚至我自己的声音，更能调动我积极的情绪，这是我查阅资料、参考文献都不能获得的。因此，如果可以选择的话，与写文章相比，我更愿意选择说话。

我很多时候会迷失自我，但突如其来的事情都会让我找回自己，并重新认识自己。比如我有时候写作会毫无头绪，不知道自己想表达的主题是什么，整天苦思冥想也毫无用处，最后只能陷入迷惘中，但突如其来的事情会让我突然眼前一亮，然后能夜以继日地写下去，根本不会感觉到累，这些都是令我感到非常吃惊的事情。

第六章　谈坚毅

——不要在内心接受恐惧和痛苦

坚毅是一种顽强精神，是一种宁死不屈的意志力，它能使陷入困境的人们免受苦难。因为一个拥有坚毅特质的人面对威胁时会十分果敢，想尽一切方法让自己走出困境，从而取得成功。人们十分赞赏、敬佩拥有这种特质的人，甚至称他们为英雄。因此，当我们面对困难时，不妨坚定自己的意志，采用一切能战胜困难的方法，使自己从困难中突围。

对于好战的民族，坚毅的特质显得尤为重要。其实很多人都害怕死亡，因此当战争真实发生时，他们都会条件反射地保护自己，以免自己战死沙场。保护自己最好的方法是远离敌人，但我个人认为这是一种逃避的方法，这不但不会使敌人感到害怕，相反，它能增强敌方的勇气，继而增大自己战败的可能性。苏格拉底曾嘲笑拉歇鼓励士兵面对敌人要勇往直前，他说："难道只要远离一点点也代表士兵胆怯吗？"然后举了荷马埃涅阿斯运用逃跑的战术取胜的事例。苏格拉底的话让拉歇茅塞顿开，于是根据战况不同使用不同的战略，如斯基泰人战略、乘胜追击战略等。斯巴达民众很了解勇往直前在战争中的重要性，因此，每次战争士兵们都士气高涨。在普拉德战役中，他们起先采用了很多方法都破不了波斯人的战阵，之后采用兵不厌诈的攻打战略：假装撤退，然后待敌人放松戒备后，杀敌人于措手不及，最后赢取了战争。

尹达梯尔塞斯是斯基泰的国王，面对大流士的攻打无动于衷，得知这个消息的百姓十分焦躁，纷纷责骂国王，说国王坐等大流士攻城。国王说：

"我不怕任何人来掠夺我的领土、我的粮食，如果大流士执意要攻打我们的话，就让他过来参观他祖先的墓地吧。"国王的此番话语是多么大气勇敢，这让百姓不得不折服于自己的君王。

在战争中，当成为敌人的攻打目标后一定要顽强地坚守自己的位置，不然随时有战败的可能。每个作战队伍都是一个团队，不能因为敌人凶猛就逃之夭夭、失守岗位。至少，当战争结束后也能向同僚炫耀自己的果敢，而不是一名懦夫，要成为他们学习的对象。

但很多时候我们看到别人想袭击自己，都会条件反射，不惜运用各种方式先去保护自己。噶斯特侯爵受查理五世的密令到阿尔城探察敌方的军情。噶斯特进城后非常小心，利用各种事物掩护自己，但都被纳瓦尔老爷和拉热乃总管发现。他们马上报告给维里埃老爷，这位老爷掌控着炮兵队，因此很快下令用轻型长炮射击噶斯特。噶斯特的反应也是非常快的，当他发现轻型炮的射击对象是自己时，在炮弹射出的一刻立即扑向右侧，这样才避开了炮弹的射击，否则估计都粉身碎骨了。于尔比诺公爵也发生过相似的事情，当时他带领军队包围维加利亚地区的要塞蒙多尔夫，当他看到城门有一枚大炮正瞄准射击他，他马上低下头，炮弹从他头上呼啸而过，十分惊险。公爵和噶斯特是因为在头脑中考虑过炮弹的方向才刻意避开的吗？我个人认为不可能，只能说是一种本能或者说明他们有点运气，命不该绝而已。如果下次再遇到这种情况的话，你认为他们能成功地再次避开吗？可能只有50%的机会而已。

在难以预料的地方，如果突然传来一声枪声，我的第一反应是身体僵直、浑身颤抖，就算平时比我勇敢的人也会有这样的反应。这说明面对突如其来的恐怖状况，每个人的反应都很相似。

斯多葛派[1]的学者认为人们面对突如其来的袭击或恐怖事件时，表情惊恐、寝食难安是正常的心理表现，只要他们保持坚毅不屈、顽强不屈的奋斗精神，最终就能摆脱困境。对一位智者来说，只要具备坚毅的意志，那么，心情忐忑只是暂时的，他们很快就会用自己的意志力去克服这些心理因素，

---

1 斯多葛派，塞浦路斯岛人芝诺在雅典创立的学派，又称斯多葛哲学学派，是公元前300年比较出名的学派，人们经常把它和伊壁鸠鲁学派相比较。

从而使自己面对困境或伤害都会十分果敢，直至影响他们处理事情的情绪。情绪经常影响人们的思维，从而影响人们的决定。

他的精神不屈不挠，他的眼泪白白流淌。

——维吉尔

逍遥学派的哲学家也会受到这些情绪影响，但他们运用坚毅的意志克服了这些不良的情绪。

第七章　谈个人见解
——祸福善恶取决于个人看法

古希腊有一句名言:"影响人们判断事物好坏的因素是人的世界观,并不是事物本身。"对于积极的人来说,无论事情如何糟糕,他都会乐观面对,变祸为福;但对于消极的人来说,无论事情多么美好,他仍会自卑地认为命运在作弄他,让他承受苦楚。但如果分析事情的本身,其实根本没有好坏之分,它是客观存在的,并非人为因素所能改变。既然这样,对事物好坏的判断就是人的主观意识去驱使定义的,也就是人们自身的选择。对于选择,是由人们自身的头脑思考确定的,不受任何外界因素的影响、威胁。所以我们在判断事物时不要一成不变,总觉得它威胁到我们,为它戴上可憎的面具。实际上,事物都是有两面性的,只要我们转变一下观念,就能看到事情积极的一面,从而改变自己的心情。所以不要抱怨命运了,抱怨自己吧,由于选择错误才让自己无法自拔,甚至不能控制自己的情绪,虚度光阴。下面我们来看一下上述观点是否正确。

其实我们害怕的事情是一样的,因为它是客观存在的,当它到来时不会特别优待谁,它对每个人都是公平的。但因为每个人的世界观不同,会影响对事物的判断,从而影响他们的决定及对待事物的态度。理智的人会接受事物的客观性,用平常心去对待。但在现实生活中有很多缺乏理智的人,他们定义了各种脱离事物本质的内容,从而误导了自己对事物的判断。

在生活中,人们最害怕的事情莫过于穷困、疾苦、死亡。悲观的人对死亡最恐惧,但乐观的人认为死亡是一种解脱,是生命的升华,是神的眷顾。

同为人，为什么会有两种截然相反的态度？这就在于人们的选择，智者认为生命是一个历险过程，只要认真修炼，那么面对死亡时就会泰然处之，但愚者认为生命就是遭遇各种困苦，甚至最后也不得善终，只能灰飞烟灭。

死亡啊，请你先走去勇敢坚毅的人身边吧，懦弱的人还不能承受啊。

——吕西安

面对利齐马克的威胁，代奥多尔毫不畏惧地说出这样的话："多谢上天的恩赐，派来这个勇敢的使者结束我的生命。"实际上，很多哲学家都会有意识地安排自己的死亡，甚至采用各种手段加快自己的死亡。

有很多人面对死亡都是抱着平常心的。你从他们身上看不出他们就要赶赴刑场，因为他们神色自若，做着平时在做的事情，说着平时会说的话。他们会唱歌、会跳舞、会和其他人谈论家长里短、会做孩子们喜欢吃的饼干，甚至和过路者开玩笑、打招呼，就像苏格拉底生前一样。

哲学家庇隆在一个下着狂风暴雨的天气乘船出海，周围的人都觉得他疯了，面对人们的议论，庇隆指着一只在这样的天气还出来觅食的猪说："猪都不惧怕风雨，何况人呢？"造物主给了人类思考的能力，然后发明制造各种工具去帮助自己解决问题。然而有些人跟其他动物没什么两样，面对困难不会转变观念，一直让消极的思绪萦绕在自己周围，导致把困难放大，到最后让自己饱受消极思想的折磨。但对于智者，他们会比较理性地面对问题、分析问题、解决问题，使自己遭受最少的损失去完成一件看似困难的事。正所谓，心态决定命运。

面对死亡，人们举出阿里斯迪普、依埃罗尼姆等大部分哲学家们面对疾病时的消极态度来对我的观点进行抨击。我想说，哲学家也是人，虽然他们比一般民众有智慧，但当面对困难时说出一些怨恨的话语是很正常的，就像哲学家尼奥斯一样。有一天庞培去探访尼奥斯，跟他一起谈论哲学，不料尼奥斯正患着病，十分痛苦。庞培深感抱歉，打算离开，但尼奥斯坚持说没关系，然后就一起探讨轻视困难的话题，虽然尼奥斯兴高采烈地谈论着话题，但身上不停地冒出冷汗，可以看出病情不轻。突然尼奥斯说出一句话："疼痛啊！多谢你让我饱受一次病痛的折磨，让我知道你的厉害啊!"有人会说,为什么尼奥斯不说疼痛是一种幸福,而要肯定它是厉害的啊?我个人认为,这正是尼奥斯面对疼痛积极的态度,至少他承认疼痛"厉害"的客观事实,这是比较正面的对待方式。

以上论述的文字不是我的主观想象,而是客观存在的事情,我只是运用拥有的知识去诠释它罢了。

如果感官不真实可信,那么理性也是一个骗子罢了。
——卢克莱修

当我们用皮鞭鞭打自己的手臂时,你觉得鞭子是在帮我们挠痒吗?当你用舌尖舔芦荟的时候,你会觉得自己在喝格拉弗的葡萄酒吗?庞隆的小猪面对死亡神色自若,但如果死之前用棍子打它,你会认为它不会反抗、四处找避难所吗?天地万物都是这样的,死亡稍纵即逝,还来不及思考就没有知觉了。疼痛是漫长的身体反应,因此人们很难分散注意力。这是世间万物都必须经历的事情,不是人的意志所能左右的。所以:

或者它已经过去,或者它即将来到,它本身没有及时性。
——拉博埃西

死亡制造的痛苦远不及等待死亡的痛苦。
——奥维德

我们之所以害怕死亡,并不是害怕死亡那一刻,而是害怕死亡前遭受的痛苦。动物和人都是一样的,惧怕死亡的威胁,最幸运的方式莫过于没有遭受威胁就已经死亡。

有一个无名氏说过:"如果说死亡是祸,那是因为死亡之后发生的事。"我想说得更确切一点,我们之所以惧怕死亡,是因为无法承受死亡的重量。因此我们应该理性地对待死亡,勇敢地面对死亡。不要因为这种人生必经的事情而感到不安,也不要为自己的惧怕寻找借口,只需要和它直面相对就可以了。这样我们才能意志坚韧,才能保持正常的心态去迎战生活中遇到的困难。

既然让我们痛苦的事情不涉及死亡，那么它就一点也不危险，只是让我们情感上感到痛苦罢了。对于这些事情，我们只要积极乐观面对，那么你会发现它就是那么一回事。所以遇到除了死亡以外的事情，只要我们摆正心态，认识事物的本质，就可以泰然处之了。就像穷苦，穷苦只是物质上的痛苦，我们只要努力，就很容易面对它。

　　我个人很怕跟病困打交道，感谢上苍，我没有经历多少次病困。其实病困并不可怕，只要它没有伤害我们的精神和心灵的健康。只要我们的精神和心灵保持健康，我们处事的心态就会健康，这样能够比较理智地对待病困，或者病困能使我们更主动地保持健康、注意运动、注意饮食、注意休息，使自己面对困苦时有更强劲的身体和健康的心理素质。

　　人们常常说顽强的精神、坚毅的意志、强劲的力量、伟大的决心等，如果生活总是一帆风顺、不起波澜的话，那么这些正能量的词句还有用武之地吗？

　　美德渴望危险的考验。

——塞内克

　　不能忍受在地板上睡觉，不能忍受穿着沉重的盔甲在酷热的天气里站岗，不能忍受吃驴肉和马肉充饥，不能忍受成为敌人的射杀对象，不能忍受自己从腿上取出子弹的痛苦，不能忍受对伤口缝合、开刀、消毒的痛苦，那么我们有保家卫国的理想都是空谈。由此可知，只要我们不死亡，要实现我们的人生价值，就必须付出代价。这些代价不是痛苦，而是实现人生价值必需的历练。所以用正确的心态去对待这些事情吧，这样我们才能勇往直前。

　　有些人说，阴谋和欺诈是赢取战争的有力武器，不需要士兵们冒着生命危险去冲锋陷阵，但我个人认为不然：

　　责任的代价越大，越是具有魅力。

——卢甘

　　事物有这样一个规律，如果它让你感到非常痛苦，那么它只是一瞬间的，如果你不能忍受，它或许会悄无声息地结束你的生命，但如果你能够忍受，那么它疼痛的时间不会太长，而且是出乎你意料就结束了。有人说过这样一句话，如果你觉得疼痛的时间很长，那么你受的伤不是很重。所以我们必须客观地分析清楚疼痛的程度，这样才能用正确的心态对待它，从而分散自己的注意力，不知不觉疼痛就会过去。

现在我们可以知道让我们感到痛苦的不是事物本身，而是我们当时当刻的心态。所以我们一定要找出问题的关键，然后根据关键问题去尝试解决，让自己从这件事中抽身，这样我们才能专注于其他事情。这里就牵涉选择的问题，当我们相信自己有能力解决这些问题的时候，我们就应把能解决问题的方法一一列出来，然后选择最佳方法，让自己用最短的时间，去解决当前所谓的困难。这样我们就会感觉到自身的安全，从而使自己的心灵得到安慰和满足。很多人解决了问题后都会发现原来所谓的痛苦也不过是那么一回事，没必要经常关注它，因为对它越是关注，我们的精神就越是集中在痛苦上，最后甚至把它放大了。所以，良好的心态能使我们借助外物的帮助去解决问题，从而使自己心情轻松，释放压力，保持心境开朗。

由此可以看出，思想是一把双刃剑，当你采用乐观积极的态度去迎接挑战时，那么它是简单、轻松的；但如果你消极地应对它时，那么它是复杂、困难的。所以我们要学会控制自己的思想，从而控制自己对待事物的态度，只有这样，我们才能简单生活、品味生活、欣赏生活。如果思想失控，就会像一只有鼻圈的牛一样，不能按照自己的灵魂自由活动，反而被这些所谓的痛苦牵引到一个悬崖，最后万劫不复。

对于快乐和痛苦我喜欢分开对待，这样我才能保持理智，不被这些事情影响我自由的灵魂，否则就会变成柏拉图说的那样："我陷入快乐和痛苦的旋涡中。"

当我们面对敌人的追赶时，必须坚定自己的意志，这样才能避免敌人的穷追不舍；同样，当我们面对痛苦时必须保持乐观的思想态度，否则痛苦就会在我们的思想中专横跋扈。所以，坚强的意志和乐观的思想态度是我们面对困苦时拥有的无形资产，我们必须合理运用它们，使自己逃离痛苦和敌人的追赶。

痛苦就像一颗红宝石，当把它放在雪白的纸上时，它会显得特别耀眼。

> 他们越是沉浸在痛苦中，就越是痛苦。
>
> ——圣·奥古斯丁

难道敌人刺的十刀比医生的一刀疼痛吗？妇人们分娩孩子是十分痛苦的，这是世界各国民众都公认的，因此有些民族会举行一些活动来庆祝妇人能够成功分娩，但有一些民族认为这是自然现象，没必要大惊小怪的，就像瑞士女人一样，她们生孩子前跟着丈夫到处游历，孩子出生后依然重复着每天的动作；我们不喜欢的埃及女人，她们生完孩子后，亲手帮孩子洗澡；罗马贵族萨比努斯的妻子生孩子的时候由于不想麻烦别人，自己忍着强烈的分娩痛苦把两个孩子生了下来；有个斯巴达人因为一个小男孩偷了一只狐狸觉得失去面子而把狐狸藏在衣服底下，任由狐狸撕咬自己的肚子也不愿意露出赃物；还有一个参加祭礼的人，因为不想终止仪式，而忍受上香时不小心掉进衣袖的火炭的焚烧，直至他的骨头严重受伤。在生活中有很多这样的例子，人们为了证明自己勇敢、大胆、坚毅，他们可以忍受敌人的拳打脚踢，而且神态自若、不屈不挠。不知大家有没有看到过西塞罗的孩子进行比武时，也表现出同样的精神。因此，当我们想实现自己的人生价值时不要为自己找借口，懒惰、心软、倦怠只会侵蚀我们的灵魂，最后使我们停滞不前，甚至后退。

道斯卡沃拉曾潜入敌方军营，企图杀死珀尔塞纳（敌军的将军）。不料，刚潜入军营就被敌方士兵发现了。道斯卡沃拉为了不影响国家声誉，就声称这是他自己一个人谋划的。但珀尔塞纳不相信是他的个人阴谋，就命人取来炭炉，打算用刑罚套取更多的信息。谁知道斯卡沃拉任由士兵把炭火往他身上烫也面不改色，仍坚称是自己的个人所为。后来珀尔塞纳看到满身是伤的道斯卡沃拉才心软作罢。还有一个人要手术了，但仍不肯放下正在阅读的书。有个人在狱中受尽刑罚，但还相当嚣张地激怒行刑士兵，最后竟然被释放出狱，这又是什么情况呢？恺撒有一名格斗士面对别人切割自己的身体依然面带微笑，不曾大声喊叫过一声。上述事例在生活中有很多，只能说明这些人的心态都很好，不被这些伤害震慑，也不被这些伤害威胁自己的心灵。

以上都是男士的例子，现在说说那些爱美女士的例子。巴黎有个女人为了使自己的脸部肌肤保持圆润光滑，不惜让人把自己脸部暗黄的皮割去；有一个女士为了让自己的牙齿整齐洁白，不惜拔了那些影响美观的牙齿。为了所谓的美，这些人竟然能够忍受这样的痛苦，但对于与美貌无关的疼痛则哭天喊地，这是让人难以理解的。

她们细心地拔掉白头发，去掉皱纹，重新塑造一张新的面孔。

——蒂卜尔

有的女士为了得到白里透红的皮肤，竟然吞吃沙石、烟灰。我个人认为这是不能够美容的，只会伤害了自己的胃。西班牙的女士不惜用布条勒紧自己的身体，以为这样会让身体显得修长苗条，谁知苗条说不上，反而看到了红彤彤的勒痕，难道她们不觉得这是在受罪吗？为了美就算丧命也不算什么吗？

还有一种常见的现象，人们为了让别人相信自己而不惜自残。

我国的国王曾在波兰看到一个年轻女士为表示自己是认真守诺的人，不惜从头上取下簪子，往自己的手臂刺了四下，血好像喷泉一样从那些伤口喷了出来。土耳其人为表示自己忠于贵妇人，不惜从自己手臂割下一块肉，后来为了表达自己此志不渝，竟然又往伤口烫上炭火，让现场的人无不为之动容。也有人为了谋生，竟然自残，但赚到的钱财还不够看医生，这又何苦呢？取得别人信任的方法很多，不一定要伤害自己，这种方法十分极端，我个人不是很认同。

信仰基督教的民族为我们提供了很多实例，这让我很高兴，因为我也是生活在这样的民族里，因此这些例子我能够随手拈来，不会觉得是难以想象。吉耶纳最后一位公爵纪尧姆，在他生命的最后十几年里每天穿着盔甲，从不曾脱下。为了不让人感觉奇怪，他穿着一件教袍遮掩这件盔甲，这样做只是为了替父亲阿利埃诺尔拱手把王国让给法国和英国的事赎罪。圣路易国王一生都穿着一件厚毛衣，直至教父叫他不用穿为止。他房间里有一个专门放铁链的盒子，是教父专门用来鞭打他的肩膀的，这件事得到国王身边的仆人的证实。还有每逢复活节前的星期五，人们都会聚集在人多的地方互相厮打，直至自己皮肉受伤才离开。有的人为了赚取财物，不惜强忍痛苦以满足别人的信仰。这些事例都是我们在日常生活中可以看到的，也是非常典型的，没有一点虚假的成分。

生活中还有一些类似不公的事情，如果不是亲身经历，你不会感到切肤之痛。有一个人有三个儿子，但成年的三个孩子竟然在同一天暴毙，他的伤痛可想而知。但在我看来，他好像对这种事欣然接受，没有表现出伤痛。我也曾经失去几个在襁褓中的儿女，或许他们刚来到世上，暂时和我的感情不是很深厚，所以面对他们的离世我没有很强烈的感觉。我知道很多人都有类似的经历，虽然难以承受，但很多人都默默地熬过来了。相对这些事情，有些父母因为道德问题能够做到大义灭亲。马克西姆亲手把自己的执政官儿子埋葬，马利尤斯·卡东亲手埋葬法官儿子，他们在处理这些事情的时候表现得十分果敢，看不到任何悲伤的痕迹。由此可以知道，悲伤是人们的主观感受，不会因外部事物的影响而有所改变。

情感的力量是很强大的，有时让人无法控制。亚历山大大帝和恺撒喜欢动荡和混乱的时局，与之相反，必定有人喜欢稳定和平安的时局。西塔尔塞斯的父亲经常这么说："没有战争的时候他的能力无处施展，和没有技能的赶马师傅一样没有任何过人之处。"

为了确保国王对西班牙城市的政权，身为执政官的卡东严禁人们带任何武器进城，对于好战的人来说这条规矩是难以令人接受的，没有武器对于他们来说简直生不如死，所以很多人选择自杀。有的人喜欢过困难、艰苦、动荡的生活，因此远离和平的城市，移居到战乱的国家。也有人喜欢认识人品、人格都有问题的人，认为勾朋结党去欺凌弱小的人是自己强大的表现。米兰的红衣教主波洛梅虽然十分富裕，受人尊敬，但他不会自视甚高，瞧不起别人。他为人十分节俭朴素，几乎每天都穿着同一件教袍，居室也十分简陋，只睡在一张破旧的草席上。除了认真完成本职工作外，在业余时间也不放弃学习，很多时候一整天都不会离开书房。每天只吃一点面包充饥，从不要求丰盛的菜肴。在生活中，有很多人不切实际地喜欢过奢侈浪费的生活，当他们不能如愿过上这种生活时，就会讨厌拥有这种生活的人。就好像没有眼睛的人忌妒那些有眼睛的人一样。

传统型的男人都认为传宗接代是一件很重要的事情，因此要求妻子尽可能多地生育孩子。但我和一些支持丁克的人一样，觉得孩子不是生活很重要的部分，就算没有也同样能幸福生活。塔莱斯就是一个典型的例子，他不愿意生育孩子，所以宁愿单身，终身不娶。

很多事物对于我们有没有价值就要求我们自己做出判断。当我们购买一件物品时，我们会考虑是不是真的需要它，它能为我们提供怎样的便捷，如果要拥有它我们需要付出多少代价，这些代价在不在我们的能力范围。这就好比一个家庭的开销，每个家庭的收入是有限的，但支出是多样的、可变的，因此我们必须合理控制开支，才能保证日常所需，最基本的就是保证全家人的衣食住行。但要到什么程度才算已经保证呢？这就涉及人们的满足感。满足感是一种主观的情感，与人的世界观有关，而世界观的形成与人们的生活经历是分不开的。

生活中的事情真是无奇不有，但都与人的情感有关。有的人从未尝试过穷困滋味，因此把财物都倒入大海，需要钱财的人却拼命打捞。还有我发现生活中有这样一种现象，越贫困的人越大方，越富有的人越吝啬。

回想起我曾经有二十多年的时间不用担心金钱问题，从来不用记下自己用了多少钱，也不用记录金钱的来源，只要快乐地挥霍钱财就可以了。这种日子应该是我这一生中最快乐的日子，从没这样轻松过。由于我十分守信用，借了钱承诺什么时候还就什么时候还，所以亲朋好友很少会拒绝借钱给我。基于这一点，我当时觉得借钱还钱是一件很好玩的事情。当我每次能够按时还上钱，我都觉得异常兴奋，好像自己完成了一件十分重要的工作一样，很有使命感。但时间一长，借钱就成为习惯，越借越多，最后导致自己不能按时还上钱。刚开始的时候，由于有之前的良好信誉，因此债权人对我都很放心，主动给我延长期限，但这种情况出现多次之后，他们就开始避开我，不想再借钱给我。但由于习惯挥霍成性，我只能厚着脸皮向他们继续伸手，但没有先前那么容易了，我必须跟他们讨价还价，软硬兼施，才能借到一点点钱。甚至他们刚借了给我，就后悔了。现在想来，当时为了这么几个小钱，不惜和他们争得面红耳赤，最后大家都不肯让步，弄僵关系，真是不值得。其实每次争吵的时候我都处于劣势，正因为这样，我最后还做出愚昧的举动，就是写信向他们借钱。写信的话别人更容易拒绝，最后都达不到自己想要的结果。

大部分人都向往安稳的生活，可谁又知道安稳的生活不但不能增加财富，而且会让自己的生命走向平淡。因此，不要惧怕生活突如其来的变化，或许它是一种新的契机。就像恺撒之所以是恺撒，是因为他足够暴力；商人之所以能够发家致富，是因为当他发现商机时，不惜贩卖所有资产去支持这些商业行动。所以暂时的生活困难并不可怕，可怕的是你连这一点点困难也不肯承受，导致自己越来越平庸。如果你自己不付出努力，你认为上天会帮你解决温饱问题吗？这是不可能的，每个人都必须付出劳动才能有收获。

在我看来，所有的安稳生活其实不算安稳，它存在很多的变化和不可确定性。同样，所谓的困苦生活其实不一定穷苦困难，有时或许是人生的一种新契机。所以，每样事物都有两面性，我们只需要提取对我们有好处的部分就可以了。

财富是玻璃做的，所以它发光，所以它碎裂。

——普勃柳斯

不要太羡慕那些所谓的富人，你或许只看到他光鲜的一面，其背后遭遇过什么是你难以想象的。就算你在物质上不算很富庶，但身体健康、家庭和睦也是一种财富，是一种精神财富，这是用钱都不能买到的。所以摆正自己的心态吧，物质财富是可以创造的，只要你认真经营，勤勤恳恳，它最终都会向你走来。

人人都是创造财富的工匠。

——萨吕斯

普遍上，人们都认为一个国家的君主最富有，但如果真是这样，长久以来的严税苛政、派部下到处搜刮民脂民膏又是怎么一回事呢？

我还有一个经历就是我自己能够赚到钱。对于闲钱我是这样定义的：扣除必要的开支后所剩下的钱，那些属于收入一部分，但还没有确实实收到的不算我的钱。我这个人比较谨慎，所以对于闲钱我的定义也比较严谨。

我之所以这样定义，是因为我认为这个世界是充满变化的，就算我十分肯定那笔钱能够收到，但在还没有到手之前，总觉得有那么一点点风险。我做任何事情都计划周详，我怕自己遇到什么意外，所以总喜欢把一些重要的事情预先安排。或许别人会认为我有点杞人忧天，但我觉得这是人类的通病，相信大部分人都喜欢未雨绸缪，这样才会使自己感觉安全。我会对所有人坦白所有事，但唯独对金钱我会说谎。就像有些人，明明自己很富裕，却整天喊叫没有钱；也有些人，明明一贫如洗却装富人，购买超出自己购买力的东西。所以，不同的人对金钱的态度是不同的，不过最终都是围绕这个点转，就是从来不会跟别人坦白自己的财富数量。

相信大家都旅游过，你会带很多钱吗？相信没有人会这样做，因为通常我们去游历的地方都是陌生的地方，当地的风俗习惯、风土人情、人文精神我们只有大致的了解，没有准确的了解，既然这样，我们普遍都会觉得没有安全感。就好像在家里藏了点金银珠宝一样，每天出门都会想自己有没有关好门窗、放珠宝的地方够不够隐蔽等。这些事情只能自己知道，你说这是多么让人揪心、惶恐的事情啊。

一旦自己有了点财富，就不想失去它，就会想方设法地去管理它、保管它。但要管理好真是好难啊，而且没有任何得益，甚至使自己像疯子一样，整天都会想自己有没有损失什么金钱。有人会说，既然有钱了就去购买自己喜欢的东西吧，这种建议是我难以接受的，我花了这么长时间才积攒了这么一点财富，如果就这样花了真是可惜啊。所以不用你说我也知道自己有人类的通病：喜欢守财，但不会理财。但就算知道这是一种病态，我仍然固执己见，不想随便乱花一分钱，不到万不得已，我也不想动它一毛。

我很怀念钱不多的日子，那时多自由啊！就算没有钱也可以去当铺当衣物，然后自由自在地挥霍换来的金钱，就好像别人说的那样：今朝有酒今朝醉。但当有了点积蓄以后，每天都担心钱财会被别人盯上，万一失去就以为自己的生活没有保障。同时还非常节俭，每当看到财富增加了就异常高兴。就算明知道自己变成了守财奴，但还是不想改变。

如果让有钱的人去看守城门的话一定十分称职，因为他们在守护自己的财富时练就了一眼关七的能力。我个人认为，越有钱的人越小气。

柏拉图曾排列过人们比较关注的东西的顺序：安康、漂亮、势力、财富。

在他看来财富是有灵性的，当它与聪慧一起的时候会光芒四射。

当一个锡拉库萨人把一笔钱财埋在地下的时候，被小德尼的一个士卒看到了，他马上去向小德尼禀报，小德尼命他把财物带来。谁知这名士卒把箱子取出后自己偷偷地藏了一点，然后移居到另一个城市。到达这个城市后，这名士卒过得逍遥自在，不再死守财富，该花就花。小德尼听到这个消息后把他上缴的箱子给了他，说："真心替你高兴，因为你知道花钱的乐趣了。"

当我守财几年后，有一个像小德尼那样的人，他告诉我合理使用钱财的乐趣，不要死守财物，这对自己毫无用处。我听了他的话后带着那些积攒了几年的钱财去旅游了，这是我一生中最快乐的游历。这次游历让我明白攒钱虽然重要，但懂得花钱也很重要。就这样，我改变了自己对待金钱的态度，重新规划钱财的用处，使自己合理使用，从而提高生活品质，也让自己的生活更加丰富多彩。

现在我只要求自己有能力负担自己的日常支出就够了，不再渴望积攒更多的钱财，以用来应对将来不可预测的命运。我现在认为这是杞人忧天的做法，又或者我们的将来根本用不上这些钱财，又或者我们就算积攒了一定的钱财也不一定能够应对所谓的命运。所以，存钱可以，但不要刻意，否则会严重影响你现在的生活质量，这是非常不明智的。可见，及时改变观念就能获得更多的快乐。

很庆幸自己能在有生之年改变守财的习惯，我对现在的生活状态很满足，不会刻意地去追逐财富，而是量入为出，合理使用。也可以说我克服了人类吝啬、小气的弱点，然后根据自己有限的物质条件去提升自己的精神生活。有生之年能如此，夫复何求。

正所谓你不理财，财不理你。这些年，我发现要增加财富不是单单靠吃好饭、穿好衣、睡好觉就可以的，它和你的财商不无关系，最直截了当的方法是找诚实可靠的职业财富经理人为自己管理财富，如果遇到这样一个人，你的基本生活都会有保障。费罗拉斯是一个富有的人，但感觉自己管理财物压力甚大，后来认识了一名非常认真追逐财富的年轻人，这个年轻人在理财方面很有天赋，而且为人诚实。费罗拉斯把自己的财富都交由这名年轻人打理，条件是要确保自己的余生衣食无忧，而且要善待他的朋友。这位年轻人没有辜负费罗拉斯的委托，认真地履行了承诺。这也是我以后的效仿对象。

还有一个做着崇高职业的人也有类似的经历，他把自己的财物都交给身边的仆人，自己从来不插手，也不过问，而且就这样轻松地过了很多年，当别人问他有关家中的开支情况这类问题时，他自己也答不上来，像局外人一样。

我很羡慕这位做着崇高职业的人，他能把这些琐碎的事交由其他人代为处理，自己就有更多时间从事自己喜欢的事了。当然，他的英明之处是能够相信别人，不会事事计较得失，然后把时间浪费在监督别人这些无聊的事情上，所以他的灵魂十分自由、快乐，以至能抱着善良的心享受生活、品味生活、欣赏生活。

由此可知，所谓的富有不是单凭你拥有多少物质财富去定义的，而是你个人的感觉。也不是说你感觉别人认为你富有你才算富有，而是要你自己感觉富有才算富有。所以不用太在意别人的眼光，一切只掌握在你自己的手中。

有人觉得命运对自己不公，但他可否思考过，所谓的命运其实也只是你自身的个人感受，它对每个人都是一样的，至于如何运用创造就全在于你自己。所以说命运掌握在你手中，与任何人都无关。

这就像冰和雪一样，它们是否融化不是由它们自己决定的，而是由得到它们的人去决定的，如果人们把它们放到太阳底下曝晒，那么它就会融化成水，甚至是水蒸气；但如果人们把它们放到温度更低的容器里，那么它们就能保持原状或变成硬硬的冰块了。

所以，事物的是非曲直全由我们自己去判断。如同叫一个懒惰的人去学习，叫一个酗酒的人去戒酒，叫一个羸弱的人去锻炼，叫一个守财的人去消费，等等，这些都是对他们的折磨。有时事情不是我们想象的那么复杂，但不同的人对待事情的态度不同，那么就会产生不同的感受，这些全在于他们的观念。所以，我们要时不时自我反省，到底自己处理事情的态度正不正确，只有这样我们才能不断地改变自身的缺点，成为优秀的人。

明白这些道理后，我想我们每个人都应该及时审视一下自己到底有哪一方面的缺点。有人可能会说："我改不了啊，为什么要我这样改变啊？"

我想说，任何事情都是由量变转变到质变的，所以不是要求你一下子就要把自己长期存在的错误观念纠正过来，至少也要慢慢地、一步一步地去改变。时间一长，这个观念就会牢牢地印在你的脑海里了，从而改变你自身的行为。

要进步，要成长，要得到灵魂自由，要实现财务自由，那么就先确立小目标吧，然后慢慢地去实施，相信不用很长时间，你就可以实现这些目标了。如果你连这些事情也懒得做，那谁也帮不了你，在你的余生中你继续被那些错误的观念支配你的生活吧，这不影响别人。但你也不要羡慕别人为什么比你过得自在、比你过得富足、比你过得丰富，否则，你会更痛苦的。

所以，你幸不幸福，全在于你自己的观念，相信自己的力量，你会过得更好！

第八章 谈恐惧
——恐惧会掏走人心里的种种智慧

恐惧是一种心理感受,是对不确定的环境突如其来的变化感到无所适从的一种强烈的心理反应。恐惧很容易让人产生错觉,比如大部分人不喜欢晚上去墓地,周围阴森森的环境很容易让人浮想联翩;在战场上,有些士兵的心理素质不是很好,整天左顾右盼,只要有一点动静就以为自己被敌人发现了,立马逃之夭夭。有位医生曾经说:"恐惧会让人产生幻觉,致使他的情绪有时难以控制。"现在看来一点不假。

在攻打罗马时波旁[1]有一名部下负责守卫圣伯多禄,波旁任命他为旗手。谁知这个部下的心理素质很差,整天都很害怕,害怕敌人攻城,害怕自己失职。有一天他突然听到一声警报声后,马上不分方向跑了起来,大概跑了二三百米,才发现自己正向敌军军营跑去。等发现跑错了之后,他马上转身跑回己方军营。但当时大将波旁看到他向敌人军营跑去,以为敌人要攻城,立即要求全体士兵待命。但作为圣·波尔城守城指挥官的朱伊勒就没有这样的运气了,当敌军准备攻打入城的时候,朱伊勒顿感手足无措,连他自己都不知道怎样就跌落城墙了,最后被敌人五马分尸。

以上说的恐惧都是人们自己控制不了恐惧的情感,但人多势众也不一定能够把恐惧拒之门外。德国人和日耳玛尼居斯交战的时候,双方都对对方的实力感到恐惧,因此都想方设法地逃跑,各自选了一条认为安全的路

---

[1] 波旁,古罗马著名的波旁王朝建立者。

线,谁知目的地竟然是对方没有计划逃跑时驻扎的营地。

通过以上的事例我们知道,恐惧会让人原地踏步、头脑迟钝,以至自己下一步该干什么都不清晰,更有甚者,会失去理智,选择极端的方式结束自己的生命。泰奥菲尔国王也是一个很容易就产生恐惧情绪的人,有一次在与阿迦尔人的战争中战败,被困于城中,得知消息的大将马尼埃尔前来救他,国王却以为是阿迦尔人的军队,因而出兵攻打援兵。大将十分生气,找到处于恐惧中的国王。谁知这个国王被恐惧的情绪控制了头脑,竟在犹豫要不要跟着大将逃跑。大将深知时间紧迫,厉声问道:"如果你不走我就把你杀了,以免敌人把你当作人质要我们交出领土。"这时国王才如梦初醒,跟随大将安全离开。

很多时候,恐惧的情绪十分消极,以至我们停滞不前,不敢承担责任,最后只能迷失自己,让自己失去面对困难的勇气。罗马人和迦太基人曾在汉尼拔发生过战役,失败者是罗马人。当时的罗马人十分焦躁,不知道下一步该怎么办,如果继续这样下去就只能全军覆没。最后大部分士兵选择逃跑,因为想活命,所以很多罗马人鼓起最大的勇气冲向敌军的主力,杀了很多迦太基人,最后成功逃跑。如果在战斗的时候罗马人能战胜自己恐惧的情绪,就不至于战败了,甚至还背上逃兵的罪名,被世人耻笑。能克服恐惧情绪的人必定是意志坚定、坚强的人。

大将庞培的军队在海上曾遭遇埃及人的追杀,这使庞培及其士兵极其害怕,最后恐惧的情绪迫使他们用尽全身的力量划船逃跑,直至看到埃及人没有追上来,他们才像泄了气的气球一样号啕大哭,把恐惧的情绪都发泄了出来。通过这个事例我们可以知道恐惧是一场考验,如果没有十足的勇气和力量,你是很难战胜它的。

恐惧掏走了我心里的种种智慧。

——恩尼尤斯

当一个人被恐惧占据了整个心灵的时候,他就会彷徨不安,食不下咽,疑神疑鬼,因此我们必须学会提高自己的心理承受能力。有时我们遭遇的事情很简单,但因为恐惧的情绪就会失去理智地把事情放大,导致恐惧成功地侵占了我们的灵魂，然后就做出各种难以想象的行为，甚至这些行为会伤害我们的性命。可见，没有比恐惧更恐怖的情绪了。

　　但有时，我们之所以产生恐惧的情绪与客观环境是分不开的。如果你生活在一个充满战争的国家，有人为了保护自己会随身带着利器，有人为了生存不惜干起偷鸡摸狗的事情，有人为了获取情报乔装成某国居民套取信息等。这都会让人感到非常恐惧，因为不知道什么时候自己就会被刺杀，什么时候会被抢，什么时候会说了不该说的话。所以，造成恐惧的因素是多种多样的。

第九章　谈想象力
——丰富的想象力可以创造奇迹

不知道大家有没有遇到过这样的情况，当看到有人不停地咳嗽时，我们的喉咙也会痒痒的；当看到有人住院生病时，我们就觉得自己也生病了；当看到别人贫穷辛苦时，我们也觉得深受贫穷痛苦的折磨；当健康快乐的人和我们在一起时，我们也感觉健康快乐。这就像一个医生对一位久治不愈的病人说的话一样："如果你想早点康复，就让那位拥有青春活力的人和你做朋友，这样你就可以经常看到他洋溢着健康快乐的表情，经常听到他欢愉的歌声，还可以听到悦耳的朗诵声，受这样的情绪影响，你很快就会痊愈了。"当真会如此吗？我个人认为这种方法是可行的，因为我们每个人都有想象力，当看到某个情景时，我们就会把自己想象成这个情景的主角（就如我上面列举的例子那样）。所以，当这个病人把医生说的那个人变成朋友的话，他们就会经常碰面，以至这位病人把朋友做的事想象成自己正在经历的事。同样，他的这位朋友与他接触多了健康也会慢慢恶化，这就是想象力的力量。

想象力对人们的影响是深远的、不可忽视的，因此一定要谨慎地运用它。加律斯·维比尤斯打算通过研究精神病案例去总结精神病的特点和变化，但因为经常把自己想象成案例的主角，最后导致自己真的得了精神病。有人被威吓，但屠夫还没下手他就归西了；有人被诬陷犯罪，当士卒把他的眼睛蒙上听审判结果时，他在脑海里想象自己被判死刑，最后法官还没有读完无罪释放的判决书他就死在法庭上了。所以，想象力既能打击我们的意志，也能带给我们欢愉的情绪。

意大利国王西布斯白天看了一场斗牛比赛，以至一整天都异常兴奋，晚上睡觉的时候梦到自己的头上长了一只牛角；克雷祖斯的儿子天生不会说话，但有一天愤怒的情绪让他开口说话了；昂提绪斯因为嫉妒斯特拉托尼斯的美貌发了高烧；普里纳却在一个婚礼上吃惊地看到新娘变成了一个男人。这些事都与我们的想象有关，由此可知，当你看到一种事物而努力想象成自己遭遇的事情时，潜意识就会驱使这样的事情发生在你身上。

在弗朗索瓦有一个叫日耳曼的人，他在22岁前是一个真真实实的女人，很多弗朗索瓦的居民都能够证实。但22岁后，他经常像男人一样运动、生活，最后竟然长出胡子，而且因为运动皮肤黝黑结实，导致长相像男人一样，当地女人只要做出不优雅的动作都会被人开玩笑地说："小心成为第二个日耳曼。"面对这样的情况，我有时觉得男尊女卑的思想真是很作弄人，与其靠这种方式去获得男性身份，不如直接把男人的生殖器官放到女人身上好了。

想象力会让人遇到意想不到的结果。据传，达戈贝尔国王和圣徒弗朗索瓦的手从未受伤，却有伤疤；有人认为自己的身体可以离开地面，结果真的实现了；有一位传教士在冥想的时候，可以长时间不呼吸，甚至身体麻木，没有任何感觉；奥古斯丁说有个人一听到别人在他耳边唠叨，就会灵魂出窍，任凭你踢他打他，他都没有反应，只能由他自己慢慢恢复知觉。有时我真不敢想象会发生以上的情况，但它们真真切切地发生在我们身边。

现在看来，我们之所以相信这个世界存在鬼怪、神仙、奇闻、怪事，是因为我们的想象力在作祟。正因为相信，所以存在。这是人类弱小的心灵所能接受的强大力量。

只要是动物都有生理需求，但对于雄性动物来说，如果面对这种事情的时候生殖器官不能正常反应，就会成为大家茶余饭后的笑料。我有一位朋友也有这方面的问题，有一次友人聚餐的时候谈到这方面的事，使他的想象力受到沉重的打击，最后连饭也吃不下。后来我听他说，自从那次聚餐后他那方面的能力比以前更差了。但他是一个勇敢的人，与其想方设法隐瞒自己有这方面的问题，不如大胆把真相告诉别人要痛快得多。或许因为他面对问题，然后思想压力变小，心情轻松了，那方面的功能竟然慢慢恢复了。所以，要正确地对待想象力，不能让想象的事情左右自己的生活。

当你相信自己有能力克服时，你的潜意识也会帮助你克服这些正在想象的恐怖事情。

　　当我们的精神忧虑和紧张时，只要想象不好的事情，不好的事情可能就真的会发生，所以当我们心情焦虑时，不要想象任何事情，让事件自然发展，这是最好不过的了。我有一个朋友，他遭遇了这样的事情：他是深受当地人爱戴的公爵，家庭富裕，他找了一位门当户对的漂亮女孩做自己的妻子。举行婚礼那天，有一个曾经喜欢过他妻子的人也来观礼，所有的亲朋好友都十分吃惊，尤其是主持婚礼的贵妇人。我安慰她让她不用担心，我说我有办法对付。其实我也是从别人那里学来的，也不知有没有用。我取出朋友送给我护身的可以驱邪的硬币，这个硬币有一面有神的刻像，我用红绳子把这个硬币套住，把它系在手上。然后走过去对我的公爵朋友说："你可能遇到一点点小麻烦，但只要按我的方法做，就能安然度过。"公爵听后觉得很恐惧，走来走去，还时不时左顾右盼。到了晚上，公爵怎么也睡不着，我安慰他说："大胆去睡吧，一切有我。如果真是忍受不了的话就叫仆人来叫我。"过了不久，仆人就来找我了。我在公爵耳边叫他假装赶我出去。公爵听后就按我说的话做了，我假装执意不肯离开，进入公爵卧室后，我叫他为我准备一套衣服。我让他穿上我的睡袍，然后坐好，保持做祷告的姿势。公爵按我说的话毫无纰漏地把这些事完美地完成了。我从手臂取下用红绳套住的硬币，在公爵的头顶绕了几圈，然后把这枚硬币绑到他的床上，最后我吩咐公爵今晚不要动这枚硬币，换上自己的衣服就能安心睡觉了。这些动作都是为了让所谓的受害者深信不疑罢了，没有一点科学依据，但为了帮助他克服想象力带给他的忧虑，也只能什么法子都用上了。我反对弄虚作假和无中生有，但如果这些事情能使你重获安全感的话，我也不会反对。所以当发现自己在想象不好的事情时，要学会让自己转移注意力，以免遭受不必要的伤害。

　　埃及国王阿玛齐和漂亮希腊女孩奥狄丝喜结连理，阿玛齐十分爱护照顾奥狄丝，但一直不能顺利交合，阿玛齐为此十分生气，曾想把奥狄丝杀害。后来阿玛齐认为是巫术使他们不能结合，最后找上维纳斯祈祷，并献上自己的心爱之物，才顺利结合了。

　　对于男女交合的事情我想说一说女人，当男人有需求的时候，请不要皱眉头或者表现出厌恶逃避的表情，因为这样会很打击正激动地准备进攻的男人。毕达哥拉斯的妻子曾这样说过，女人和男人同睡一床时，女人应大胆地把外衣脱去，当起床时就重新穿上。男人在进行床笫之欢时，很容易受外界因素影响，所以人们经常取笑新婚夫妇不能顺利交合也是有道理的，因为男性很想表现自己的力量，情绪异常高涨，但也担心自己出师未捷。

所以，我们不要为此而烦恼、焦躁，这不但不利于我们的身心健康，而且难道我们歇斯底里地要求它们不要暴露情感它们就不会暴露了吗？还是用平常心来对待它们吧。既然知道它们肯定会与我们的意志力背道而驰，那么与它们争吵就毫无用处。有人说过，既然我们不能改变什么，那么我们就勇敢地接受它、包容它、了解它，从而改变自己去适应它。或许这是最明智的方法了，如果它有一天不再固执己见，我们就应该怀疑自己是不是患病了，因为肢体的情感在正常情况下是不受任何因素影响的。

看过医生的人都知道，医生不会帮你看完诊就立刻写药方，而是先跟你聊聊采取些什么措施会对病情有帮助，吃了那种药什么时候会出现什么反应等。这时病人就会觉得他很专业，从而相信他说的话，结果吃了药就好了。这是为什么呢？我个人认为医生很聪明，先让患者在精神上有所准备，然后真正实施的时候去验证，让患者觉得自己好像遇上救世主一样。

我父亲认识的一位家庭药师跟我说过这样一个故事：他经常到一个身患肾绞痛的图鲁兹商人那里帮忙做药物治疗。这名商人的肾绞痛很严重，需要灌肠治疗。他很信任药师，每次药物治疗时他都会严格按照药师的指示进行治疗，一丝不苟。当药师完成自己的工作任务离开后，他依然躺在床上不敢动弹，但精神很好。因为每次做完药物治疗他都觉得自己身体和精神都非常轻松、愉悦。他的妻子为了节省治疗费用，曾用普通的水（医生说也可以达到同样的效果）对他进行药物治疗，但突然改变了味道的药让他知道不是先前的药，所以他在心理上总觉得这几次药物治疗没有效果，无奈，妻子只好要求药师继续用原来的方子为他治疗。

有一个聪敏的男人解救了一个误以为自己吞了别针的愚昧女人，事情是这样的：有一个女人吃面包的时候不小心被面包团哽了一下，并卡在喉咙里。她很焦虑，因为她觉得别针卡在喉咙里了，然后努力地咳嗽，试图把别针咳出来。一个聪敏的男人细心地发现她的喉咙没有肿，而且身体也没有什么异常反应，他判断是这个女人的想象力在作怪。他想办法让这个女人呕吐，然后再把一枚别针丢到她的呕吐物里，最后才让她放下心头大石。我有一个朋友，他在家中款待友人，几天之后，他开玩笑地说那天在他家中吃的肉酱是用猫肉做的。那个女性朋友一听马上脸色惨白，然后就呕吐起来了，其他几个朋友发起了高烧，要送急诊室。动物和人类一样，也会遭受想象力的影响。不少狗的主人逝世后不久，它的日子马上变得不正常，整天东窜西逃，不停地嚎叫，最后也跟着西去了。与狗有类似反应的还有马。

所以，想象力会影响人们的情感，然后肢体会做出相应的反应，而且这些反应不受人的意志影响。想象力不但会影响人的肢体，还会影响其他事物。在生活中父母经常这样教育孩子："他的眼睛通红，你不要看他的眼睛，否则你也会眼睛通红的。"类似这样的病例还有禽流感、瘟疫等。

传说，如果得罪斯基泰女人的话，她们用眼睛就能把你致死，这也是想象力的强大力量。同样，据说鸵鸟和乌龟是用它们的眼睛去孵蛋的，难道它们的眼睛具有人们所不知道的功能吗？听说巫婆的眼睛能够作为杀人武器，她们可以用眼睛下毒和攻打不忠者。

我个人不太相信巫婆这个事例了。但想象力的力量真不是我们随便就能估算的。就像妇女怀孕的时候，经常会想象自己会生出一个怎样的孩子。如果她们希望他皮肤白，生出来的宝宝就真会皮肤白。比萨地区有一位母亲在怀孕的时候经常看到约翰·巴蒂斯特的画像，生出来的女孩子竟然像约翰一样有很多体毛，而且又粗又直。

我养的一只猫曾目不转睛地盯着花园树枝上的小鸟，最后这只小鸟也发现猫凶狠地看着它。过了不久，这只小鸟竟然僵直地跌落在我家的猫面前。按照二者的距离猫是没有能力伤害它的，不知道小鸟的脑袋里究竟有怎样的争斗画面，导致自己一命呜呼。有一个猎鹰教练说，只要他用眼睛就能驯服未经训练的老鹰，结果真有一只老鹰主动地飞到他的肩膀上。

这些事例都是我从书上或现实生活中看到的，如果大家还有更有说服力的事例也可以说出来，我都会相信。因为想象力的力量是我们难以想象的，无论事情怎么无稽，这都是真有可能发生的。

第十章 谈习惯
——法律和习俗最不容易被改变

曾听说过一个故事,有个女孩很喜欢刚生下来的小牛,每天都会与它们亲昵,风雨不改,直至小牛变成了大牛,她仍然会做每天都会对它们做的事情。我认为写这个故事的作者对习惯有一个很好的了解。实际上,习惯是一个顽固的老师,它在我们的身体里根深蒂固,深刻地影响我们的日常生活,但我们很多时候都很难捕捉到它、发现它,因为它经常杀我们于无形。习惯是我们不断重复某个行为的结果,它时好时坏,每天都会准时来报到。

习惯、主宰,一切事物最强大的力量。

——老普林尼[1]

对于习惯,我相信柏拉图在《共和篇》记载的有关山洞的传说,我也相信能突破常规,采用最好治疗方案的医生,还有为了使自己的胃能够适应剧毒而有意识地进行反复练习的国王。阿尔贝·勒格朗说过有一个女孩每天都会吃蜘蛛。另外,在西印度群岛有很多民族以昆虫为主食,因此他们不但到处捉昆虫,而且养殖昆虫。如果遇到饥荒,昆虫还卖得非常昂贵。他们很喜欢在食用昆虫前把它们煮透,然后加上调味料,这对于他们来说

---

1 老普林尼(23—79),古罗马著名作家,在各方面都有很深的造诣,代表作有《自然史》。

堪比山珍海味。也有一些民族是不吃肉的。习惯的力量大得无法估量,就好像猎人在山上暴晒,在雪地睡觉,拳击手被打得鼻青脸肿也不会喊叫一声一样。

我曾住在钟楼附近的房子里,每天到了读圣母经的时间,钟声就会响起。刚开始的时候我很不适应,它严重影响我的工作和睡眠。但过了不久,我工作和睡觉的时候已能适应钟声,不再因为钟声而烦躁。由此可见,习惯会使我们变得迟钝。就像我曾经买了一个香包挂到脖子上,刚开始一两天我都能闻到它淡淡的香味,但过了几天我就觉得这个香包失去了效用,想换一个新的,但我附近的人告诉我这个香包还很香,不需要换。又如那些铁匠、机修工,如果他们整天都因为嘈杂的声音而烦躁,他们还可以认真工作吗?所以,我们没必要问住在尼罗河瀑布附近的居民,也不用问弹奏乐器的乐师,也不用问教堂敲钟的工作人员,否则只会被人耻笑无知。习惯的力量真的很强大,它能让我们对于本来不喜欢的事情变得迟钝,最后直接免疫,当不再遭遇这些情况时,我们反而觉得不习惯,甚至有时会怀疑自己是不是哪里出问题了。这些都是日常生活中随处可见的事情,所以一点也不用觉得奇怪。

柏拉图曾因为一个小孩子玩色子而责骂他,因为经常玩色子是一个不良的习惯,他怕小孩因此而迷上玩色子。所以,培养良好习惯应从小时候开始。有些家长很愚昧,看到孩子伤害比自己弱小的动物,如小鸡、小猫,却觉得他们在做一件有趣的事情。有个小孩毫无缘由地踢打家中仆人,强迫他们装狗、装马。小孩的父亲知道后不但没有责怪他,还称赞他的行为勇敢,以后是当军人的材料。当孩子对同伴不怀好意地进行欺压,父母却说他聪明,懂得为自己争取利益。俗话说,勿以恶小而为之。父母的这些行为恰恰为孩子埋下了邪恶、霸道、小气的种子,无形中鼓励了孩子重复这些恶意的行为。无声胜有声,孩子通过被父母称赞就以为这些行为被默许了,然后日复一日地重复这些事件,直至酿造更大的事件,那时再要求他们改变已经不可能了。或许父母们会辩驳:"在我看来这些都是小事,无伤大雅,况且他还小,大是大非的事情可以长大后再引导。"我想说如果作为父母真有这些想法的话,你自己的品德就非常差,怎么当孩子的榜样?只要是恶习,我们就应该及时阻止,并告诉他们不要再发生类似的事情,告诉他们为什么这些行为是恶习、为什么不被人们接受，以免他们每次遇到这种情况都故伎重演。当你看到孩子们在玩耍的时候，不要以为他们只是在玩耍，他们大多数时候都在演自己。所以若要知道孩子们的天性，就从这些你认为的小事着手吧，然后有针对性地调教，或许能帮助他们调整过来。但如果你放之任之，那么后果将难以预计。就像我们家经常聚在一起打牌以度过闲暇时间，但不要抱着对手都是家人、输赢都不要紧的态度去打，否则养成习惯后，你的损失将很惨重。无论什么事，都应严谨要求自己。

我认识一个来自南特的小伙子，他非常矮小，而且一出生就没有了双手，但他能如常人一样生活自理。原因是他从小就把自己的双脚当手用，读书、写字、吃饭、洗脸、梳头、照镜子、提水等，没有一样是他不能做的。他还会自己谋生，在街上表演节目，当别人看完节目付钱的时候，他伸出脚去接，就像手一样灵敏。我还看到过一个用脖子玩弄武器的人，长枪、鞭子、刀剑无一不通，而且动作非常灵敏、娴熟，看得旁人都替他担心，他自己却非常淡定，认真表演。

每个民族都有自身的习俗，习俗是长久以来影响着当地民众行为的规范，因此它是客观存在的模式，不是我们人为可以改变的。有些民族深受错误的宗教信仰影响，即使知道某些宗教行为缺乏理论依据，当地人还深陷其中不能自拔，但我个人认为这是可以原谅的。有些国家还通过制定法律来维护他们认为合理的信仰和行为。所以，习俗的力量是强大的，它根深蒂固在每一个人的脑海里，直接影响他们判断事物的态度。就像西赛罗说的："物理学家的工作是摸索和探讨大自然，但如果他让一个深受习俗影响的人去评论其观点的正确性，那不是贻笑大方？"

每个人做每件事都有自己的底线，这个底线难免受到当地习俗的影响。当一个人面对是非的判断时，习俗习惯也为他提供了判断依据。有的地方的人如果对别人感到抱歉就会转身背对他，有的地方的人不敢与被赞扬的人四目相对，有的地方受宠的妃子要接住君主吐的痰，也有的地方的官员当知道君主需要排便时要准备手帕随时帮忙清理。

法国人有一个习俗，就是要用手帕擦拭鼻涕。但有一个贵族却打破习俗，直接用手处理。他这种行为很不被当地人接受，贵族解释说："我认为用手帕擦拭完这些肮脏的排泄物，然后再把它叠好放回衣袋的行为更恶心，这就好像你用手帕处理完便便，然后再把它放到衣袋一样。如果用手擦拭完，再把手洗了不就可以了吗？"其实他的说法不无道理，但人们都是这样的，周围都在做这样的事时，他们觉得并无不妥。但如果你是这种行为的始作俑者时，他们却觉得很奇怪，甚至不接受。

当我们认为某事很稀奇时，只能说明我们少见多怪，我们没有见过的事情，不代表它原来不存在。事物都是客观存在的，在我们民族流行的行为模式或道德观念，在其他民族不一定流行，或者会认为怪异，但如果能够抱着包容的心，就能彼此接受了。民族文化是多方面因素作用的结果，它受人们的行为习惯、思想态度、道德观念影响。因此，习惯不同、观念不同、思想不同，那么它们组合成的文化就不同，具体读读以下的例子吧，它们能够充分说明。

有的民族的妇女以身上带了多少戒指为荣，因此你在街上可以看到她们身体的各个部位都有很多饰物，包括胸部和屁股；有的民族，人们在吃饭的时候会做出很多不雅的行为，如抠脚板等；有的民族，其侄子、外甥是第一财产继承人，而亲子女却不在继承之列；有的民族最受欢迎的葬礼方式不是土葬或火葬，而是喜欢暴尸荒野让狗或小鸟吃掉；有的民族的神灵是他们自己喜欢的东西，如渔夫喜欢供奉某种鱼，猎人喜欢把狮子、老虎作为神灵，有人却喜欢把太阳、星星等作为神来参拜，而且非常虔诚，或卑躬屈膝，或五体投地；有的民族，得到君主奖赏火种是至高无上的荣耀，如果宫中派人送来火种时，他要把家里的所有火光都灭掉来迎接，他的亲朋好友也要到他家里取火种重新点燃，否则就会被当成蔑视君主来论罪；有的民族的房屋从来都没有窗，只有门，而且门经常是敞开的，人们可以自由出入；有的民族不喜欢用手去捉虱子，要像猫一样用嘴才叫正常；有的民族的人们都不喜欢修剪指甲和头发，指甲和头发越长就表示越漂亮；有的民族物资非常丰富，但当地的人们仍然觉得素食最有吸引力。

由于习俗的力量，在希腊的希俄斯岛，七百年来没有一个女人在婚前失身。这不是一件被我们称为奇迹的事吗？

在我看来，习俗的力量是无法替代的，是独一无二的，它对各个民族的精神文化和物质文化都有深远的影响，而且历久不衰，就像达罗斯说的那样，习惯是主导民族文化的女神。

据说，有一个民族以儿子打父亲为荣耀，这个风俗的起源已经很难追索。儿子打父亲，父亲打爷爷，爷爷打父亲的爷爷……就是这样一直传承下来的。但不是说要打死，打到哪个程度，他们有限制，而且绝对不能超过那个程度，否则会视为不孝。亚里士多德说："风俗很多时候是一种病态传统，就好像有的民族喜欢吃碳，有的民族喜欢吃石头，甚至有的民族喜欢吃排泄物，等等。这些都是一种病态，对于其他没有这种风俗的民族来说，简直就是不可思议。"

所谓的道德风气，其实都是长久以来人们认为正确的观念，当你偏离道德标准时，周围的人一定会把你当成没有良心的家伙，甚至会责骂你。但当你完美地按照标准完成自己的任务时，人们也会毫不吝啬地赞扬你。

风俗一旦形成就很难改变，它是人们长久以来行为习惯的模式。生活在这个国度的人们甚至不曾怀疑其正确性，因为当我们还在母亲的肚子里孕育的时候，它就已经存在。在自己生活的周围，这些行为司空见惯，甚至连我们的父母也没对这种行为加以诟病，并经常把这些行为思想在我们脑海里潜移默化，因此并没觉得有什么不妥。于是，它们就这样历久不衰了。

如果我们能客观地审视自己的行为，不受外部环境的影响，然后严格地要求自己改正过来，或许有些陋习还可改变。但如果当我们看到别人的不良行为时，由于不是发生在自己身上，就不加以追究，甚至视而不见。这样，我们也会继续重复这些陋习，甚至一生都不能改正过来。这就是习俗的力量，一种无形的力量，它使人们过分自恋，认为一些病态行为不是病态，甚至因为自己遵守了这样的行为而感到无上光荣，真是可悲、可恨啊！

在君主制度下，人们往往被压迫着。无论思想、行为、贸易都被所谓的法条规范着，但由于人们的祖祖辈辈都是这样生活的，而且他们自身也适应了这样的生活，所以很少有人会勇敢地推翻君主们所谓的权威，导致即使帝王们不断更替，但他们受到的压迫却丝毫不减。又如有个民族比较崇尚自由，做什么事情就有自己的自律性，一旦运用其他国度的条款制度去规范他们的行为，他们都会感觉不适应甚至厌恶。

……

卢克莱修说："第一次看到的事物对于人们来说很有新鲜感，但时间一长，人们就会渐渐对这件事物失去兴趣。"

有一个事物早已被周围的人们所接受，而且很具影响力，我们想把它变为教条，但如果我们不想通过法律来强迫人们接受的话就只能追溯它的起源来说服人们，但当我们了解源头后我们会发现它根本不值一提，最后就只能放弃了。

　　柏拉图曾鼓动诗人、哲学家带头建议废除父女、兄弟姐妹能够发生关系的合法性。因为这个习俗有违伦理，所以最后连群众都参与其中，使这个习俗能够得以废除。最后人们还把相关的故事通过歌声传诵给后代，使整个社会的风气都焕然一新。

　　实际上，很多有违伦理的习俗已在人们脑海中根深蒂固，要连根拔起需要一定的时间和力量。而且消除有些习俗会损害某些人的利益，所以他们会歇斯底里地去反对，如果涉及皇宫贵族利益的话，就更难改变了。因为在很多君主制的国度里，君主就是权威，他说的话就是法律，所以有勇气去触动这些敏感事物的人少之又少。就如很多哲学家的话题都涉及伦理，但他们都不敢详细地议论这种事情的不合理性，不得已要提及时，才会轻轻地一带而过。有的人很想摆脱习俗的偏见，但真正实施时会发现，人们很难接受他的这种行为，因为人们判断是非曲直的根据是深藏在他们脑海里的意念，而这些意念是那些约定俗成的习惯的结晶。所以当他们碰到撕开这些习惯的面具的人时，他们就会按照他们认为最安全的方式去保护自己，并彻底排斥这个所谓懂得真理的人。就像一个国家的法律是参考其他国家的，但又没有普遍推广教育这些法条，也没有用本国的语言对这些法条加以解析。更离谱的是，法案竟然还是应用别国的文字，不是本国的文字。上述这些原因，导致人们犯了法也不知，犯了什么法更不知，要求他们自己了解，他们就更难接受了。因为本国的文字都认识得不多，更何况是别国的文字呢！

　　查里曼国王本打算把拉丁和罗马帝国的法律引进到我们国家，但加斯贡贵族的老人勇敢地站出来反对国王的计划，才使我们避免遭受这种恶劣的命运。有一个民族，法律允许法官这个职位能够用金钱换来，导致很多人都趋之若鹜，想占有一席之位。因为拥有这个职位的人独立于君主、独立于民众、独立于贵族，能够按自己的准则去判案，所以对人们来说，他就是"法"。这造就了他们的腐败思想，买卖审判结果、买卖公义、买卖生死权，等等。这也造成当地的风气很差，只要有钱，就能蔑视别人的生命，就能污蔑别人的人格，就能罢免别人的公职，就能践踏别人的名誉，就能使人遭受非人的待遇等等。这样的社会是和谐的社会吗？是公平的社会吗？是公义的社会吗？是公正的社会吗？显然不是，真正和谐、公平、公义、公正的社会应该是分工明确、职务之间相互制约的。像这种一人独大的社会是专制的、独裁的、民不聊生的社会。

我认为法律就像人的衣服一样，如果你穿着十分另类，想必不被人们接受，甚至会对你另有看法。我曾见到过一个女人穿得很奇怪，头戴长方形的帽子（其实我也不知道它是不是帽子），屁股仅用几条丝状的、类似羽毛的物件遮挡，然后胸部用好像女人生殖器的物件遮掩着，就这样在街上大摇大摆地走过，相信很多人都投来异样的眼光。我个人认为，我们穿着的衣物至少应该是大众所趋的，而且应该是舒服方便的。如果过于另类，人们就会觉得你不切实际和夸张。因此，法律也应该是公平、公正的，是人们所能接受的。就如有一个民族把儿子与母亲发生关系规定为合法的，但这个条款在那些不接受乱伦的国家来说就变得十分令人难以接受，相信反对把它合法化的人会有很多。

因此，法律必须符合人们的普遍观念，即便从别国"拿来"也要根据本国的风俗习惯加以修正，否则只会让大部分人无所适从。同时，也有可能让一些心怀不轨的人利用这些漏洞干坏事。

每个人都应该遵守国家法律。

——克里斯平

在社会生活中，总有些不安分守己的人，他们喜欢突破常规，不喜欢自己的行为被条条框框限制。也有些人为了维护自己的利益，不尊重法律，认为自己才是权威，自己才是"法"。但对于一个有严密组织的国家的机构来说，如果有人试图去破坏它，就需要非常大的力量。因为这种机构是相互制约、相互影响的。就如同一座建筑物，如果你随便地抽走一块砖头，就有可能让它土崩瓦解。希腊立法者曾颁布这样一个法令，如果人们认为法律有什么不合理或缺陷的话，他们都可以提出来，但前提是要在脖子上系一条绳子,当有人不赞成他的建议时就可以把他勒死。斯巴达立法者则以自身的性命作赌注,当地民众才不敢亵渎他颁布的法条;弗里尼斯因为多添加了两件乐器去演奏就遭到检查人员的暴打,因为他们不需要他的创新,只要按规矩演奏就可以了。

我看到过被创新精神迫害的人们,而且我自己也深受其害,曾经很压抑,所以我很不喜欢创新精神。确切地说,如果创新能使人们精神饱满并乐于接受,我不敢说什么;但如果让大多数人惶恐不安、紧张,我就十分不喜欢这样的精神了。我认为,如果一个国家颁布的法令让人们深感疲惫的话,就不是一个好法令。

当人们试图去破坏一个国家的政权时,往往得益的不是他们自己,而是那些早有准备的人,就像有人认为把水搅浑就能捉到更多的鱼,但谁知鱼看到环境突然变化已游到别处,最后反而是那个在等待机会的人把所有的鱼都捕走了。所以始作俑者往往是最不聪明的,就如俗语所说:"螳螂捕蝉,黄雀在后。"

但有一种人比始作俑者更可怜,就是复制他们的人。我想说,别人当时做不成功,如果换了你,情况会有什么不同吗?所以,当我们知道某事不符常规,或不被别人接受,或损害国家利益时,就应引以为鉴,不要让历史重演,否则受伤的只有自己。

在一个国家中,总有一些人企图叛乱,他们藐视君主的政权,蔑视国家的法条,以自我为中心,不考虑周围的环境,然后大动干戈,还冠冕堂皇地说为人民恢复自由而战斗、让人们当家做主而战斗。谁不知,所有的事情都只是口号漂亮,为了讨伐君主他们不惜偷抢人们的财物,占地为王,要求当地民众上贡物资,为了搜刮人们的财物不惜威胁他们的生命。对于这样的人,我非常憎恨讨厌。如果你想更改国家的法条,改变人们的信仰,不应该采用这么残酷的方式,这种方式是以破坏人们安定的生活、良好和谐的社会秩序为代价的。以这种方式建立的法条,你认为人们会接受吗?我想不会,单单想到建立它的方式,人们就已经觉得十分危险和精神紧张了,更不用说要接受它。我认同有些国家的体制存在缺陷,但它对人们的日常生活没有多大的影响,我们应该采用民主的方式要求更改法条,而不应偏激地采用极端的方式。另外,当你认为这个法条存在问题时,你有更好的更改建议吗？你十分肯定人们会接受你建议的法条吗？如果你的回答是不确定的，那么请不要轻易试图去更改它。

　　人们曾为宗教仪式和罗马参议院发生冲突，但参议院理智地向后退了一步："这是神的旨意，我们不应该亵渎，而且宗教仪式关系到广大民众，并直接影响到国家。"

　　在米堤雅战争中，德尔斐人害怕波斯人攻城成功，因而集体去参拜当地的神灵。人们问神灵："我们应该把这些财物带走吗？"神说："不要带走任何物品，只要保护好你们自己就可以了。"德尔斐人遵照神灵的话去做。就这样，全城的人都幸免于难。

　　基督教向人们传递了民主、自由、公平、公义、公正的信仰，这些都直接影响人们的日常生活，但有一条比以上任何信仰都重要，就是让人们不要亵渎君权，要严守国家法律。

　　人是一种能发挥主观能动性的动物，他们善于思考，因此对不公平、不民主的事情都爱加以反抗。但他们深刻地知道事情不能一蹴而就，因此很擅长打持久战，以至这些不公平、不民主的事情变为人们的信仰和风俗，致使我们所处国度的政治环境不断改变，并有益于人们能够和谐生存，物质文明不断地变化，使人们的精神日益饱满。

　　有的人服从国家的法律和习俗，而有的人则比较叛逆，经常亵渎国家权力的权威。前者能换来自身的安全和闲适，后者则被人们唾骂，甚至遭受法律的制裁。当然，这不是鼓励人们盲目地遵守国家法律，只是当自己没有权威的理论依据时，不要随便亵渎国家的政治权威，就像伊索克拉特说："服从只会不够，但不会过分。"

　　或许人们会说：对于一个民主自治的国家，连修改一个法条都不允许，何有自治之理？的确，民主政治的国家当然允许人们提出合理的自治建议，但如果这个建议只是一个错漏百出的建议，又或者即使是一个合理的建议，但如果采取的方式不恰当，也会使制定法令的人难以接受，甚至不屑一顾。所以，我们应该理智地思考修改这个法条的可行性，不应一味地想象它如何影响我们的生活，否则只会使自己越来越偏离客观事实，最后做出非理智的行为，甚至影响国家秩序，这是国家法律和民众都不允许的。还有，我个人认为，国家颁布的法条是经过时间的验证和专业人士不断修正的，长久以来人们都在这样的法条下生活，相安无事，而且社会政治、生活秩序都没什么不良的影响。为什么到你这里就变成有问题？甚至觉得不公平呢？这也是叛逆者需要考虑的。

对于建立这些法条的人，我们应该怀着敬佩尊敬的心，而不是一味质疑他们的行为和思想。如果你足够聪明的话，也可建构那些合理的、能被人们所接受的信仰和思想。否则，请收好自己叛逆的心，因为你这些一意孤行的行为是令人十分反感的，不但亵渎了智人们的智慧，还影响了社会风气。

像戈塔说的那样："在宗教方面，我比较敬佩和欣赏的教父是考伦卡纽斯、西庇翁、塞沃拉，而不是泽侬、克雷昂特或克里齐普。"

所以，并不是每个人都能建构让人敬佩然后用来规范自己的行为的教条，如果真要统计的话，你会发现这种人真是屈指可数。面对这种事情最好不要固执己见，否则只会使自己受伤害。如果人人都可以建制这种教条，那么芸芸众生应该何去何从，想必又会制造另一种混乱景象。

要能恰到好处地建制相应的教条以影响人们的生活，相信是一件更难的事。就如一个患病的人，为了早点恢复竟然大量服用药物，但物极必反，最后只会让自己的身体和精神都更加痛苦，但如果害怕药物的苦而蜻蜓点水式地吃一点点，相信对自己的病情也毫无帮助，甚至加重病情，只会让自己后悔不已。

但也有特殊的情况，如果人们的理念已受到这些法条和建制的影响，他们的思想不抵制它的存在，那么它就有生存下来的可能。

如果人们从思想上或行动上非常抵制这些创新的法条，那么，无论建构者采用什么方式都不能让人们从心里接受。因为人们一定会支持使用旧法条来对付这个自以为标新立异、自以为坚韧顽强的人，最后只会让他自己遍体鳞伤、思想压抑。

信赖背信弃义的人，等于给他害人的机会。

——塞内克

或许国家的法律体制对于特殊的情况的确疏于防范，但如果这个漏洞不明显，不影响整个社会的正常运作，那么对于那些顽固的、冲动的、叛逆的、视法律为无物的疯癫行为，人们就会认为是不合法的，是威胁社会秩序的。

有一个很好的例子：奥古斯都和卡东发动内战的原因是他们的拥戴对象不同：一个拥戴苏拉，一个拥戴恺撒，由于通过法律途径不能决定谁做君主，致使他们大动干戈，导致国内环境十分混乱。这样的情况属于特殊情况，只要有人勇敢站出来建立公正、公平的法条，人们迫于内战的压力也会选择支持。所以穷则思变，不要因为本国的政治原因导致民众生活凄苦，更重要的是不要被别有用心的人有机可乘，导致自己的民族遭受更大的灾难。

斯巴达人是严格遵守国家法律的人，因此身为海军将领的里桑德尔虽然是一名优秀的指挥家，但任期期满后就按照法律的规定退役了。但不久遇上一场战役急需里桑德尔这样的人才，君主没有违反法律，但通过迂回的方法任命里桑德尔为海军的参谋长，从而使这场战役得以取得胜利。另外还有一件相似的事情，斯巴达人派一名大使到雅典想改变某项活动的安排，但雅典人执意说国家的法律规定不能改变，但他们说："国家的法律当然不能改变，但活动的次序可以改变，因为法律没有规定活动的次序。"所以，当特殊情况遭遇国家的法律体制，在不影响整个社会正常运作的情况下，因地制宜地使用法律，才是明智的做法。

第十一章　谈学究气
——最有学问不等于最有智慧

我喜欢看意大利喜剧，但不喜欢里面迂腐的老师，只要他一出现还没开口说话我就已经火冒三丈了，因为充满学究气的人在我这里不怎么受欢迎。我的父母曾把我交给这样的人去照顾，我总是找各种借口逃脱他们，我认为每个人都有他做事的方式，做事的方法多种多样，只要最后达到完成的目标就可以了。但这些老师总是语重心长地教我按照他们的方式方法做事，让我有点喘不过气来。真正有智慧的人最不喜欢这种表面上有学问但骨子里呆板、不会灵活应用知识的人。

我对这类人感到反感不是一两天的事情了，就像普鲁塔克说罗马人最讨厌希腊人和被称作学问家的人一样。我个人也很认同，因为生活阅历告诉我有知识的人不一定是最聪明的人。如果是这样，大家有没有觉得很奇怪，一个了解那么多知识的人，为人处事的方式却不如一个知识浅薄甚至有些粗鲁的人优秀。智慧是人们对待事情所拥有的推断能力和应变能力，而有知识，并不代表就具有这些能力。

一个有学问的人之所以被人们认为有学究气，是因为他们给自己的头脑灌输了很多知识，就好像往种花的花坛不断注水，最后花草因为水分过多而被淹死一样。但纵观古今，那些担任重要职务的人都是非常有学问的人，如果他们满身学究气，那么这个国家离灭亡就不远了。但事实并非如此，这些人学识渊博，头脑灵活，并且有超出常人的判断力和应变能力，所以国家在他们的统治下得以繁荣昌盛，历史久远。

对于那些脱离生活现实的哲学家，经常受到同时代的喜剧作家嘲讽。这些作家认为他们的行为和理论十分无稽，都是脱离生活现实的空头理论。当你要求他们对某件事情进行评论时，他们会滔滔不绝，但人们不会明白他到底在说什么，简简单单的一件事情，为什么要添加这么多让人听不懂的术语。就像他们向人们解释猪为什么是猪、牛为什么是素食动物，法律为什么是法律、宗教为什么是宗教。听不懂他们说的话还觉得可以接受，但看到他们鄙视和高傲的眼神，人们就会觉得很伤自尊，以至对他们产生厌恶的情感。事实上，那些拥有学究气的人，很大一部分都看不起普通的劳动者，对于他们来说没有任何劳动比得上学习和研究。他们认为挤奶工不需要什么知识，只要有力气就可以了；放羊娃就更不用说了，只要不让羊走失就可以了；那些缝补工只要会穿针引线就可以了。他们就是这样蔑视着人们的劳动，认为全世界最了不起的就是自己，因为他们知道什么是宇宙、什么是繁殖、什么是政治，等等。人们很羡慕别人有知识、有学问，但同时又很厌恶他们因此而自傲自大，自以为是，从来不听取别人的意见，固执己见，甚至觉得自己高不可攀。正因为他们的这些特点，人们觉得他们为人处事不够圆滑，担任公共事务职务时刻板、古怪，让人难以捉摸，最后只能认为他们能力低下，甚至不如普通劳动者。

我憎恨行动上是懦夫、只会夸夸其谈的哲学家。

——帕居维尤斯

这些哲学家有学问众人皆知，且他们的其他方面也是十分优秀。希拉居兹城是一位杰出的几何学家，他运用自己掌握的几何知识制造了几件玩具，但他觉得这些小发明只能供儿童玩耍，不能体现其知识的价值。于是，他开始转变观念，最后运用这些几何知识制造了很具杀伤力的武器，作为国家的军事工具。人们也从他的几何知识中扩大了自己的视野，甚至也借助他的几何理论发明了几件小工具。从这个事例可以看出，知识的力量是强大的，它不但影响掌握知识的人，还能影响学习这些知识的人。有能力的人甚至不喜欢和无能的人一起共事。克拉特斯是一位杰出的军事家，很喜欢研究军事理论，并把这些理论运用于实践，取得一定的成果。但当他看到国家任命一个无能的人担任司令一职时,他马上停止研究这些军事学问。还有赫拉克利特宁愿把王位让给自己的兄弟,并终日与小孩子在寺庙前面玩耍。埃斐济人知道后怒骂他,他说:"这总比和你们一起治理国家好吧。"让埃斐济人哑口无言。另外,有能力的人心高气傲,不屑权贵,如恩贝多克勒婉拒当阿格里根特人的君主。有能力的人还善于运用知识为自己创造财富。塔莱斯曾怒骂那些只顾赚钱而不顾社会风气的人,他们反而骂塔莱斯妒忌他们能赚取这么多金子。塔莱斯听后觉得很有道理,继而从商,最后运用自己的知识在不到一年的时间就赚取了别人一生都赚不来的金子。

由于拥有学究气的人不太关心事物的用途,因此亚里士多德曾说人们喜欢用"聪明"和"鲁莽"这两个词去形容他们,除了这两个词我也认为没什么词更能形容他们了。而且拥有学究气的人思想十分保守,他们宁愿过着贫穷的日子,也不愿为了所谓的柴米油盐抛头露面。

那些所谓知识渊博的人之所以拥有学究气,我认为这与他们的学习方法有关。一个善于学习的人绝对不是花大量时间去学习的人,因为他们知道知识是需要先理解后记忆的。老师把知识授予我们,只是负责灌输知识的任务,只要灌输完毕,他的任务就算完成了。因此,即使跟同一个老师学习的学生也会参差不齐,因为知识的运用和理解全在于学生自己。但对于大部分人来说,第一印象是最深刻的。就像一个人走过,突然有人喊:"多漂亮聪明的人啊!"第二个人继续喊:"多温柔优秀的人啊!"相信没多少人会关注第二个喊话的人,因为当第一个人喊话时,人们的目光已锁定在那个人身上了。这就是第一印象的魔力。我们经常问那些学习的人:"你学什么语言的?""你会写什么类型的文章?"我想我们真正关心的不是他学了什么,而是他学好了什么;不是他能够写什么,而是他擅长写什么。

我们努力灌输知识到我们的大脑,但很少会消化理解这些知识,就像那些囫囵吞枣的人,根本不知道枣子是甜是酸,只是为了填饱肚子罢了。所以拥有学究气的人们,他们传输知识的时候就像风吹花瓣一样,只是为了让花瓣随风飘扬而用了一点点力气而已。

我也是拥有学究气的人,写这本书的时候,并非书中所有观点都是我头脑里的知识,我不断地翻查我需要的知识和观点,然后根据写作的需要东拿一点、西凑一点罢了。我写作这本书也不是为了存储观点理论然后为己所用,只是为了完成我这本书的创作。我认为即使我完成这本书的创作，我也不能把这些知识全部吸收，因为阅读这些观点时都是水过鸭背，并没有深入池塘。

那些所谓学识渊博的人的子女，虽然也学过很多知识，但他们也没有在某个领域取得成就，他们能够自豪的就是他们读过什么书、了解过什么原理、知道人们在谈论什么问题，等等。他们掌握的这些东西就像细小的麦粒一样，数多了让人觉得混乱。

他们学会了和别人说话，但是不会和自己说话。

——西塞罗[1]

每个国家的精神产物都是人们从知识的大海中提炼出来的，它们神圣不可侵犯。因此，知识的传播是十分重要的事情，即使只让它们在脑海里停留一阵子也足以让人们产生丰富的想象，从而产生意想不到的文化结晶。

在生活中，人们为了在人前炫耀自己是一个学识渊博的人，不时地在话语里添加一些著名哲学家说过的话，"西塞罗说过；这是柏拉图的观点；这是亚里士多德的名句"，等等。我想说我们是鹦鹉吗？我们这样说话的时候和鹦鹉有什么区别？有一个罗马的贵族，为了让人觉得自己知识丰富，从学术界请来各个领域的学者来为他服务，当与其他贵族聚会时，说到哪方面的问题就由这个方面的学者为其参与解说，或提供这个方面的学术资料供贵族参考。这个贵族还迂腐地认为是他自己的学术见解，这不是很可笑吗？

我认识一个人，问他的学术专长是哪一方面，谁知他却说要思考一下，后来才发现他随手拿起一本曾经读过的书告诉我。当我问他什么是痔疮时，他根本搞不清痔疮和痱子的区别，甚至认为它们并没什么不同。

读书的方法很重要，虽然我们很喜欢摘抄美丽的语句、深刻的见解，但我们不会学以致用，就像一个去借火种的人，当他看到别人的柴火烧得十分旺盛，就不自觉地坐在火堆旁边取暖，把借火种的事情忘记了。又像我们吃玉米一样，没有经过胃液的消化就已从体内排出，那样玉米只能帮

---

[1] 西塞罗，古罗马时期在政治、演讲、辩论、哲学和法律方面都比较有造诣的人物。

助我们解决温饱问题,却不能解决营养问题。吕古律斯曾经是一个没有半点墨汁的人,但通过自学军事理论成功地成为英勇善战的大将军,他的读书方法和我们的一样吗?

我非常讨厌喜欢依靠别人的人,在别人温暖的怀抱里,我们会变得懒惰,甚至丧失自理的能力。而且这个世上没有人有责任和义务去照顾你的一生,因此不要梦想自己能够饭来张口、衣来伸手。最可靠的人是自己,只有自己不会背叛自己。因此,学习知识要学会把知识变为自己的,这才是我们一生中最可靠的财产。

通过学习别人的知识、观点也能成为学者,但我们必须通过自己的努力和悟性才能把这个理想变为现实。

我憎恨对自己不明智的智者。

——欧里庇得斯[1]

智者若用不上自己的本领,还有什么知识可言。

——恩尼尤斯

因为光有智慧是不够的,我们还必须利用它。

——西塞罗

德尼很喜欢嘲讽那些所谓的"大"家,如那些法学家从来不会计较自己的缺点,却经常指责奥德塞的缺点;那些音乐家只会调整琴键的音律,却不会反省自己的行为;又如那些演说家经常向人们传诵公平正义,自己却自私蛮横。

通过学习我们至少应该能根据环境的变化不断地调适自己,让自己能随机应变,让自己对事物能有判断力和理解力。现实很残酷,很多人饱读诗书,却在社会生活中无所适从,甚至惶恐不安。如果这样的话我宁愿把他们读书的时间用来锻炼身体,打篮球也好、踢足球也好、跑步也好,至

---

[1] 欧里庇得斯,古希腊著名的悲剧大师,一生共有90多部作品,但大多以悲剧为主。

少能换来健康的体魄和自由的灵魂。

这里所说的拥有学究气的人和柏拉图所说的诡辩派其实大同小异。他们往往把话说得很好,但真正要实践的时候就显得特别无能了。他们古板、迂腐、愚昧、不会变通,导致事情往往更糟糕,就像那些打破碗的洗碗工一样还跟你索要工钱。

如果让这些人去教授知识,但报酬按照来上课的人数去计算,相信他们每天都会很空闲,因为谁会把辛苦赚来的钱财用于跟一个不会教授知识的人学习呢?

他们就是那种典型的只说不做的人,即使满腹经纶,却不会学以致用。就像他们知道"家里安",但他们不知道病人的情况是否需要使用"家里安";又如他们十分熟知植物学,但种出来的蔬菜还不如一个农民;他们知道身体的结构,但做出来的鞋不如鞋匠的舒服;他们脑子里塞满法律的条文,但不知道这个案子适合哪一个条文。总之,他们只会炫耀自己拥有的知识,却都是夸夸其谈,甚至有时会混乱知识,还自以为是地蔑视人们听不懂。

我认识的一位朋友是大学教授,有天我和朋友们一起聚餐,当然也包括他。在席间,他在谈论那些只有他懂、别人不怎么懂的事情。有一位朋友看不惯他这种傲慢的姿态,因而对他的理论予以抨击。谁知,他十分讨厌别人质疑他说的话,竟然怒气冲冲地离开了。面对他的行为我们不禁哈哈大笑,就像皮尔斯说的那样:"你们这些所谓拥有高尚情操的人啊!你们从来都不知道别人背着你做什么。"

细心的人会发现,在我们的周围,很多所谓的文人都有这样的特点,他们的记忆力很好,但只关注自己,对身边的事物都很淡漠,甚至觉得别人很难沟通,也难以理解。而且他们对事情不敏感,只知道事情的概况,却不能发现事情的关键。但在我认识的人中有一个很特殊,他叫阿德里安·蒂尔乃布。他外表温文儒雅,具有书生气质,这两个特点和拥有学究气的人一样,但他的思想、信仰、行为、做事方式都与他们不同。他做事认真,而且很主动,也很会运用知识提高效率。当别人因为某事需要他提建议时,他往往切中要害,找出问题的关键,提出合理的建议。而且他的眼光很独到,与人辩论问题时,用词恰当犀利。此外也十分擅长分析国家时局,趋势发展判断准确。由此可见,在相同环境接受教育的人也有不同的气质和性格,至于形成什么样的气质和什么样的性格全都取决于他们自己。

有的专业性很强的职位，如医生，不同的医院录用的标准不同，有的仅从他的知识判断是否留用，但有的不但会考虑他的专业知识，还会考察他的实际操作能力，因此设有试用期。我认为后者的方法是比较理智的，毕竟医生除了需拥有专业知识外，还应该有经验，否则面对突如其来的状况就会无所适从，甚至可能威胁到病人的生命，而经验直接影响他们的判断力和体现他们的智慧。

学习知识是为了让人拥有智慧，它像食物一样为我们提供营养，使我们不至于骨瘦如柴，弱不禁风。所以我们学习知识不是为了了解知识，而应该是理解知识，让知识影响我们的世界观和判断力，从而影响我们做人做事的方式。

一般男子都不喜欢有学问的女子，他们认为有学问的女子很难掌控，甚至觉得难以沟通，从而影响婚姻生活。在传统观念里，女子只需要服从丈夫的安排，随遇而安、温柔体贴就可以了。当人们听到布列塔尼公爵会与苏格拉公主萨博联姻时，很多人都觉得公主配不上知识渊博的布列塔尼公爵，因为她只识字，但读书很少。公爵却不以为然，他说："我就是喜欢这样的她。"

我们的国家不很注重教育，每年的财政预算中，教育只占了很少一部分。有人说教育是国家信仰和民族文化的延续。但其实不然，很多人学习知识都是为了改变自己的生存环境，什么知识能带来高收入，什么知识就会被盲目地追捧，他们根本不会理会社会的需求是否饱和。况且，即使修完这个领域的知识也不代表他会在这个领域贡献社会，相反，利用这些知识走上旁门左道之路的也不少。

为了得到财富，我们就应该不顾道德的谴责从事对人类有害的事吗？如果这样，还是不要学习知识好了。学习知识是为了教会我们什么是善，什么是恶；什么是因，什么是果；什么是奉献，什么是牺牲。所以，我们要摆正自己的心态去学习知识，不要利用知识去做一些危害国家安全、人民安全的事。或许有人会说，如果只行正道，那么我们的生活有什么保障，你看看那些研究文学的人，有多少是富有的，很多都仅能养活自己，更别说养活妻儿了。我想说，我不是支持你做文学研究者，但赚钱的方法有很多，尤其是拥有知识后，你会知道什么是商业、什么是贸易、什么是金融、什么是等价交换，等等。没有学过知识的人只有经验，因此他们很多都故步自封，事业很难提升。但当你了解到这些知识后，你会在实践中产生悟性，使自己的思想有一个质的飞跃，从而打破常规，创新经营方式，使自己的收入增加。这就是知识的正能量。所以我们不要为学习知识而学习知识，还要学会运用知识让自己的能力更上一层楼，这才不至于被人们嘲笑，浪费了十多年时间去学习所谓的专业技能，到头来能力还不如那个仅仅工作了几年的人。

每样事物都有两面性，如果它不能为你带来益处，那就必定危害你，就像阿里斯通·德·齐奥评论那些哲人的观点时说："如果人们没能弄清他的观点的真正含义的话，那么他们一定会被他的观点误导。"

每个民族的教育都存在差异，不同的文化背景使得人们注重的东西不同。波斯人比较注重教育孩子如何做人，而另一些民族则注重传授专业知识。每个国家都十分注重对帝位继承人的教育。有一个民族是这样的：在孩子十四岁以前，他们注重锻炼孩子的身体素质，让他有强健的体魄，射箭、骑马、踢球等运动无一不专。到了十四岁，他们会邀请全国公认品德、品格优秀的人才为他传授知识，培养他的人格、人品，使他在德、智、体各方面得到全面的发展。

有些民族除了注重继承人的教育外，还十分注重其他孩子的教育，如里古尔格。他是一个十分有智慧的人，他管治的国家的政治机构十分完善，各司其职，而且知道孩子是国家的未来，因此很注重对儿童教育的投入。但有些人不是很赞同里古尔格的做法，认为他只教会了孩子什么是正义、什么是公平、什么是公正、什么是方法、什么是勇敢等，却从来不会教导孩子实际的知识，如牛为什么是牛、花和牛的区别等。

柏拉图也说过斯巴达的例子。在那里，老师不会直接传授知识，而是虚拟一定的场景，然后向学生提问遇到这种情况该怎么办。就像当时有一个个子高大的学生主动帮助矮小的孩子打水，老师就问其中一个学生他这种行为是否正确。学生说："互相帮助，爱护弱小，我认为并无不妥。"谁知老师听到答案后就直接向其手掌鞭打了一下，然后说："我认为最好维持原来的状态。"学生们大惑不解。老师解释说："如果凡事都因为自己的体格弱小就要求别人帮助，那你还会什么？"

的确，我们不是每时每刻都能找到帮助自己的人，做自己力所能及的事是对自己的一种尊重。因为即使我们体格弱小，但我们也是一名劳动者，学习不允许任何借口。另外，我不赞同老师体罚学生，但老师的这一"鞭"真是发人深省，让人印象深刻。与那些只会为教育而教育、为传道而传道的老师相比，斯巴达的老师是不是优秀多了？他们通过实践去传道知识，正所谓实践出真知。这样的方法必定让受教育的人印象深刻，即使时间过了很久，但这堂课学到的知识想必仍然影响他们的行为。

难怪有这样的传闻：找诗人、画家、音乐家到希腊；找法官、军事家、指挥家到斯巴达；雅典教会了人们说话的技巧，但斯巴达教会了人们实践；有的民族教会了人们运用知识辨别别人诡异的辩解和借口，但斯巴达人教会了人们面对困难时坚毅的意志和刚毅的精神；有的民族关心自己的话，斯巴达人却关心自己做着的事；有的民族喜欢训练人们的表达能力，斯巴达人则喜欢训练人们的执行能力。昂梯帕特攻占斯巴达人的城市时，曾要求他们提供50个孩子作为人质，但斯巴达人讨价还价说："我们愿意提供100个成年人做人质。"理由仅仅因为他们不想耽误孩子的学习。克塞诺丰送孩子们到斯巴达学习时要求他们不要学习辩论、艺术方面的知识，而是要学习法律、实践、行动等方面的知识和能力。

希皮亚经常到处炫耀自己靠教书赚取了很多财富，特别在西西里岛，人们非常追捧他，都希望他能够教育自己的孩子。但他也非常不屑于斯巴达人，在他看来他们不是学习知识的材料，他们的算术很差，而且文章都很通俗，没有修辞，没有语法。但苏格拉底曾嘲讽希皮亚只看到表面的东西，看不到斯巴达人的政治体制如何完善，他们不受良心责备地生活，而且很有行动力，做事从不拖泥带水。在现实面前希皮亚不得不承认自己的见解肤浅。

由上述的例子可以知道，学习知识不是单纯地为了赚取财富，同时也是为了净化自己的心灵和提高自己的思想品德。我认为世界最强的国家是土耳其，但他们崇尚用武力解决问题而轻视文化教育。哥特人认为读书是一种玩物丧志的行为，以至他们攻打希腊时让士兵保留图书馆，不要对它有所破坏，目的就是让希腊人沉浸在读书这种浪费时间的活动里，而疏于军队的训练。我个人认为这是一种愚昧的想法，或者这正与他们自己不喜欢学习知识有关吧。实际上，学习知识不是为了消遣时间，而是为了让自己变得更机智、更勇敢、更有判断力和更有智慧。

第十二章　谈轻信
——凭一己判断力辨别真伪是愚蠢的

每个人都有自负的时候,有时甚至自负得有点愚昧。当有人说今日雷公发怒了,把大部分树木都打断了,我们因为没有亲眼见到,因此认为这个人一定是无中生有。就像有的人说自己看到神灵,人人听到之后都很惊讶,然后安静地听他诉说经过。但总有不相信的人,然后就会对那个说看到神灵的人泼冷水:"我还看到过鬼呢。"这就是人们自负的表现。或许这个世界真是不存在鬼神,但不妨作为茶余饭后的谈资,也为那些编写神话的作家提供素材。所以不要因为自己漠视比较虚假的事物而对他人所言有所排斥,这是十分不尊重别人的行为。

在生活中不乏这样的例子,因为我们每个人都有自己固有的思维模式,所以对于那些脱离我们模式的事物就会有不相信并过分抵触的情绪。我也有过这样的情绪,每次听到人们说我很少关心或不曾遇到过的事情时,就觉得说话者在愚弄群众,而那些好奇的人也显得十分可悲。但后来我发现,真正愚昧自负的人是我自己,我不能因为自己的经历里没有这些见闻就一味地排斥它们,这恰恰限制了我自己的思维和为自己设定了范围界限。所以,不要因为事物不被我们所熟知就说它违背自然、脱离自然。世界之大无奇不有,我们应该抱着不断学习的心态,不随便地否定人们谈论的事情,而是应该保持谦卑的心,认真地向别人请教,使自己的见闻不断增长。

我们对天空的景象已经感到厌烦，没有人愿意再抬头看那光明的殿堂。

——卢克莱修

正因为第一次看到这些现象，才使我们觉得十分惊奇，甚至难以想象。就像卢克莱修说的，如果这些事情是初次出现在人们面前，而且是毫无先兆的，人们就会觉得它们十分浪漫，而且心驰神往。

曾听说过而未见过大海的人，如果第一次看到河流，他就会自负地认为这应该是大海吧。我们通常把自己看到过的最大的物件认为最大的，认为周围没有比它更大的了。

眼睛看惯了，我们的思想也随之和事物亲近起来；思想不再对常见的东西感到奇怪，再不会寻根问底。

——西塞罗

相对于事物的大，我们对其新更有兴趣。西隆提出了"物无多余"一说，我认为是很正确的，任何事物即使我们闻所未闻、见所未见，也不能贸然判断它们根本不存在。我们应该怀着宽大的心去接受大自然的力量，承认自己有人性的弱点：总以为自己已经懂得够多。世间万物都是不断变化的，我们学习新事物的速度远远赶不上它变化的速度。所以应保持谦卑的心，不耻下问。因为很多人相信一个事件为真时，我们的第一反应不应该是质疑它，即使没有时间思考也可以先把它放在一边，而不附加任何情绪。

消息往往走在事件前面，这是为什么呢？是那些预言者拥有真知灼见吗？是这个世界传送消息的渠道十分先进吗？我认为都不是，仅仅是因为我们能够通过类似的事件去判断事情的走向。有时你不得不信服拥有这种能力的人，在多米蒂安时代，安托尼乌斯在德国失利的消息，罗马人当天已熟知，并把这些消息传到全世界。又像奥诺里尤斯教皇，在菲里普·奥古斯都国王死的当天就为其举行了葬礼。这些都是活生生的例子，不是说我们不相信就能不发生的。因此，放下那些所谓的自尊心吧，该相信的事情我们还是要相信，否则只会让自己感觉混乱。有时因为不肯接受事实，让我们对某些事情感到混乱，以至自己无所适从，从而错误判断某些事情，这不但影响了我们的生活，还让我们的行为被人们否定。

人们一般都不会相信那些充满宗教色彩的事情，就好像布歇的作品中曾提及圣希莱尔圣骨显灵的事。由于它不具权威性，因此受到很多人的质疑，甚至人们开始觉得是布歇无中生有。但在现实生活中有很多真实的类似事例，这让我们不得不相信它存在于我们的周围。在米兰，圣奥古斯丁亲眼看到一个盲童通过抚摸圣热韦尔和圣普罗泰的圣骨而重见光明；在迦太基，一个身患绝症的人被一个刚经过洗礼的女子治愈，无须任何药物，只在她面前比画划了一个十字架；赫斯佩琉斯的大宅最近经常有鬼魂出没，他无奈之下听信传闻拿了一点耶稣墓地的泥土回家，谁知真把那些鬼魂吓得灰飞烟灭。后来听说驱过鬼魂的泥土能治愈生病的人，他就把这些泥土带到教堂，最后让一个半身不遂的人重新站立起来；有一个妇女得了一种严重影响视力的眼疾，最后用鲜花在圣埃蒂安的骨灰盒上扫了一下，然后往自己的眼睛做了同样的动作，使眼疾得以治愈而重新恢复正常视力。

以上的这些事例都有见证者，难道是因为那些人的想象力导致他们看不清事情的真相吗？难道他们当时的头脑不清醒吗？我想都不是，捏造这些事件他有好处吗？他说这样的事情的动机不纯吗？答案是否定的。既然都是否定，那么我们即使不相信也应保持中立了。

因此，不要随便鄙视我们看不到的事物，这是十分愚不可及的，除了暴露自身看待事情比较轻率外，还让人感觉自视甚高，这样只会使人们远离你，甚至排斥你。另外，如果我们抱着这种态度看待事物，会限制自己的头脑，缩窄自己的视野，这对我们学习新事物、了解新事物、记忆新事物都是毫无用处的。所以我们要学会突破这些条条框框，才能让我们看待事物的时候冲出思想的藩篱。就像在战场上，如果你一味勇往直前，这或许让敌人联合起来对付你，但如果你懂得适当后退和让步，或许使敌人放松对你的戒备，而后再勇往直前反而能够取得胜利。因此，不要因为过分的自负使自己看到事情虚假的一面，从而影响我们对事物的正确判断，这只会贻笑大方，使自己没有后退的余地。但如果当我们不能肯定事情的真相时，我们暂时保持中立的态度，然后有时间时再去考虑事情的真假，那么我们就能为自己留有余地，轻松地冲破思想的界限。就如本章节的标题一样:"凭一己判断力辨别真伪是愚蠢的",所以我们不要简单草率地面对新事物,而应该保持谨慎的态度,并多思考、多探究,使自己采用正确的态度去对待新事物。

中卷

第一章　谈人的行为
——变化无常是人行为的常见特征

作为一个行为学家，相信也会觉得人们的行为非常难以琢磨，很难从单一的情况行为去判断这个人的性格，因为人是一个矛盾体以至他们的行为常常前后不一。所以即使是行为学家，他也很难为人的某种行为作出解析，有时甚至会怀疑是否是同一人的所为。很多学者都认为这世上没有任何规律、条款能够用来言说人们的某些行为，因为它总是变幻不定的。波尼法斯八世教皇刚登位的时候就像一只狼，后来就像一只老虎，但死的时候又变成一只猫。尼禄给臣民的印象一向是严苛、冷酷、暴政，但他在签署一个死囚的处决书时竟然痛心地说："如果我不会写字就好了。"这样的例子数不胜数，变化无常是人类共有的特点，因此不能单靠人的一两个行为就判断他的性格，这样只会使自己对别人产生误解。

一个没有回旋余地的决定，绝对是一个坏决定。

——普勃柳斯

有一些作者坚持从人们的一般行为去判断人是一个性格和行为不常变化的动物，但基于人们的世界观和习俗，我们通常认为他们的这种说法是错误的。就像他们对奥古斯丁经常避而不谈一样。奥古斯丁的性格和行为经常变幻无常，而且其大胆、夸张的程度是人们很难想象的，以至一些著名评论家对他的事例也是闭口不言的。所以，他们经常以个别的例子去总结大多数人的行为的做法是错误的。我个人认为人的行为是没有稳定性的，很难通过个别的事例去总结人的行为动机。

纵观史书，发现追求稳定性和一生只忠于一个目标是很多圣贤们追求的人生境界，但人是随着环境变化而不断调整行为的，当前的行为也会直接影响以后事情的发展，就这样周而复始，最后让行为当事人也搞不清自己最初行为的动机。对于出发点比较好的行为，我们也不在乎他怎样变化，但对于那些动机不纯的行为，我认为人们从产生歪念头开始就应该马上制止，因为这样不但损害了别人的利益，还让自己丑名远播，对于自己往后的人生也会产生不利的影响。就像贺拉斯说的那样："他轻视自己想要的，舍不得已经放弃的，他动摇不定，一生只是矛盾。"所以，当自己产生一种行为时，是不是应该反思这种行为是不是自己想要的，然后再开始行动，这才不至于偏离自己既定的目标太多。

但人都有这样的缺点，总是摇摆不定。当风吹过来，我们就让自己享受清凉的气息，但当雨随后打过来时我们就会忘记风的清凉，而后努力寻找能够遮风挡雨的地方。就像那种叫变色龙的动物，你把它放到绿草中，它就会变成绿色，如果把它放到枯叶里，它就会变成褐色，它们就是这样根据环境不断地变换自己的颜色去保护自己的，人也是这样。

我们就像牵线的木偶，任由他人的肌肉摆布我们。
——贺拉斯

难道我们自己感觉不到矛盾吗？或许我们在逃避那些我们不想看到的结果，因此总是不断地变换自己的行为，让自己感到安全。又或者我们总是面对自己想追求的事物时驻足不前，导致我们因为渴望而只要有一点点的推动力我们就随波逐流，不管前方的艰难险阻。

人的思想瞬息万变，犹如朱庇特神亲自洒向大地的灿烂阳光。
——西塞罗

环境每天都在变化，以至我们每天都有新的梦想。就这样我们的行为随着环境的变化而变化，导致我们对初衷不能从一而终。

当我们看到有人能够严格规范人们的行为，而且监督人们的行为不偏离最初的目标，我们就会对他投来敬佩之情，认为他是一个能够严格要求自己、鞭策自己的人。

一个思想行为简单的人，他的一生是很容易诠释的，就像卡东一样，他只要一只手指按压琴键，就会有美妙的音符被弹奏出来，像一首完整的美妙曲子。但是当我们有很多行为时，每个行为会产生不同的效果，这样我们就会应接不暇，以至无论什么事情，我们都好像没法做好，虚度了一生。

有个女子十分不安分、不守己、不检点，经常和一些男子私通。但据闻，在国家打仗激烈比较动乱的时期，她为了从一个只是对她说了几句调戏话的士兵身边逃离，竟然激动地从家中二楼跳下，但并没有送命；她为了达到目的居然在士兵面前举刀自刎，让旁人都感到她把事件弄得太大。其实她只是怕那个士兵会有真实的行动，所以才作出如此偏激的行为。这事和她之前的生活行为真是截然相反，导致人们都很难理解。既然自己是一个如此放荡之人，当时为什么又要假装卢克莱斯呢？那个果敢、英勇、自卫的烈女。

昂蒂戈诺斯有一名身患奇疾的士兵，那个士兵寻医数百次都没有人能够治愈他这样的病，致使他早把生死置之度外，所以在战场上英勇善战、以一敌百。昂蒂戈诺斯不知道这样的情况，只看到他的功绩，因此很欣赏他的行为品格，命人请来名医为士兵医治，居然能够痊愈。但治愈后的士兵变得贪生怕死，最后竟然成为逃兵。在吕古律斯身上也发生过类似的事情：有一个士兵的财物被拦路的土匪抢走，这个士兵十分气愤，使尽全身的力气与这些土匪打斗，最后把财物取回。他的这个行为被吕古律斯看到，然后委派他去完成比较艰险的任务，但这个士兵断然拒绝了。人们都是这样，对于自己的事情都十分关注，但对于大局的事情就很想置之度外。

足以使懦夫变成勇士的是鼓励。

——贺拉斯

土耳其大将哈桑带领的军队被匈牙利人击败，究其失败原因，哈桑有不可推卸的责任。因为在战役中，哈桑胆小如鼠，到处躲避敌军的追击，因为自己的队伍无人统领，导致最后的战败。当哈桑被严加责备后，哈桑没有反驳，最后竟然盲目地走向敌营，导致身亡。这样偏激的行为并不能使自己弥补错误，也让人看不到你后悔的迹象，只让人觉得你真是十分不可理喻，行为的变化令人难以捉摸。

有个人昨天蛮横无理、十分嚣张，但今日就通情达理、十分谦逊。如果你遇到这样的人请不要觉得奇怪，因为他昨天或许酗酒、或许受了刺激、或许心情不好，才让他产生这样的行为。所以人的行为都是受外部环境影响的，这些影响足以让其产生反常行为，并会产生这样的疑问："这还是我认识的那个他吗？"

这就是人，他经常以一种姿态展现在人们的眼前，这也成为人们比较熟知的他，但当环境变化得不合常理时，也会刺激到他的心灵，最后作出异常的举动，这时人们对他就会有所误解，觉得以前自己看错人了。所以每件事物都有两面性，它有时会让我们变得善良，有时也会让我们变得凶恶。

我们就是这样被这两种互相冲突的情绪所左右，让我们觉得自己变幻无常、无所适从。如果一个人足够细心，他就会发现自己的行为多么无常，多么让人捉摸不定。造成我们这样的因素有很多：惭愧、自傲、天真、谨慎、勤奋、细心、乖巧、愤怒、欺诈、善良、宽容、浪费，等等。上述这些因素经常使我们左顾右盼，有时甚至让我们自己也不认识自己，觉得自己很荒诞。所以，我们必须细心地留意哪些因素容易让我们受到刺激，尽量学会抑制它们给我们带来的危害。这样，我们才能尽量保持自己，并让自己保持平常心去对待事物，才会让我们不必因为一时的亢奋而作出错误的举动。

每个人都会被别人评价，但我们不必太在意他们的评价，因为人们看待事物的时候多少带着感情色彩，所以我们只要自我控制好自己的行为就可以了。另外，我们要学会客观地分析事物，不要随便地因事物的变化而作出不合理的行为。比如当我们看到一个勇敢的人时，不要因为他一时的勇敢就果断地判断他是一个勇敢的人。一个真正勇敢的人，他无论遭遇什么情况都会表现得很勇敢，而且是发自内心的，不会因为环境因素的影响而发生变化。正所谓路遥知马力日久见人心，客观谨慎地思考自己和他人的行为，对正确判断事物是非常有好处的，也会对别人那些反复无常的行为习以为常、见怪不怪，这样我们就很少会受这些外界因素影响了，从而自身的行为也得以常规化。

有些人面对流氓行为时显得十分无力，面对穷困时却能乐观面对；也有的人十分害怕生病，但面对敌人时顽强勇敢、宁死不屈。当我们对这些事情做出评论时，我们是针对他们的行为而不是他们这些人。

希腊人对于侵害他们国家主权的人十分痛恨，并且自强不息，誓死保卫自己的国家。但森布尔人和凯尔特伊比利亚人就没有这样的特质，导致他们的政权经常变换主人，人们在这样的政治环境下惶恐不安。

说到英勇，亚历山大大帝是一个代表。但他本人的疑心很重，他总怀疑有人想谋害自己的性命，导致整天疑神疑鬼，稍有不顺心就命人残忍地屠杀身边的人。像他这样，无论面对敌人如何英勇，但其残酷的虐杀行为始终让人惶恐不安，甚至不敢靠近。由此可见，无论一个人有多高尚的情操，但始终都难以掩盖他别的特质给人们带来的危害。这些矛盾的行为，也直接影响人们对他的评价。

所以，我们要客观地评价一个人，不能只根据发生在他身上的某一事件去评论，而应该长时间去观察，即使他偶有偏离，但很多时候都是会重回正轨的。另外，我们自己真诚地对待别人时，也希望别人以同样的方式来对待自己，当别人和自己表现得不一样时，就会感觉有失落感，这其实也是我们比较自私的表现。因为每个人都是独立的个体，行为的无常性导致每个人的性格都有所差异，我们不能要求别人和自己一样，因为我们没有能力控制别人的行为和话语。或许正因为这些因素，才影响我们的行为，让别人觉得自己很难相处。

所以我们必须学会规范自己的行为，最有效的措施是为自己确立一定的目标，然后按照目标去规范我们的行为。有了目标，我们还要学会定期反思我们的行为，这样很容易发现自己偏离目标的轨迹，我们还能够根据偏离的程度适度地做出调整。就像我们没有绘画的对象，找来一大堆绘画工具有用吗？我们没有统一的思想，把那些零碎的观点收集起来有用吗？

我们没有射击的对象，却找来弓箭有用吗？我们没有要去的地方，却策马扬鞭有用吗？我们没有写作的主题，却不断地翻阅资料有用吗？有目标，然后再行动，这样能提高我们的做事效率，也能有效地控制自己的行为。

巴里扬人认为米雷西人只关心自己的个人事务，因此想去改变这样的局面。但当踏入他们的岛屿时发现他们的房屋十分整洁，街道的规划也井然有序。另外农民的种地水平很高，每个人的行为也很优雅，很少相互抵触，因此，建立公共事务机构在这个岛上显得十分多余。

始终如一，可是一件了不起的大事。

——塞内克

所以，在社会生活中，我们只需要控制好自己的行为，只要我们规范好自己的行为就是对环境的一种最好的保护。我们每个人都是独立的个体，却相互影响着，如果我们每个人都因为环境的变化而改变自己的行为，这个社会的秩序就会变得杂乱无章，甚至可能十分动荡。就像拥有贪婪思想的人，他们有可能因为贪婪而窥视别人的财物，最后竟然在未取得同意的情况下向别人的财富伸手；也因为贪婪，而坐上那条说可以找到宝藏的小船，最后因为经不起风浪而在一望无际的大海丧生。控制好自己的行为最好的方法就是让自己少受周边环境的影响，而后坚定不移地向着自己的目标前进。

第二章 谈饮酒
——酗酒是一种懦弱和愚蠢的恶习

这个世界多姿多彩，有各种各样的现象。在斯多葛派看来，那些被人们认为令人憎恶的习惯是没有区别的，没有必要把它们分门别类。但如果这样主观地看待问题，只会让我们对事物产生严重的误解。

真正的好，既不过分也不欠缺。

——贺斯拉

难道说在别人的果园偷吃苹果和偷别人金子的人的罪一样吗？我个人认为这样判断的话就欠缺公平了。苹果的价值远远赶不上金子，如果没有区别地加以论罪，那么社会秩序还能如此安稳吗？

这个世界的事物是多种多样的，其中包括恶习。

如果把人们所做的恶行不加以区分的话，每个人都会为自己留下的错误辩解。就如偷果子的人说："难道我偷果子比那些抢人钱包的人更过分吗？"偷钱包的人会说："难道我偷钱包比那些偷宝石的人更过分吗？"偷宝石的人会说："难道我比那些偷国宝的人更过分吗？"每一个人都为自己的恶行辩解，相对而言他们的错误的确不算什么。

在人类的恶习中，我认为过度地饮酒是最不可理喻、最缺乏理智的，与其他恶习相比，它可以说是毫无用处。其他恶习可能掺杂机敏、谨慎、巧妙等因素，酗酒却是完全与肉体有关的粗俗的恶行。所以，酗酒是十分让人讨厌的恶习，它不但会让人失去理性，还会让人削减智慧，不能正确地辨别是非，从而严重地影响人们的行为。

酒精的力量深入身体，我们变得四肢沉重，迈不开双腿，跌跌撞撞，舌头打结，目光飘浮，智慧被淹没；接着就是吆五喝六、打嗝、争吵。
——卢克莱修

这就是酒精的力量，它让人们无法自控，不仅是行为，还包括内心。所谓酒后吐真言，就是说人们把埋藏心底的话都全部托出，以至让他人知道自己的真正想法。

快乐的巴克科斯，把智者的烦恼和最隐秘的思想全都曝光了。
——贺拉斯

约瑟夫讲过一个关于奥古斯都的故事。敌人派来大使打探军情，不料奥古斯都早已熟知这一情况，大使一到来他就命人设宴款待，让大使喝得酩酊大醉，最后从他口中得知敌军的很多军事秘密，从而取得大胜。但奥古斯都对吕西尤斯·皮宗没有戒心，每次与他相聚都会不醉不归。类似还有蒂拜尔和卡西尤斯的关系，他们经常对对方毫无保留地把事情的想法全盘托出，毫无戒备。

辛贝尔的酒量很差，只要喝一点点就会醉得很厉害。他曾受命手刃恺撒，最后也不负众望地完成任务。当别人问他杀掉恺撒的勇气从哪里来的，他风趣地开玩笑说："酒精我都忍受不了，何况是暴君呢。"

如果不是史书上有记载，我很难相信有人醉得像死了一样。珀查尼阿斯因为阿塔尔有一次设宴侮辱了他，导致他后来用类似的方式把马其顿国王菲利普杀害。类似的事件还有埃帕米农达斯，他有很好的家庭背景，也受过良好的教育，但因为曾被国王羞辱，所以在一次聚餐中他不停地向国王灌酒，导致国王最后失去理智，竟然允许宫中的男侍从像对待烟花女子一样对待他的嫔妃。

对酗酒这个恶习，看来人们已经见怪不怪，斯多葛派的学者也十分推崇喝酒，因为他们认为喝酒能够放松人们的心灵，也让人陶醉在他喜欢的事情上。

居鲁士国王为了让别人感觉自己比哥哥阿尔达泽斯聪明、有头脑、有决断力，经常乐此不疲地在人们面前赞扬自己，其中有一条就是自己比哥哥更能喝酒。在很多国家都通过比试酒量让人感觉自己很有能力和力量。巴黎著名的医生西尔维尤斯曾说过，如果每个月都酗酒一次，能有效地防止胃功能衰退，防止它变得迟钝。还有人说波斯人一般酒后才讨论重大事情。

我很少喝酒，因为我的道德观念不允许我这样做。有些人为了一时的意乱情迷，不惜伤害自己的身体。俗话说一醉解千愁，但我不认同这句话，因为当一个人非常烦躁的时候，如果还喝酒，那么思绪会更加混乱，照顾自己都来不及又如何解决问题呢？古人在这个方面也有很多权威性的见解，也是我比较欣赏的。

我认识一位贵族老人，他说喝酒是他的三大兴趣之一。他喜欢喝酒，但不太讲究酒的味道。他说："如果你不是要成为什么品酒专家的话，你可以随意点，不用太认真，否则你不会知道喝酒的乐趣。"德国人就是这个方面的典型例子，他们都很喜欢喝酒，但他们不会计较自己在喝什么酒，只要有酒喝就觉得十分幸福。当人们在为自己喝到的不是好酒而感到苦恼时，他们却兴高采烈地碰杯，甚至有点得意忘形。法国人也很喜欢喝酒，但他们不像德国人那样豪饮，而是有节制地喝酒。每次吃饭都不忘记往杯子里倒一点点酒以宽慰自己喜酒的心灵。但每次都喝那么一点点，他们能真正感到喝酒的乐趣吗？在多数人看来，喝酒的时间不应该这么短，而且分量也不应该这么少。据说，先祖们都很喜欢长时间喝酒，一喝就一整天，而且分量也很多。我见过一位老人，年轻曾参军为国家效力，并且也有一点功绩，他吃饭的时候很慢，喝酒却很快，一顿饭至少喝十斤酒，而且面不改色，甚至能够继续饭前的劳动。有时喝酒的确能够带给我们乐趣，但我们必须遵守适量的原则，这样我们才不会因为饮酒耽误了正事。以前我的家人也很喜欢喝酒，不论早晚饭桌上都会有酒，但现在就很少出现这种现象了，难道说是因为我的家人们已经不喜欢饮酒吗？不是的，只是他们明白了喝酒要有所节制，否则会严重影响身体健康，甚至可能严重地影响我们的行为及做事的质量。

　　人们年纪大了免不了需要心灵慰藉和精神支持,有些人喜欢把这些需要寄托在酒精上。但毕竟年纪大了,身体各方面的功能都有所减弱,因此即使想通过饮酒寻得乐趣也应有所节制。有人说童年的身体像敞开的堤口,奔腾不息;随着年龄的增长,身体就像加了田字形的道闸一样细水长流;到了老年身体就像只有几个孔的封闭道闸一样没有一点冲击力。所以,酒虽好,也应适可而止。

　　我不明白为什么有些人喝酒就像喝水一样,大口大口的,我的身体承受不了这样的行为。比如我喝水是为了解渴,但如果在我不口渴的情况下让我多喝水,我会十分不愿意,我的身体也不愿意。有时天气闷热得吃不下饭,我才会在吃饭中途喝点东西,但对喜欢喝酒的人来说酒就像饭,喝很多也觉得不够。阿纳加尔西斯发现希腊人饭后喝酒的杯子要比吃饭时大,也或许是人们比较酒量的方式之一。与希腊人相似的还有德国人。柏拉图建议人们十八岁之前要滴酒不沾,十八岁到四十岁之间喝酒要适可而止,但四十岁以后就不加以限制了,随便人们怎么喝,只要他们感到快乐。在一次宴会上柏拉图甚至要求狄俄尼索斯负责调动人们的情绪,让人们尽情享受喝酒带来的欢愉,让宴席上的老人们重拾青春的激情,尽情高歌、尽情跳舞。在柏拉图的《法律篇》中还提倡人们喝酒,在他看来酒能使人们放大胆量,也能释放人们的压力,尽情放松心灵。另外,喝酒能看到人们的本性,也能使身体更加健壮安康。虽然他十分赞同喝酒的好处,但他也在书中提醒人们,喝酒要分场合和自身的情况。如果要上战场应对敌人,那么最好不要过度喝酒,必须保持理智;如果你身居要职,一举一动都影响国泰民安的话,那么应该严格要求自己滴酒不沾;如果想孕育一个健康宝宝的话,也应注意调适自己的身体,最好不要喝酒。

　　酒精能够突破智慧的防线吗?

——贺拉斯

　　人们经常讨论这样的问题,有智慧的人能够抵制酒精的力量吗?
　　无论我们的自制力如何强悍,我们都不能每时每刻都保持理智,坚持自己的行为和生活目标。总有一刻我们想放松自己，让自己忙里偷闲喘一口气，即使是出名的伟人他们也会有这样的情况。诗人卢克莱修是一个坚持原则的人，但最后也抵制不了好友的劝导，被酒灌得失去理智，甚至睡了三日两夜；就算苏格拉底行动不方便，但人们都会像对待健康的人一样对待他。难道人们会因为你身患重病就区别对待吗？难道你受了一点小伤就卧床不起吗？无论我们多么理智，但我们始终都只是一个人，一个人是最无力的，又怎么抵挡得了群众的压力。所以，无论你自制力多强，多有智慧，你都会受到周围环境的影响。

第三章 谈良心
——人心将因自己的行为而充满希望或恐惧

哥德·拉布鲁斯和我曾在内战期间出游,当时遇到了不同党派的绅士。起初我不知道他是敌方党派的,因为他见到我们时十分有礼貌,而且十分谦卑。但这样的人通常是老谋深算的,当时这场内战敌我双方的关系十分复杂,虽然大家都处在相同的国度,拥有相同的习惯,但如果不自报身份的话根本不会知道对方是自己的同僚还是敌人,这是最危险的情况,很多时候会因为判断错误而做出受良心责备的事情。我也曾经遇到过这样的情况,结果令我十分狼狈不堪,不但作为交通工具的马儿死了,甚至还牺牲了一个心爱的随从。他们十分残忍,没有商量的余地,只要知道你是敌方党派的立即开始残酷的杀戮。这位绅士当时应该也在这次事件中,因为我看到他只要见到马就会脸色惨白,而且经过那些他曾经打过仗的城市时,他都会惶恐不安,希望尽快逃离。后来我才发现原来他深受良心的谴责,以至不断地在人们面前暴露他曾经干过的坏事。良心真是很奇妙,它让我们在事实面前暴露无遗,根本不需要什么证据加以指证,事情就水落石出了。

它心如铁石,挥动无形的鞭子抽打我们。

——尤维纳利斯

我也曾经从一个儿童那里听到过一个故事。有个放羊的年轻人把树上的鸟窝打了下来,而且把小鸟全部杀死了,周围的人都对他加以指责,他有点神志不清地辩解说:"它们诋毁我杀了父亲,说完还不停地在我耳边责骂我。"聪明的人从他的辩解中应该都能知道事情的真相,因为年轻人的良心已经出卖了他自己,让他不得不向事实低头。

罪行和责罚是孪生兄弟,它们出生的时间相差不了多少,但往往是罪行在前,责罚在后。这也是因果,由于有了罪行,因此才被责罚。责罚产生罪行的人不一定是别人,更多的是自己,所以不要随便犯下难以弥补的错误,这只会让自己备受折磨。

一个坏的决定,首先对作出决定的人来说是坏的。

——奥吕·吉尔

相信大家都知道黄蜂蜇人之后就会死亡,难道人们的身体存在毒液吗?

它们把生命留在了自己制造的伤口里。

——维吉尔

所以,我们不要随便地做出损害他人利益的事情,也许你能尝到一点甜头,但最终失去的或许要比得到的多很多。因为人是一种拥有情感的动物,他很容易被自己的行为牵动情绪,或后悔,或不安。

因为,这是常常发生的事情,他们梦呓连连或病中呻吟,许多人便自我谴责,暴露实情。

——卢克莱修

阿波罗多尔经常欺压斯基泰人,为此他经常寝食难安,甚至严重影响自己的睡眠以至产生幻觉,见到另一个阿波罗多尔埋怨自己、责备自己。伊壁鸠鲁也曾说过:"施恶的人无论去到哪里都会感到惶恐不安,因为他们总是被自己的良心注视着。"

对自己的责罚绝不手下留情的是自己,因为本人是罪行功过的审判官。

良心具有两面性，它可以让你终日寝食不安，也可让你心安理得。所以，我们要学会把握做事的尺度，这样才能让自己面对厄运的时候坚定不移，勇往直前。良心就好像一面镜子，它既能看到自己善良的一面，也能看到自己丑恶的一面。

这样的例子很多，但有一个人身上同时有三件典型的例子。西庇翁曾遭罗马人指控，但在法官面前他心如止水，十分平静，不反驳，不辩解，任由人们对他做出抨击。后来他说了这样一句话："国家的法律适用于全国的人民，只要是本国公民都应接受法律的审判，当然，我也不例外。"还有一次，有一位官员为民请命，要求审判西庇翁，但他这次还是没有辩驳，而是对群众说了这样一句话："我们好不容易才战胜迦太基人，让我们用行动去感谢神恩吧。"说着，他就走到群众的前面，往教堂走去，对他加以指控的民众也不由自主地跟了上去。面对卡东指控贝蒂柳斯担任安提奥什省长期间，该省的收支不清晰，西庇翁不慌不忙地带着收支账簿来到法院。他神色自若地对法官说："账簿在我这里，但我不能交给您，请您谅解。"说完就把账簿撕毁。如果他真有对人们施恶的行为，他会如此淡定地面对人们的指控吗？相信谁也做不到。正因为他没有做过，所以他才能在这些严肃的场合表现得不慌不忙。

本来人类的世界就是一张白纸，但随着时间的推移，产生了各种各样的法律、条文、风俗、习惯等。刑罚也是其中的一种，它产生的原因我想主要就是为了让施恶者承认自己犯下的错误。有些人做了恶行还不断地为自己加以掩饰，非常顽固，但在刑罚面前胆战心惊，为了免受皮肉之苦不得不承认自己犯下的恶行。不过对于被冤枉的人，刑罚往往对他们毫无用处，即使你对他施以极刑，他也宁死不屈、坚定不移。这也是良心的力量，当人们做了坏事时，本来已遭受自身良心的责备，如果你再对其施以刑罚，他的心自然很难承受身心之痛；但如果他没有做过这些坏事，良心十分心安，即使你对他施以刑罚，对他来说不过是身体的一点小折磨，精神上却不痛苦。

痛苦迫使一个人说谎，哪怕是最无辜的人。

——普勃柳斯·居鲁士

但对于意志不坚定的人来说，他们有时会被身体上的痛苦折磨得苦不堪言，于是就对自己和别人说了谎，这样做的后果可想而知。他们为了逃避一时的痛苦而让自己长期遭受牢狱之灾甚至失去生命。也有很不幸的例子，就是事情还没水落石出时，有人已经忍受不了痛苦西去了，这是最无奈的，应该是人们遇到的最残忍的事情。

很多时候，我们只不过是怀疑某人做了坏事，但没有实质的证据。既然是怀疑那么事情就存在两种可能：一是他的确做过；二是我们冤枉了好人。所以我个人认为刑罚只是我们获取证据的工具，没必要为了所谓的证据而有失分寸地对人们施以极刑，这样做导致的后果是我们能够承担的吗？相信没有人敢说自己能够承担。因为只要是人就会有良心，如果我们不但冤枉了好人还让其一命呜呼，我们能安心地度过余生吗？相信没有几个人能够做到，即使他是出了名的铁石心肠。所以我们必须在刑罚面前保持理智，不能过度地使用它。

第四章 谈精神奖励
——荣誉是一种高于物质的特权

如果想要得到非物质的荣誉和精神奖励是很困难的,因为考核条件很严格,不是一般人能够达到的。读过奥古斯丁·恺撒自传的人都知道,他对立了战功的部下是很大方的,从俸禄到金子到田地,他从不会吝啬。但他本人在上战场之前,就得到了很多非物质的荣誉奖赏,主要是表彰他英勇善战、为国献身等方面的。我个人认为这是世界精神文明的一个飞跃,它鼓励人们追求物质之外的东西,这比什么都重要。也因为人们了解到精神方面的荣誉比物质的更有吸引力,于是就创造了各种各样的精神奖赏,当然这样的荣誉奖赏通常是独一无二的,不是人们唾手可得的。

我们的国家像其他国家一样,建立了一套完备的骑士勋章制度。相信很多人都同意这种制度的存在,它的价值不是金钱可以衡量的,只有那些少数的具有优秀人格的杰出人物才能拥有它。因此,不但是普通民众喜欢追逐它,甚至贵族的眼睛也离不开它。它不是普通的物质奖赏所能够比拟的,无论谁得到它,连国王都要对他表示尊重,但如果把这种荣誉渗入一点物质,它就会变得逊色很多,因为物质的存在会使它失去原来的光芒。

我们国家的圣米歇尔骑士团勋章是很多贵族追逐的对象,它高于一切物质奖赏,任何官职、爵位都不能和它的荣誉相提并论,它代表精神上的富有和奖赏。因为劳动而取得工钱,因为发明而取得国家级职称,因为立了战功而受封爵位,等等,这些都是物质上的荣耀。虽然后者也是社会上贡献比较突出的少数人才可以获得,但前者更为严格,通常是那些做了特殊贡献的人才能得到，历史上或许只有极少数人得到过。我个人认为设立这种荣誉是一种非常聪明的做法，它不会影响国家预算，而且杰出的人大多都对物质很不屑，如果你给予他们物质上的奖赏，或许他们不怎么喜欢，但这种精神上的奖赏则不同，因为得到它的人可以说独一无二，这对他们来说应该算是最高的荣耀，这样的奖励相信没有人能够拒绝。而且很多时候人们都赋予它有一种特权，这种特权相信也是至高无上的。

我不会因为别人重视儿女的学习就称赞他，因为这是有责任感的父母都具有的特质，我也不会因为他帮助了老奶奶抬米就赞扬他，因为这种现象随处可见，我也不会因为他成为这届运动会的长跑冠军就对他拍手称快，因为运动会的项目冠军又不止他一个。所以，任何一件值得人们尊敬和推崇的事情一旦不再成为一个人的事情时，我们就会习以为常，甚至觉得理所当然。这样的话无论他的行为多值得赞誉我们也不再为之动容了。

像骑士勋章这种精神奖赏我认为是现时最聪明的奖赏方式，它产生的奖赏效果是其他奖赏方式不能比拟的，正因为不能比拟，所以有可能导致滥用这种方式。如果真是这样，我个人不是很推崇，因为广泛应用这种方式后，它的权威性就会消失。就像一个没有吃过鸡蛋的人，如果他第一次吃，一定会视如珍宝慢慢品尝；但如果第二次吃，因为觉得鸡蛋的味道不怎么样，即使还是慢慢品尝，也已经没有了第一次的新鲜感；到了第三次或许就只觉得它能够填饱肚子而已，更不用说什么新鲜感了。因此，像骑士勋章这种精神荣誉，我认为一定要制定相关的制度才可以，不能让这个无比聪明的奖赏方法就这样被摧毁。例如规范授予资格，的确需要什么样的社会身份才能获得这样的奖赏，又或者要立了多少战功，为社会做了多少贡献才有授予资格，又或者要拥有多少高尚的美德才能有资格，又或者把以上的条件都综合起来进行评估。这样人们才会觉得这种荣誉是多么的弥足珍贵，并以它为目标不断奋斗。

另外，获得这种奖赏的人必须是超凡脱俗的，不能因为他有强大的社会背景，也不能因为他拥有成为将军的几项良好特质，又或者立了一些战功，就把勋章授予给他。试想，在一个国家有多少这样的人，相信不会是寥寥无几吧？因此获得这个勋章的人必须是人们都承认的，有超于常人的品格、能力、勇气，这样才让人们为之折服，并尊重勋章的影响力。我个人认为得到这个荣誉的人也不想把自己和普通人相提并论，这样就好像自己从常人那里收受好处一样，即使真的得到了荣誉，也很容易被人们诟病。无论怎样，我们必须尊重这种荣誉的权威性，严格地按照相关的规定进行颁发。

上文已经提过，如果我们不对勋章的授予进行规范，有可能导致其泛滥，最后影响其权威性。有人说，如果这个荣誉失去效用，那么再建立新的就可以了。但有比这个荣誉更好的吗？即使有，现在是颁布新的荣誉奖赏的有利时机吗？这些都是我们需要考虑的，否则只会使这些所谓的荣誉变得毫无价值。

第五章 谈书籍
——多读利用知识而非创立知识的书

我读过很多书,也喜欢谈论那些哲学家已经谈论得非常详细的理论。虽然我也有自己的见解,但我不能保证自己的见解一定有独到之处,甚至值得人们去学习。因此,想学习知识的人请读那些专业人士写的书吧,因为读我的书或许得不到你们想学习的知识。我写的东西很多时候都是随心所欲的,因此很少有深刻的理论。对于引经据典,在我这里不是很适合,因为很多时候我遇到一些情况,虽然我能够想到相关的知识,但概念很模糊。所以即使我读过不少书,但我没能深刻记忆,这也是我的缺点。

我写这篇文章都是为了描述我都知道什么,所以希望你们不要抱太大的期望,如果阅读了对我有所抨击我也接受,因为我的思想并不完美,但有一点,我还是很自信的,就是你们可以参照我的办法。

上文说过我很少引经据典,但我也有知识空乏的时候,因此为了使文章看起来饱满,我还是会借用那些名人的论据。我很少在书中提及他们的名字,并不是想大家只记住我,而是习惯使我有意识地避开这些。通常引用别人的观点都要注明出处,否则就会被别人起诉侵权,这个就涉及法律的问题了,在此我也不想说太多,还是说回读书吧。我虽然时不时会引用那些名人的观点,但我绝对不会为了扩充内容而大量使用他们的理据,如果真要这样也很容易,但最后这本书就成为别人的书而不是我的书了。我认为一本好的书籍除了能够借助别人的力量支撑我们的见解外,我们还要学会创新和注入自己的观点,这样的书才更有吸引力。那些名人的论点都是经过时间洗礼的，或许因为我运用得不是很好令你们对他的观点有所抨击，如果这样的话就直接针对我本人吧。

我的记忆力不算很好，但不要因为我的缺点影响了那些名人们的理论。他们的理论是历史文明的结晶，不要因为我运用不当而对这些论据有所怀疑。我十分欢迎人们对我的观点进行讨论和研究，因为我还没有足够的能力让我的观点十分完善，现在的我就像在贫瘠的土地上栽种庄稼一样，不能保证有收成。

或许我的随意性会让你们很难接受，但我还是希望你们抱着平常心来看我写的书。为了使书中的内容不乏味，我也十分认真努力，经常整理资料到深夜。另外，由于个人能力不足，有时我的灵感就像洪水猛兽般汹涌而至，但有时也会像干旱的地面一样没有半点水分。所以有两种情况是我应该承担责任的：一是单凭模糊印象乱写乱作，二是没有实质的事例或据点去充实自己的观点。对于这两种情况我感到非常抱歉，但我认为有些知识不是一定要知道的，就像在这个言论自由的社会，没有什么是不可以讨论的。

读书使我能够更清晰地认识自己。我个人比较喜欢闲适的生活，不想为了一点利益而奔波劳碌。如果要我写更高价值的书籍，估计我不能顺利完成，虽然写作和读书都是我的兴趣。我喜欢自由自在地生活，没有半点束缚；我喜欢遐想，然后把值得记录的东西都记录下来。我认为，安定的生活环境才是我的追求。

很多时候读书我都觉得很难理解书中内容，但锲而不舍的精神让我不会随便放弃阅读，反而让我更渴望了解书中的知识。如果因为自己不能理解或者觉得阅读困难停下来的话，我会觉得浪费了时间，却得不到任何好处，甚至因为自己不明白书中的内容，而让自己的头脑混乱，这是我不能允许的。因为我的性格使然，如果读书只为读书而不求甚解，那么我是不会去做的。当然，我也不喜欢聚精会神地去阅读，因为这样的话我会觉得头脑都很硬，甚至不能思考，用这样的精神状态读书也会无所得。就像我们目不转睛地注视那些红光一样，最后只会使自己视线模糊，看不清眼前的事物。

如果一本书的内容不吸引人，我会果断放弃阅读。但对于那些好书，我会反复阅读，每读一次就受益一次。所以我从来不觉得反复阅读一本书是浪费时间，不但因为是名家作品，更重要的是里面的观点很多已经受过历史的洗礼，是人类文明的精髓。

书的种类有很多种，但不是每种都会吸引到我，而且我发现人们读书的口味是随时间变化的。我年轻的时候比较喜欢奥维德的书，内容不但新颖而且行文流畅，那时真的爱不释手，但现在你付报酬给我我都不会再捧起他的书了。但有一些现代文学我觉得很吸引人，它们是打发闲余时间的快乐读物。如让·瑟贡的《亲吻》、薄伽丘[1]的《十日谈》，对于我来说它们很有新鲜感，不但写作方式新颖，而且内容新奇。

我很喜欢评论别人书中的论点，但这和我在司法部门工作毫无关系。我承认自己是一个肤浅的人，很多事情我都只看到表面的现象。我看书也一样，从来不会去探讨这些书更深入的内容，单凭第一感觉就会对它加以评论。像柏拉图的《谈话录》，很多人因为它出自哲学家之手就觉得这是一本好书，但在我看来它不是，它不但内容空乏，而且论点没有半点权威性。当然这只是我个人的见解，或许我并没有看清或读懂它的主旨，对此我也感到十分抱歉。不过我不得不承认柏拉图、亚里士多德、奥维德等著名的哲学家都是我崇拜的对象，他们是我的老师，如果没有他们的书作引导，我想我也不能单靠自己的力量去达成写作的梦想。或许人们会觉得我有些迂腐，但我认为每个人都能发表自己的观点，我只不过是把自己的想法和看到的事物说出来罢了。

说到书籍这个话题我真的停不下来，或许因为我太喜欢书了。我比较喜欢的诗人是维吉尔、卡图鲁斯、卢克莱修、贺拉斯这几位，我认为暂时没有其他人的诗作能够超越这四位。相信人们都知道《农事诗》是维吉尔比较出名的诗篇，也是我最喜欢的诗篇。还有他的《埃涅阿斯记》是一部趋于完美的作品，如果维吉尔有更多的时间的话，对它稍做修改，相信没有一个人能挑出毛病。卢甘也是我喜欢的作家之一，只要读过他作品的人都知道虽然他的写作方式不算很好，但他的世界观、价值观以及一些评论都十分客观，很值得我们去学习。那个能运用细腻的语言展现人物或事件

1　薄伽丘，意大利著名的人文学家，是文艺复兴运动的代表人物。

特征的作家特朗斯我也非常喜欢，有时在生活中遇到同类的事件时，甚至觉得自己就是他书中的角色。人们很喜欢比较有名的人的作品，例如人们最喜欢用维吉尔和卢克莱修做对比，最后得出的结论是他们的作品不相伯仲，我开始不赞同这个结论，但当我细读他们的作品后，我不得不承认他们确有共同之处。后来人们又认为维吉尔和亚里士多德是旗鼓相当的，对于这种比较，相信很多人都只会持反对意见，因为他们的风格是截然不同的。

把维吉尔和亚里士多德做比较人们已经十分不满意，如果把普罗特和特朗斯相提并论，相信更会引起人们不满。因为普罗特的品格比特朗斯差太远了。但平心而论，特朗斯之所以能够被这么多人熟知，或许是因为罗马的一位哲学家，他经常在自己的言论或书籍中提及特朗斯，并不断地在人们面前称赞他是一位优秀的诗人。与此同时，特朗斯在罗马的学术界中也比较有名气，因此人们都比较熟悉他。我是一个比较喜欢想象的人，就像那些做戏剧的人的做法一样，有时会把特朗斯的几个作品制作成戏剧，有时会在他作品的基础上加点欢乐的元素然后变成一个新故事，有时也会把他的作品和普罗特的作品混在一起组成一部新戏剧，无论怎样的组合，只要能够吸引观众，他们都会大胆尝试。但特朗斯的做法和他们截然相反，他不会拼凑故事，而是通过动作、语言、神态等细节描写来凸显人物的特征，我们通过阅读这些细节的描写同样也能得到看戏剧的乐趣，甚至印象深刻。

流畅而如流水一般。

——贺拉斯

通过书籍我们能够知道谁才是真正有实力的作家。有实力的作家是那种十分懂得文字运用技巧的，他们不需要太多的辞藻，只要简单几句话就能展现作品的主旨。他们不会采用太多的风格和表达方式，那样反而使文章变得臃肿，甚至脱离主题。人们都很欣赏玛尔西亚勒的诗歌作品，因为他很擅长用简单的语句带出锋利的利剑，直指那些他想讽刺的人。相对玛尔西亚勒，人们更喜欢卡图鲁斯的诗歌作品，他擅长细节的描写，而且行文优美，不会为了所谓的主题随意引用材料，就像那些非主角的表演者，为了突出自己要么胸戴大红花，要么采用闪亮的腰带；又如那些缺乏幽默感的人，不想被人们知道自己枯燥乏味而强迫自己说冷笑话，难道以为这样就会让自己被人所知吗？在生活中这些现象有很多，只要有点头脑的人都会忍不住取笑他们这些幼稚的行为。真正的大家作者，他们很少抛头露面，衣着朴素，走在大街上也不会有人知道他是谁，但他的作品是人们所熟知的。所以，与其花时间想办法去寻找那些对写作毫无作用的素材，不如认真研究那些杰出作者的写作方式和技巧，然后多读几本好书，这对提高自己的能力相信更有裨益。就像麻雀和雄鹰的区别，前者喜欢在树枝上跳跃，从一支树枝跳到另一支树枝；后者却喜欢在天空翱翔，自由自在，把大千世界尽收眼底。

人们读书都是为了获取知识，但如果一本书不能让人有所收益，那么它就肯定不是一本好书。我很喜欢普鲁塔克和塞内克的作品，每次读他们的书籍我都能得到想要的知识。相对他们的其他作品而言，我比较喜欢普鲁塔克的《短文集》和塞内克的《道德书简》。这两本书是我经常读的，它们通俗易懂，朗朗上口，不需要花时间去理解书中的知识。它们的篇章之间没有联系，因此我不必苦恼自己不能接连读下去，想什么时候休息就什么时候休息。普鲁塔克和塞内克的生活背景很相似，他们都生活在同一个世纪，家庭背景显赫，而且都来自外国，是两任罗马人国王的指定教师。但他们的性格却截然不同，普鲁塔克是一个非常沉着冷静的人，从不会乱发脾气，善于教导人们遵守纪律，尊重习俗，崇尚道德，按规章制度办事。而塞内克则是一个充满活力的人，他建议人们按照自己的想法生活，不要被所谓的道德伦理影响自己的生活，另外他也十分喜欢创新，不喜欢拘泥于传统。他们喜欢的哲学家也不同，普鲁塔克喜欢柏拉图，而塞内克则喜欢伊壁鸠鲁和斯多葛。或许因为他们的世界观和道德观都不同，所以他们对待事物的态度也不同。像塞内克曾激烈地抨击那些归顺恺撒的人们，甚至出言不逊，说他们是叛徒、是走狗。但普鲁塔克面对这种情况则非常平静，静观事情的发展，没受这些事情的影响，而是自由自在地生活。我个人认为对于国家事务来说普鲁塔克比塞内克优秀，塞内克太偏激甚至不会顾全大局，而普鲁塔克则不然，他十分沉稳，不慌不忙。但我认为每件事物都有两面性，虽然塞内克是冲动型的人，但他能打破常规，推动社会的进步，普鲁塔克就有点停滞不前，墨守成规了。

说句老实话，我肯定西塞罗的伦理理论，但我不喜欢他的作品。我认为他作品的内容太乏味。就像他的序言和目录，一般很多作者都会把主要精品内容写到这两个地方以吸引读者，西塞罗却用很大的篇幅去写这两部分的内容，导致人们要很细心阅读才能找到主题。可以说这样的书毫无价值可言，至少我是这样认为的。按照我的阅读习惯，拿到一本新书，我会先看序言、目录了解其主题后再看样章，但他的这种做法就会让我唯恐避之不及，因为我没有这样的耐性从文字的海洋中慢慢找出主题，这是十分浪费时间的。如果我花费60分钟看他的书已经是十分尊重他的作品了，但读了这么长的时间发现它的内容很空乏，甚至不知所以然，找不到主旨，这样我就会果断放弃阅读，甚至把这本书弃之不顾。

我们看书不是听演讲、听课程，如果我精神不佳或许会感谢你让我有时间休息一会儿，但如果不是的话我也许会从会场走出去，我不需要你跟我说与主题无关或与知识无关的东西，我需要你直入主题，然后用特别的方式吸引我进入主题学习，那么我一定会感激不尽的。就像律师开展辩护时，相信所有在庭的人员都不想听那些与案件无关的话语，而是希望他尽快进入主题并尽快为辩护人打赢官司就可以。又像我们看戏剧一样，我们不需要你为了主角的出现铺陈很多环境细节，而是希望主角尽快出现，剧集的主线也要尽快和主角相连，这样我们才会觉得有看头。还有我们需要已经开得灿烂的鲜花来衬托会场，而不是要含苞待放的花蕾，含苞待放的花蕾能使会场五彩纷呈吗？所以一部吸引人的作品，它的开头绝对不应像浩瀚的大海一样一望无际，而应该像瀑布一样一泻而下，直达湖心。

不但西塞罗的作品不适合我，柏拉图和亚里士多德的作品也不能吸引我，或许人们会说我有恃无恐，十分无知。我承认，但我真不喜欢人们为了显示主题而作无关紧要的详细铺排。这样不但浪费纸张，而且浪费读者的时间。花费大量的时间读一大段与文章主旨无关的文字后才看到主题，相信没有多少人愿意看下去。

我喜欢看知识含量高的书籍，而不喜欢看那些没有知识点的书籍。就像普林尼的书，他们从来不会为作品的主旨做任何铺垫，直接开门见山直入主题，一样引人入胜，即使用到铺陈的手法，但都一定是与主旨有关的铺陈，绝对不是单纯地为了凑写文字。

《致阿迪居斯的信》也是我比较喜欢的一部作品。我之所以被它吸引，不但因为里面的历史故事和现代故事，更是因为我能穿透作品看到作者本人的世界观、价值观、道德观，以及他的人品及处事方式。我是一个很喜欢知道发生在别人身上的事的人，并喜欢通过事件判断一个人的性格、行为及内心。就像布鲁图，我通过他写的有关道德的书籍了解到他是一个十分果敢和有才能的人。但相对那些被众人所知的事件，我对他在军营里和将领们说的家长里短更感兴趣，因为这样更能看到他的本质，更能看清他对待事物的态度。就像别人说，不能单凭一个人的演说内容来判断这个人的政治倾向，而应该结合他的日常行为来判断。另外，很多时候，作者的作品都会或多或少地渗入个人对事物的态度和观点，这样也能比较好地探究一个人的品性。

关于西塞罗前文已经对他的作品加以评论。虽然有可能因为我不会欣赏，但如果读过他的作品的人或许都会知道他是一个自以为是、傲慢、贪心的人。他经常说自己写的诗句无人能及，甚至认为没有人能够超过他的雄辩术。而且他十分看不起别人，虽然面对别人时经常嬉皮笑脸。如果人们连他这样的特质都判断不了的话，我就没话可说了。他的诗篇语句线条不但不优美，而且有点歪曲事实。另外，他的雄辩术的辩论手法十分不连续，有时让人们甚至感觉不知所云。连他的朋友布鲁图也赞同这种说法，说他的辩论技巧就像得了关节病的人一样，让人很不舒服，需要医治。除了这个缺点外他还有别的辩论缺点，如太喜欢用长句，甚至让听众不能消化就蒙混过关了，还有就是太喜欢使用口头禅"好像这样"，这就包含了推测的意味，让人不得不怀疑他的观点。小西塞罗相对父亲而言还有一点蛮不讲理。有一天家中款待友人，一个叫塞克斯梯尤斯的人坐在桌子下面让他产生好奇心。他第一次问有关这个人的情况时有点心不在焉，因此又再问了部下。部下为了加深他的印象，特意说了关于这个人的一些事情，这些事情当中还包括塞克斯梯尤斯认为他父亲的雄辩术实际水平很差，根本没什么可炫耀的。小西塞罗听到这一点后突然十分愤怒，因为他很崇拜他的父亲，这个人竟然大胆地否定父亲的能力，无疑是在向他们的家族发出挑战。因此他不顾其他宾客的奇怪目光命令侍从把塞克斯梯尤斯抓起来，然后用皮鞭不断鞭打他泄愤。这一事例告诉我们必须要保持客观，无论对方是多么亲近的人，不要像小西塞罗那样，因为自己崇拜父亲眼里就没有别人，甚至做出违反常理的事情。我就是喜欢从书籍中探索一个人的性格特点和人生观念，这样对准确地认识这些所谓的"名人"很有帮助。

我就是这样通过读书了解作者的性格和人生观念的，与此同时，我还能够通过读书知道他们的际遇和命运。相对写传记的作者来说我更喜欢历史学家。写传记的作者为了突出事件或人物特征会不断地对原故事进行修改，导致有些故事的人物性格或事件真相被歪曲了，你从他们的书籍中看不到人物和事件的原形。但历史学家就很少有这种情况了，他们会保持客观的态度去看待这些事件，而且选择的素材也是比较接近史实的材料。所以读历史学家们编著的书籍能够了解事件的真相，不会被作者的主观意识蒙蔽了我们的双眼。普鲁塔克就是这样的作者，他的作品很客观，而且十分易读。

如果要成为一位历史学家，需要人们具有耐性和韧性。因为它要求人们必须通读各种各样的历史书籍，不论是现代的还是古代的，本民族内的还是民族外的。另外还要不断汲取其他历史学家的写作方式和方法。我比较喜欢的历史人物是恺撒，不但因为他在历史上的奉献，而且因为他这个人。恺撒的人生经历多少有点传奇色彩，因此，我在阅读他的书籍时不免会抱着尊敬和崇拜的心理。有时我会钦佩他的果敢和英勇善战，有时我会被他书籍的言语和表达方式吸引，另外我还折服于他的做事风格和判断力。西塞罗曾评论恺撒的文字是其他写历史传记的人不能比拟的。他和我一样十分喜欢恺撒所写的历史故事，虽然有时为了掩饰他的贪心和不公义的事业而对有些故事加以欺瞒，但这些缺点不能掩盖他的丰功伟业。我们能够抱怨的或许是他对自己的事情写得太少，让我们不能更多地了解他参与过的事情。

历史学家有三种，一种是喜欢搜集各种各样的素材，从不会添加自己的见解，找到的素材原形是怎样就怎样，不会加以修饰。也正因为这样，人们就只能自己判断事情的真实性，以及根据自己的需要去选择适合自己的素材。但这些历史学家的做法有时不免让人有点混乱。另一种历史学家是那种对历史有深入研究的,他们如果找到两个以上的素材,就会选择比较客观真实的那一个。另外,他们看到一些野史,也不会不加改动就把它们编著入籍,而是根据历史人物的真实面目或历史事件的真相对这些素材加以修正。如恺撒,只要了解历史的人都知道他是一个贡献很大的军事家,如果有些野史把他写成卖国求荣,这个事件明显背离了真实,那么那些资深的历史学家就会对它加以修正后编著入册。最后一种历史学家是介于前面两种之间的,但他们的作品很少被人们所接纳,因为很多时候他们对有些史实是一知半解的,但为了某种目的就把某些找到的素材进行修正,殊不知这样会扭曲史实。这种历史学家还不如第一种不加以修饰的,第一种历史学家至少客观地反映素材,但这一种历史学家因为能力不足而导致史实被扭曲,甚至有可能把重要的部分不经意地删减了,最后只会误导了阅读此类书籍的人们。他们的这种行为是极其不负责任的,我个人十分讨厌这种历史学家。

  之所以会有这种历史学家,或许是因为社会环境的原因。现在的人们很喜欢读简单易懂的读物,如果再有点趣味的话就更受欢迎了,所以就造就了一批这样的作者。他们不追求什么史实,只要能让这本书广为人知,就不惜运用各种写作技巧,甚至运用夸张的想象,让事件变得有趣,久而久之,这些所谓的历史故事就会越来越偏离史实。

  所谓的史实应该由那些参与了事件的人来写,虽然多少会掺杂其主观因素,但还有比他们更了解事情真相的人们吗?我想很难找到。罗马人和希腊人都是这样做的。他们不会让一个老师或一个作者去记录在战场上的情况,又如他们不会叫一个群众或一个医生去记录宫廷的事件一样。就算是恺撒本人也难以对军营中的事件逐一清楚记录,军队是一个团队,每个人都有自己的任务,并非每一件事都由恺撒亲自参与,如果所有事情都由他一人参与,相信他不是一个人,而是一个神。记录真实的事件是一项十分艰巨的任务,有时人们的所见所闻都不一定是事件的原形,或许我们只是看到其中的一部分,而没有看到事件的全部。就像在法庭举证的人,单凭其一面之词是很难对被检控的人定罪的,只能说明被检控人有嫌疑。但如果我们提供更多的证据,如物证等,我们或许就能还原事情的真相,这样再下定论才能比较客观。由此可见,寻找真相的工作是十分细致的,不能随随便便就推翻所谓的史实。我说过我的记忆力不是很好,让我记清自己什么时候在什么地方做过什么事我也不一定能够答得出来。

鉴于我记性差这个缺点,我本人也努力尝试改善。就像前几天我发现一本"新"书,正当我打算细心品味时,看到书中有很多我几年前做的笔记,然后才想起自己曾读过这本书。按我这几年的阅读习惯,只要我读过这本书,我就会在书的最后一页写上阅读结束的日期,然后附上一段评论及个人见解。当我看到这些读书笔记时,就会想起这本书的内容和主题,这样我就能确定这本书是否值得重新阅读一次。以下是几个评论,和人们分享一下。

这是我读吉夏丹书籍的评论:首先通过这本书我能够知道发生在他周围的事件的真实原型,这一点十分值得我们推崇,没有半点虚假,也没渗入半点情绪,而是真真实实地把事件还原出来。书中的很多事件他都参与其中,或许正因为这样,他对书中地位显赫的人们的描写十分真实,例如克莱芒七世教皇。另外书中的论点十分有说服力,不但行文流畅,而且观点十分中肯,内容也十分有吸引力。但或许是因为太想把事件的原型真真实实地全部反映出来,反而使文章没有重点,甚至觉得有点累赘。另外他发表了很多个人的观点,但好像太说教式,让人有反感情绪。而且文章大部分内容的主旨不是很突出,过于对事件进行铺陈,让人对内容感觉厌倦。而且我发现一点,他把很多人物的性格和行为都定义为被利益和犯罪心理驱使,这样的表现方式有失公平,让人感觉他把自己的世界观渗入人物角色之中,显得有点虚假和不能推心置腹。另外,他在写作过程中没有说到过风俗、习惯、信仰这些问题。其实这些是大环境的重要因素,不应忽略它们,像他这样有意识地忽略这些因素,反倒让人觉得不真实,甚至怀疑他是不是有其他不为人所知的意图。

对于菲里普·德·高米纳的书我是这样评论的:语言简单、朴素,但十分有张力,虽然事例简单,但主旨突出。作者本人十分谦虚,客观地描写书中人物的特点,不带半点猜度,做到这点实属不易。另外,我感觉他是一个很有才华的人,他的学术观点很具权威性,甚至发人深省,让人不得不拜服在他的论述中。或许这个世界又多了一名哲学家了。

杜·贝莱[1]的《回忆录》我是这样评论的：书中不乏令我们好奇的事情，如地位显赫的人之间的争斗，及他们的战功，他们的日常生活习惯以及德·朗杰的谈判和交易技巧，这些都十分吸引人。但贝莱刻意回避了一些敏感话题，如弗朗索瓦国王因为某次历史事件不再信任德·蒙莫朗西和德·布里翁两位贵族，又如德当普夫人的名字甚至没有在这本书中出现过，不能客观地反映史实。但了解历史的人们都知道，无论你怎么帮助他们掩盖事件，他们还是会在水中探出头来的。所以我觉得这不是一本历史书，而是一本为查理五世国王和弗朗索瓦国王特意编著的辩解书，如果人们想了解史实，请绕道而行，因为它的大部分内容都脱离了真实，只会让你们产生混乱。但通过阅读这本书我们看到德·蒙莫朗西和德·布里翁这两位贵族老人十分迂腐，除了不会审时度势，还固执得要命，这才是他们失宠的最大原因。

---

[1] 杜·贝莱，生于1522年，是著名的七星诗社代表人物，其作品有《罗马怀古》和《悔恨集》。

第六章 谈残忍
——让美德突破本性的弱点而成长

　　人们认为善和德的含义是一样的，没必要加以区分。但我不这样认为，善是人的本性，是先天条件所具备的；但德是人们学习的结果，是后天条件决定的。如果一个人的脾气很好，很少会跟别人计较得失，这只能说明他拥有善；如果一个人遇到威胁自己利益或者生命的事情仍能冷静应对，控制好自己的情绪，那么他就拥有德。德并不是每一个人都具备的，他是人们积极的主观能动性，让人们大胆坚强地向好的方面出发，并能很好地控制自己的行为，让自己生活得无怨无悔。德的反面是恶，如果一个人不能让自己从德，那么他就会从恶。例如遇到困难时偏激、愤怒，有报复心理，不能很好地调整自己的情绪和心态，一味埋怨别人，从来不会在自己身上找原因，或者觉得上帝不公平，要他遭遇这样的困苦等，这都是恶的表现。相比于德，恶是人类的弱点。

　　阿尔塞齐拉斯是斯多葛派的杰出代表，当时该学派的很多学者都转变自己的学派，较受欢迎的是伊壁鸠鲁学派。有人嘲笑阿尔塞齐拉斯说他留不住学员，面对这样的言论，阿尔塞齐拉斯说："当人们肚子饿的时候觉得苹果不好而丢弃它，但当他吃完梨子还肚子饿的时候，想重新吃苹果已经不可能了，因为它已经布满灰尘。"对于阿尔塞齐拉斯的自信，我有不同看法，伊壁鸠鲁派绝对能够和斯多葛派相提并论，而且比它更优。伊壁鸠鲁曾被一些妒忌的人诬蔑，把他不曾干过的事、不曾说过的话都强加在他身上，甚至利用写作手法曲解他说过的话，让不了解情况的人对他产生误解。但有一位斯多葛派的学者非常老实，他说自己不加入伊壁鸠鲁学派是觉得它高不可攀，自己的品格暂时还没到那个程度。另外，无论是斯多葛派的学者还是伊壁鸠鲁派的学者，都认为不能让自己的人生听凭命运的摆布，要随时随地地准备和可遇见的困难或挫折对抗，这样是符合德的意义的。人们应该学会严格要求自己，为自己创造人生的历练，迎接挑战，不坐以待毙。

美德在奋斗中成长。

——塞内克

学者埃帕米农达斯[1]就是这样的一个人，他家境富裕，衣食无忧，但他十分讨厌自己拥有这么优厚的先天条件，毅然放弃财产继承，选择过贫苦的生活，即使一辈子都没有富有过，他也不后悔。另外，苏格拉底也饱受生活的艰辛，尤其是他这一生都摆脱不了妻子的蛮横无理。还有罗马官员梅代吕斯曾单独对抗萨图尔尼努斯的独裁专断。萨图尔尼努斯是罗马的一个护民官，为了利用自己的职权谋取利益，不惜蔑视国家的立法制度自定了一条没有公平可言的法律，并利用这条法律为自己谋利益。鉴于当时的政治环境，很多官员知而不敢言，但有一个人例外，他就是梅代吕斯，即使知道自己力量单薄，但他仍不畏强权，坚持抨击萨图尔尼努斯的不合法行为，最后因为势单力薄被萨图尔尼努斯运用一条针对反对派的法律致死。拥有德是一条充满艰难险阻的路，没有人能够预知前面的山有多陡峭，路有多遥远，也没有人能够预知最后的结果，但人们仍会努力向前，不畏艰辛。

上文提到苏格拉底也是拥有德的人，但同时我也把德定义为人们面对艰难险阻时的行为和心态。如果真这样定义的话，我觉得自己说苏格拉底拥有德有点不太正确。如果你足够了解他，你会发现其实他的生活也很平顺的，即使真有艰难的时候，他面对它们时都会心平气和，面色从容，就好像在眼前的困难不是困难，只是我们这些旁观者肆意将其放大罢了。我

---

[1] 埃帕米农达斯，著名的军事家，在战术创新方面有很深的造诣。

经常想，是什么原因导致他能这样从容，是天性如此吗？是经历多了麻痹了吗？还是他根本没有预计过这些困难的后果？我想，无论我怎么猜度他都是没有用的，因为很多事情不是旁观者能够清楚了解的，只有他自己知道自己的真正命运和真正追求。

伊壁鸠鲁学派鼓励人们把那些所谓的挫折作为人生的乐子，它鼓励人们乐观面对困难、死亡、贫穷等客观条件，不要过分地注意它们的存在，应该学会活在当下，分析什么事情是现阶段我们首先要解决的事情，然后专心致志地奋斗，不要被那些所谓的客观困难导致我们停滞不前。这样，人们就能够学会苦中作乐，珍惜生命，不随意地浪费时间。就好像贫穷才是我们快乐的源泉，正因为经历过贫穷，知道了饥饿的感觉，了解了什么叫食不果腹、什么叫饥寒交迫、什么叫重病缠身、什么叫屋漏偏逢连夜雨等，我们才学会了更快乐地生活，珍惜当下。小加图或许是这个方面的好例证。（当时卡东反对恺撒的专政独裁）当时他被判以极刑，而且这种刑罚十分痛苦，与五马分尸相似。但小加图被押赴刑场的时候并没有恐惧的情绪，可以看出他的心情十分平静，似乎找到了释放重负的方法。在我看来，他好像很高兴自己能以这样的方式死去，甚至觉得这是自己的归宿，没有比这个更好的了。他当时就是这样平静，没有让人感觉到他的勉强，同时我也感觉到他的快乐，而且好像很害怕别人抢走这种快乐，他想这种快乐专属于他。他的灵魂是多么的安详，同时又是多么的勇敢，不畏强权，似乎真要感谢这命运的安排，让自己做了一个壮举再离开。

她决心去死，更觉得分外的骄傲。

——贺拉斯

有些人摆脱不了自己的情感主观地评论小加图的死，我觉得这是对死者的不尊重。他的灵魂多么的崇高，多么的令人敬佩，从来不会被所谓的名利左右，而是崇尚自身的意志，坚定自身的世界观，这样的人相信很少，包括我，也很难做到。

加图，天生具有难以置信的严肃性，矢志不渝的坚定意志使其更加严肃，在原则问题上绝不让步，所以，他宁死不屈，与暴君不共戴天。

——西塞罗

这是西塞罗对小加图的评论，如此客观，如此真实，如此中肯。这就是小加图，一个不畏强权的家伙，或许只有他能接受生命按这样的方式结束。

像小加图这样的人，即使是死了也是生的，人们在他生时都会赞扬他宁死不屈、顽强勇敢的精神，难道死后就不会了吗？答案显而易见。就像一个生前人们对他无所知的人，他死后就会对他有所知了吗？

所以我们不要惧怕别人用死亡来威胁自己，从容一点，勇敢一点。就像苏格拉底一样，他死前被酷刑折磨得不成人形，但面对这些威胁他没有折服，反而觉得是一种享受，一般人接受酷刑能够笑得出来吗？他能，甚至意志十分坚定，从容不迫，心平气和，还时不时露出幸福、享受的笑容。或许人们觉得他有这样的举动是因为被酷刑折磨疯了，但我可以肯定不是，只是他把生看得轻如牛毛。如果说小加图的死很残忍，那苏格拉底的死应该用什么词去形容呢？相信知道情况的人都不能找到合适的辞藻。

但愿神让我像他一样死得其所。

——阿里斯迪普

从小加图和苏格拉底的事件我们可以看出，他们的灵魂已经被德"侵占"了，德已成为他们身体中很重要的一部分，因此能在面对死亡时表现出那些不屑的神态。难道说他们不曾被困难、艰苦、贫穷打倒过吗？或许会，但他们似乎已对这些所谓的威胁产生免疫力了，就像一个得了肾绞痛的人，一开始灌肠可能会让他十分痛苦，但时间一长或多进行几次，身体就会对这种治疗方式产生免疫了。这两位哲人或许因为早已对那些所谓的艰难困苦免疫，因此即使深受其害也感觉不到痛了，可以说他们已被德侵占了身体。

我们应该学会接受考验，让自己能够对这些所谓的考验"视而不见"。在生活中，我经常看到有些人没有目标、没有追求，遇事不镇定，经常觉得命运不公,总觉得别人一帆风顺、大富大贵,自己却荆棘满路、贫苦一生。我想,贫或富都是自己的主观定义,就像前文所说埃帕米农达斯以追求贫苦为自己的生活目标,相信他从来都不觉得自己贫苦,反而享受这种生活带给自己的乐趣,每天都乐在其中,甚至悠然自得。所以,不要因为惧怕困难就停滞不前,甚至不敢去触碰那些被人定义为困难的事情。这样的人生有意义吗?难道没有想过实现自己的梦想、自己的追求吗?另外,我也看到有些人曲解了德的含义,经常仿照别人面对困难时表现出来的精神,但骨子里并不存在这种精神,如果困难来得更猛烈些,相信他一定会抵挡不住。

曾有一位意大利人说过这样风趣的话,他说意大利人有点杞人忧天,无论什么事情都会事先做好万全的准备,无论发生什么事都不会束手无策;而西班牙人和他自己就是那种后知后觉的人,即使看到事情的先兆也会不以为然,直至真正感觉到事件的危害性时,他们就只能束手就擒了。而瑞士人和德国人更加无知,当蒙受了损失后才发觉事情原来对自己的危害这么大。或许人们会不相信他们是这么愚昧无知,但事实证明勇敢冲在困难面前的人往往是那些新人,他们对困难一点概念也没有,最后就只能一命呜呼了。

渴望尚未得到的荣誉,希望首战告捷,这在第一次战斗中会带来什么,那是不会不知道的。

——维吉尔

所以,我们要更清晰地评论一个人,不但要观察他本人,还应结合他周围的环境再做客观评价,才不至于错误判断。

相对于小加图和苏格拉底的德来说,我什么都不是。我身边的朋友们经常说我老实、正直,不易受周围环境的影响,有自己的追求,并不断地为之奋斗。我想说,人们看到的我不是真实的我。只能说我算是比较有运气那种,我的生活还比较平顺,没什么大起大落,也没有什么能够刺激神经的事情发生。我应该谢天谢地,能这样生活。至于朋友们对我的评论,我实在愧不敢当,或许你们只是根据一些表面的现象来评价我,但我的实质你们不是看得很清楚。我只不过有一点纯洁，但如果我的自控能力再差点的话，我也不能保证我的生活能如此平稳，相信也不会有一个好结果，自问我处理事情的能力真是十分差，经不起大风大浪，能这样安稳，实属运气。

　　如果我的天性在总体上说是正直的，缺点平常且不多，就像美丽的脸庞上有几处淡淡的色斑。

——贺拉斯

　　或许我能这样生活与我的家庭环境有点关系。我的父亲是一个很老实、正直的人，不知道我有没有遗传他这些优秀的性格特征。另外，我小时候受过良好的家庭教育，或许以上这些因素足以使我有点理智，能够明辨是非，让自己避开了那些所谓的困难和挫折。

　　另外一个原因可能是我天生比较讨厌坏习惯，我容不得自己有任何恶习存在，是一个追求完美的人。所以，在生活中，当我认识到这是一个坏习惯时，就会有意识地避开它，甚至像对传染病一样驱赶它。或许人们觉得我有点吹毛求疵，但如果不这样做的话，相信我可能像那些地痞流氓一样专干坏事。我有时会很看不起自己，因为我有点迂腐，容不得自己的出错，甚至有时这种陋习会直接影响我对事物的判断。

　　这里有一个阿里斯迪的故事，国王打算赏赐一个美女给他，要他在三个之中选一个，谁知道他说三个都想要，其中有一个是政敌帕里斯喜欢的，但他依然做了这样的选择。人们以为他贪图女色，但没有想到的是他回到家中竟然命人把这三个女人放走了。还有一次他要逃亡到别处，他的仆人带了很多金银珠宝以备不时之需，阿里斯迪看到后竟然叫他把这些身外物都丢弃，他说无关重要的东西不要带在身上。从这两个例子人们肯定会认为阿里斯迪不喜钱财、不喜女色，事实刚好如此相反，他十分推崇人们享受金钱和美女带来的乐趣，甚至曾经引起那些迂腐的学者对他加以抨击。

　　另外还有一个关于伊壁鸠鲁的例子，他是一个反宗教的人，经常以面包和清水度日，甚至有一次还开玩笑地叫朋友寄点芝士给他，让他能准备丰盛的晚餐。这样的人如果没有一定的意志、追求、信仰的话，相信他很难坚持这样度日，或许人们觉得他的这种行为十分愚蠢，但他不过是忠于自己的教条罢了。

我很庆幸自己能有点自制力，我经常对自己的陋习进行抨击，甚至比旁观者更加厉害。上文说过我是一个追求完美的人，因此每次看到那些陋习袭来，我都情不自禁地加以阻止。因为我很害怕这些行为让我声誉尽失，即使是偶尔发生我也不能允许。但有时我感觉自己很无力，一旦这些陋习结合起来，我虽会觉得很厌恶，却不知该采取什么样的措施。我唯一能做的是把它们尽量分开，然后逐一击破，让自己恢复理智。

我不过分纵容陋习。

——尤维纳利斯[1]

按照斯多葛派的论证，人们的所有行为中总有一种会特别突出，从而影响人们的行为和理智。就像我们十分生气时，生气这种情绪直接操控我们的行为，因此我们要学会控制自己的情绪，善于找出导致我们产生这种情绪的源头，然后理智地分析自己能否解决这个问题。如果否定，那么我们就要想办法分散注意力，从而使那种比较突出的行为慢慢地消失或减缓。但也有学者认为人们产生某种行为是所有情绪集中在一起的结果，而不是单凭某一情绪导致这种结果的产生，对于这些比较模糊的问题，我还是不要讨论了。对于行为产生的原因亚里士多德比较支持这一观点，就是人们自身的因素和环境因素集合的结果，他认为人们在这些因素的影响下很难控制自己的行为。

有的人很聪明，能从别人的神态看出他将产生什么行为，苏格拉底曾经也有这样的情况，但后来通过自己的信念和理智克服了。学者斯蒂尔蓬曾经沉迷于酒色，但通过自己的自制力和信念也把这些陋习改变过来了。

相对其他人而言，我真是很幸运，因为我很多行为习惯都是与生俱来的，不用刻意去培养，也不用刻意去经历。或许因为这样，我相对其他人

---

[1] 尤维纳利斯，古罗马著名诗人，其作品比较喜欢刻画罗马社会的腐败和人性的愚钝。

而言比较敏感，像杀鸡、打野兔这些在人们看来是人之常情的举动，在我看来却觉得很残忍，我甚至为此不喜欢吃肉。或许人们觉得我这种行为是一种病态，但我也不能很好地控制自己的情感，总是觉得这种事十分残忍。

我是一个富有同情心的人，看到别人流眼泪，我的眼泪也会不自觉地流下来；看到别人痛苦，我也觉得十分难受；看到别人哭喊亡者，自己也会不自觉地想起过世的亲人等。或许有人说你的情感也太丰富了吧，的确很丰富，而且很难控制。看到死亡的人我不害怕，但听到别人死前的呻吟就觉得很痛苦。有人说，难道你不觉得那些吃先人尸体的人很不可理喻吗？相对于这个，我更害怕看到别人饱受酷刑的折磨。当一个人触犯法律被判决死刑时，无论他多么该死，我也不想看到他站在断头台前。有人说恺撒对犯人很宽容，但我不以为然，据我所知那些得罪过他的人没有一个是有好下场的，单凭这一点，我也知道他十分记仇，可以说没有谁是惹得起他的。那个说恺撒对犯人宽容的人，他所处的国度的君主应该不是人，可以说是恶魔，他们对待犯人的手段恐怕远在恺撒之上。

我是一个很传统的人，希望离开人世时能有一个完整的灵魂，因此看到别人因为触犯法律而受酷刑致死时，我就觉得很心痛。为什么人类会有如此残忍的刑罚手段导致我们的灵魂在死后不得安生？

有一个罪犯明白自己的罪恶很深，当透过窗户看到外面有人搭建高台时，他以为这是他要受到的刑罚，因此悲痛欲绝，想亲手了结此生。但纵观周围，根本没有能自杀的工具。后来看到附近有一颗钉子，于是他尝试用钉子刺穿喉咙，但求一死，但尝试了几次都未能成功。于是他把钉子刺向心脏，谁知仅仅一次就当场不省人事。当士卒带来判决书时，发现他竟然如此状态，马上采取急救措施。当他恢复神智时听到自己是执行枪决，与外面的高台无关时，立即精神过来，对于这个判决结果觉得非常感恩，甚至突然痛哭起来说：" 感谢上苍，能让我这样轻松死去。"

对于罗马帝国的这些酷刑，我认为不要在罪犯死前进行，在死后进行也能有同样的效果。因为我曾看到过这样一个例子。著名的盗窃犯因为罪恶太多被判绞刑。当他蒙着头走上绞刑台时，人们十分冷静，嘲讽他罪有应得，直至其断气人们都十分平静，觉得就那么一回事。但当刽子手用刀向他的身体割剐时，人们叫出惨厉的声音，好像这些动作在他们自己身上实施一样。

古代有一个人叫阿尔塔薛西斯,十分讨厌这些刑罚,认为不但残忍,还让人饱受精神折磨,因此他建议波斯国国王采用比较人道的做法来对待罪犯,如擅用职权谋取利益的贵族以前是施以鞭刑的,但现在就让犯罪者的衣服去接受这种残酷的刑罚;另外,把针对头发的刑罚变成削冠替代。

……

一个人杀另一个人,既不出于仇恨,也不因为恐惧,只是为了看看死亡的场面。

——塞内克

从以上这句话我们可以得知,人们创造这么多残酷、残忍的刑罚不是因为犯罪者罪有应得,而是仅仅为了满足自己的好奇心。这是多么悲哀的举动,难道你能肯定自己一生都遵守法律,不会干伤害别人生命、利益的事情吗?难道你不怕今日创造的刑罚是你今后的归宿吗?古人创造这些刑罚时估计真没想过这些问题,因此他们从来不会理会人们可不可接受这些方式,而只会想这种方式够不够过瘾、能不能让受刑者苦不堪言。"本是同根生,相煎何太急。"虽然这句话是用来形容兄弟之间,但我觉得形容同一国度的人们也同样适用。

或许我真是一个心软之人,每次看到人们伤害一些小动物我都觉得很心痛,好像因为自己袖手旁观才让它们遭受这些痛苦一样,有时甚至产生这样的想象:被杀的小鸡走到我面前让我帮助它,甚至看到它眼泪汪汪。

他似乎是用悲鸣和鲜血在哀求。

——维吉尔

这对于其他人来说或许很正常,但对于我来说真是好残忍。前文已经说过,我不会捕捉那些小动物,但毕达哥拉斯比我更厉害,他不惜用金钱从猎人那里购买那些活的动物,然后把它们放生。从人们对待动物的态度就可知道他是一个怎么样的人。

罗马人喜欢到斗兽场观看比赛，却不喜欢看动物之间的爱抚和亲昵，这是不是反映了人类残酷的本性。对于我来说我更喜欢看动物之间的爱抚和亲昵，它们的情感是多么细腻，很少用语言表达出来，却很喜欢使用动作。

我希望看到本文的人们不要嘲笑我对动物的情感和态度。或许你们认为我妇人之仁，但我认为动物也是我们社会生活的一员，我们不应该忽视它带给我们的乐趣。就像喜欢狗的人，除了它们十分忠诚外，应该还有其他因素使人们喜欢它，如聪明、敏锐、灵敏等。毕达哥拉斯甚至像埃及人一样相信动物只是人类灵魂的另一种存在。他认为人的灵魂是不死的，即使不再为人，也会以其他形式存在，如白兔、小猫、小狗等。而且所谓的灵魂还有神一样的意志，懂得分辨下一个适合自己的附体，然后把这一生的功绩继续发扬光大。

譬如勇敢的灵魂会附在神兽身上，威武的灵魂会附在雄鹰身上，慵懒的灵魂会附在小猫身上，善良的灵魂会附在小猪身上。就这样周而复始、不断更替，使这些灵魂得以永生。

对于人和动物的关系，有很多学者都研究过，但最后得出的结论都是和谐共处。有些民族甚至把动物看得比人高贵。另外，有些民族甚至把动物看成神，对它们盲目地崇拜甚至把它们作为供奉的对象。

> 有人崇拜鳄鱼，有人看见嘴里叼着蛇的白鹤就诚惶诚恐，这里闪耀着神猴的塑像，那里是河里唯一的一条鱼，还有全城都敬仰的小狗。
> ——尤维纳利斯

对于这种想法，普鲁塔克对其做了正确的分析。在他看来人们之所以把动物称为神，不过是向往它们拥有的特质罢了。就像牛是憨厚、老实的代表，狗是忠诚、聪敏、敏锐的代表。所以人们把它们称作神，就是想自己和它们一样拥有这些优秀的特质。还有一个这样的论点，认为人和动物是平等的关系，应该和谐共处，但我的思想境界还没到这个程度，也不知是否正确，但这应该是人类思想的进步吧。

与动物和谐共处已经成为社会生活的一部分。在某些民族，设有保护动物的协会，协会成员都比较喜欢动物，也有一定的动物保护知识；有的民族成立了动物医院，专门救治受伤的动物；有的民族制定相关的法律来保护动物，如不得擅自猎取稀有动物、不得射杀动物等。这些或许都是古代人没有想过的吧。人们除了对动物有怜悯之心外，对植物也有，为了保护生态环境，不准人们乱砍伐树木，要求人们保护森林、保护物种。有个民族还有一个有趣的传统，凡是用来祭拜过神的羊，人们不能随意杀害，必须让其随意觅食，直至其自然死亡。

  阿里根特人十分喜欢动物，当发现动物死亡后，他们都会为其举行葬礼。成年人从小就教导孩子要珍爱动物，不随便猎杀动物，甚至让他们和动物一起睡觉。所以，在他们的领土随处可见动物的坟头，或庄严，或肃穆。

  在生活中，这些例子很多，西蒙是著名的赛马选手，每次他的马死亡后，他都像埋葬亲人一样郑重其事。人和动物的关系真是好微妙，但我们应该感恩，因为它们的存在才让我们的生活更加丰富多彩。

第七章 谈体验死亡
——濒死时更能体现人的坚毅或懦弱

一般来说，人们都会为某些行动、某些目标做充分的准备。如为了学到知识，人们总是孜孜不倦地学习，不分昼夜；为了成功钓到大鱼，人们除了准备钓鱼工具外，还购买一些关于钓鱼的书籍加以研究，然后实践。虽然说做某件事之前人们考虑了很久，做了很多思想上的准备，但有时害怕得到的结果不是自己想要的，还是会踌躇不前，十分矛盾。

有些哲学家为了培养自己的品格，不会坐等命运的安排，而是为自己设立一个目标，然后向着目标不断前进，无论多么艰辛、多么痛苦、多么无奈，他们都会坚持，直至达到目标。也有的人为了简单地生活，不惜放弃拥有的名利；有的人为了规范自己的行为，严格要求自己，不怕苦，不怕累。上述所有的行为都可预先知道，甚至能够预测其艰辛的程度。但对于死亡，相信没有人能够感觉到，即使提前做了很多准备。因为它只是瞬间的行为，而且是不能预测的。我们可以通过努力学习知识成为一个作家，也可以通过学习军事知识和训练体能成为一个指挥家。但对于死亡，可以说是束手无策的，而且无论怎么去学习，都不能掌控它到来的时间。

古人曾计划尝试知道死亡的感觉，但最后的结果如何，相信不用我说大家都知道，因为他根本没办法把这些感觉说出来就西去了。

被阴冷寂静的死亡抓去以后，再没有人苏醒过来。

——卢克莱修

罗马贵族卡尼尤斯·朱利尤斯是一个有智慧和道德观念的人，即使遭到加里居拉判决死刑也毫不畏惧，还在思考自己的哲学观点。当他站在断头台上时，仍面不改色，心平气和，但若有所思。他的朋友忍不住问他："卡尼尤斯，你现在在想什么啊？""我在想是不是真有灵魂出窍这回事，我好奇自己能不能看到自己的灵魂。灵魂脱离身体后回到哪里，还会不会听到人们的声音，还能不能看到自己的亲人。还有我的灵魂还会停留在这个国度多久，我真是很好奇啊。"在场的人听后都感觉他不可理喻，都要去见上帝了，还在好奇灵魂的事。但我觉得他很自信，不管自己的处境多么艰难，他都不忘学习研究，甚至忘记自己的处境。这样的人多么让人折服，多么让人敬佩。

他在临终的一刻依旧牢牢地控制着自己的灵魂。

——卢甘

我认为有一种能够感受死亡的方法，虽然我们不能真正体验死亡的感觉，但至少能够接近死亡，然后慢慢感受这种情况，或许多少能够领悟死亡。有了这种体验或许我们会变得自信些吧。人们经常叫我要注意休息，保持充足的睡眠，才能增强身体的抵抗力，才会远离死亡。或许他们的说法是对的，死亡和睡觉好像有些共同点。

睡觉是人类的日常活动，当我们睡着的时候我们是没有任何知觉的，听不到别人说话，看不到是白天还是黑夜，甚至被蚊子咬也不会挥动一下手臂。

曾听有人说过，如果一个人不睡觉，那么他离死亡就会越来越近。因为没有睡眠的话，我们的体力会严重下降，注意力不集中，甚至觉得很头晕。即使在做着事，也没有任何效率可言，心情烦躁，遇事不理智。所以我们必须保证每天有充足的睡眠，才能保持身心健康，头脑灵活，珍惜生命。

如果有人说他遇到意外突然昏迷，身体什么知觉也没有，也忘记了自己遭遇过什么，甚至不知道自己现时的情况。我想他说的是真话，这些事情因为突如其来，人们还没有做好思想准备就没了知觉，甚至事情发生的时间是非常短暂的，相信周围的人都来不及反应，他就这样昏迷了。我觉得这种感觉和接近死亡的感觉一定十分相似。

其实很多事情都是我们的想象力在作祟,在人的一生中,健康的时间占绝大多数,此时的我们头脑灵活,身体协调能力强。但我们有时很难控制自己的想象力,甚至因为想象觉得生病是一件很恐怖的事情。不过当我们真正遇到疾病时,会发现它不过是那么一回事,没必要诚惶诚恐的。

在狂风暴雨的日子,我经常想如果只有我一个人在这个房子里,我一定会觉得很害怕,甚至会觉得有点寒冷。感觉就像自己一个人处在一望无际的旷野中,没有人烟,天地之大,只有我一个人,你说多么寂寞、多么无助和多么失落。

如果要我一个人长期地待在一个房子不出门,我会觉得非常难受,除了感觉没有自由外,精神也会越来越差,而且感觉不到平静的气息,甚至整天都会觉得自己生病了。说到生病,我很同情生病的人,或许因为我的想象力,经常把人们的病情放大几倍,因此看到他们时我甚至想哭泣。希望死亡不要有这种感觉,但我知道它往往在人们没有任何准备的时候就会到来,这对于每个有生命的人来说都是很公平的,没有任何人能优先知道死亡的确切时间,或许正因为这样,所以我们才没有劳师动众去准备。

在内战期间,我有一天突然想出去散心,但周围的环境因为内战而有点混乱,如果贸然出去不知会有什么情况。但我当时并没有想那么多,就到马房挑选了一匹十分瘦小的马,因为我打算只走一小段,心想这样应该没有什么危险吧。能够出来散心我心满意足,刚调转马头打算折返,突然有一个身材十分魁梧、皮肤黝黑的人骑着一匹十分健壮高大的马向我这个方向走来,我还没反应到要躲闪,他的人和马就把我撞倒在地上了,只听到我的小马大声地尖叫了一声,我就没有任何知觉了。后来我的侍从说当时我和小马受伤十分严重,我不但鼻青脸肿,而且四肢有多处伤痕,身上的衣物都被磨破了,随身携带的物品也散落四处。当他们反应过来的时候,我已经失去知觉,无论怎样呼叫、怎样按压、怎样采取应急措施,我都没有任何反应。看着呼吸微弱的我,其中一位比较健硕的侍从马上把我背起,赶回家中。但我的身体越来越沉,甚至感觉不到呼吸,这使侍从十分害怕,怕我还没见到亲人最后一面就离开了。或许因为在他背上不断颠簸,我突然感觉胃部有些咸咸的液体涌到喉咙,随后把这些红色似血的液体从口中喷吐了出来，连续喷了好几次，这样我才恢复了一点意识，但感觉身体不是自己的，觉得十分难受。这是我第一次濒临死亡，从来没有过这样的经历，现在回想起来，我也觉得十分害怕。

由于不敢肯定自己是否真的活过来了，受到剧烈震荡的大脑无法稳定下来。

——勒塔斯

这件事让我印象十分深刻，让我感觉到死亡的威胁。因为受伤十分严重，我的眼睛虽然能够感觉得到光，却不能看清任何东西。我从来没有过这么强烈的感受，真是十分恐惧，以为自己就将这样撒手人寰了。

就像一个半醒半睡的人，一会儿睁开眼睛，一会儿闭上眼睛。

——勒塔斯

我的意识慢慢地恢复过来，首先注意到自己身上的血，因为对于刚才发生的事情我没有任何印象，致使我想象自己中了枪，在这样混乱的内战环境中这不是没有可能的。或许因为想象的放大让我感觉自己快要离开了，因此我没有强烈的挣扎，只感觉自己的生命真是脆弱，也没有后悔自己明知是战乱的环境还出来散心。只是觉得异常平静，没有半点恐惧，甚至觉得自己好像见到了世外桃源，十分浪漫。

我想起以前见到濒临死亡的人，他们时不时发出呻吟声，有时好像很痛苦，用手盖着额头，有时看到他们流下眼泪等。所有这些都让我想象成他们十分痛苦，原来快要离开的人们是这般模样的。现在看来，我错了。或许他们和我一样，没有半点哀伤，甚至不知道自己还活着，看到的只是幻象。原来接近死亡的时候，人们都顾不得思考自己是生是死，也不会注意周围的环境，甚至变得意识模糊，不知道自己身处何地，只看到眼前美好的景象，然后心平气和，等待死神的到来。但事情有时并非如此简单，一切或许只是我们的想象力作怪，因为我们还没有到向死神报告的时间。

> 他还活着,但是已经意识不到自己还活着。
>
> ——奥维德

身体受到这么大的伤害,如果是一个正常人的话,也不会去理会这些事情了。因为神志十分不清醒,甚至不知道自己现在的处境,更来不及思考下一步该干什么。这一切一切让我们放下心绪,停止思考。

现在回想起来,当时自己的灵魂是十分痛苦的,只是身体的感知变得迟钝,让我无法觉察到这些意外带给我的伤害。我突然明白为什么有些遭受刑罚的人能够如此镇定,因为他们知道自己逃避不了这些刑罚,不如坦然接受,否则只会让自己更难看,这是比较正面的做法。另外,还有那些悲惨的战俘,他们只能接受敌人的残酷刑罚,因为身处异国,没有人能够帮助自己,保持沉默或许是最好的做法。

于是,有些浪漫的诗人,为这类人想象了几位神,让他们的心灵得以安抚。

> 我奉命为地狱之神送来神圣的贡品,也帮助你离开你的躯体。
>
> ——维吉尔

当一个人接近死亡,他即使听到有人叫喊他的名字,或许问他几个问题,甚至对这些情况进行回应,都不能确定他还活着。因为接近死亡的人他们的意识渐渐退去,如果人们还听到他们的应答也不要太当一回事,因为可能他们并不是在回答你。就像我们总有睡得懵懂的时候,能够听到某些声音,但根本不知道这些声音是从哪里来的,甚至以为自己在说梦话。

经过这次经历,我知道了人们接近死亡时的感觉,因此我看到类似情况时,就能准确地辨别一个人现时的状况。很多时候,接近死亡的人的知觉是渐渐消失的,因此我们要学会客观对待他的要求,就像我当时根本不知道自己满身是伤,然后还努力挣脱背着我的侍从,你说在正常人看来这是不是十分不可理喻啊。

> 在半死的状态中,手指仍在摸索,想重新拿起武器。
>
> ——维吉尔

有时我们的意识根本控制不了我们的行为,就像一个人从高处掉下来,身体会自然地向前倾,如果你想有意识地翻转过来,相信会很难。

就比如我觉得肚子十分不舒服,我的手很自然就会去抚摸它。不但是人,甚至是动物也会有控制不了自己肢体的时候。就像一只兔子被一个猎人射杀了,当它中箭那一刻四肢不停地抽动,这不是它的意识要它这样做,只是它的身体有这样的反应。所以,当我们看到一个接近死亡的人的某些动作时,要仔细分析清楚,否则就会判断错误,导致我们产生错误的行为,不能及时满足他的需要。

亲人们听说我从马背掉下来的消息,纷纷到外面来找我。我感觉自己看到了很多人,但不是很确切,甚至觉得他们在议论着什么,但我听不见。听侍从说,我回家后第一件事竟然是叫他们为我的妻子换过一匹强壮的马。或许当时在他们看来最重要的是让我恢复意识、恢复健康,而不是这件无关紧要的事。当时的我或许感觉自己将不久人世,担心身边的人会发生像我这样的事件才叮嘱侍从这样做吧。后来,我听到他们问了我几个问题,我是怎样回答的已经记不清楚,只记得他们为了我都在忙碌着,我身边从来没有离开过人,他们每时每刻都在关注我的变化。不知过了多久,我才恢复了一点点意识,但总是什么都想不起来。我身体无力,目光呆滞,身体的每一个部分都好像不是自己的。但我没有半点恐惧情绪,似乎把这一切看得很轻,像事不关己一样。后来他们又把我送到别处,隐约看到好像妻子在哭泣,她轻轻地抚摸着我的伤痕,但我还是没有半点知觉。回忆起这次经历,我感觉很美好,或许人们会怀疑我是不是得了神经病,明明都差点向死神报到了还说美好。但这种感觉是真实的,我好像看到自己到了另外一个世界,那里没有疼痛,到处有粉红色的花朵,在微风的吹拂下,我感到很平静,看着那粉红的花瓣随风飘落我竟然觉得十分闲适。后来我恢复了意识,感觉全身疼痛,胃部很不舒服。我很想坐起来,但身体像散了架一样根本不敢动弹,它们完全不受我支配。但后来我再一次感觉到死亡的接近,我发起高烧,十分迷糊,睡了多久也不知道,幸运的是最后我还是挺过来了。但我不能清晰地回忆这次事故的经过,我也曾经问过我的侍从,但他们为了让我早日康复,不受刺激,都随意找一些借口蒙混过去了。当然，我也不是想要追究责任，只是想搞清楚事情的经过，也想把这次惨痛的经历记录下来，以避免再次发生。这次意外的伤痛用了很长时间才恢复，但我不后悔，因为尝试了一次死亡之旅，这让我更加珍惜生命，不再用生命去开玩笑。

这是一次我自己接近死亡的经历，或许人们说没有兴趣知道，但我把它记录下来，只不过是为了提醒我自己罢了。普里纳曾经说过："人们要清楚地认识事物，最好先从自己出发，研究自己的言行，研究自己的生活，才能更好地了解别人，理解别人。人和人之间只有这样相处才能更和谐。"

我个人认为，从别人的经历去吸取教训，也算是一种比较便捷的方式。我很庆幸自己能勇敢面对这次经历，并把它如实地记录下来。因为我知道没有多少人能够做到这样。人们总是不愿提起自己的惨痛经历，甚至不能从这些事件的阴影走出来，终日惶恐不安。但既然事情已经发生，倒不如积极面对，然后总结经验，让自己不再重复历史。我不是说我比常人聪明，只是这是解决事情比较积极的做法。如果这次我不是靠近死亡，我也不会知道原来死前的感受是这样的，人们根本没有时间去考虑自己的想法，而是首先想到让身边的人不受这样的伤害。原来死前即使能够应答别人也不代表还有意识，或许自己的灵魂已经慢慢地离开自己的身体。原来死前我们会失去知觉，根本听不到任何声音，甚至看不到任何事物，就像沉睡中的我们。生命如此脆弱，我们必须珍惜光阴，不虚度一生。这是我对本次经历的总结。

人们总是在挫折中不断成长，所以让我们学会先从自己的经历出发，善于总结经历，吸取教训，然后不断地提升自己的能力。我们要认识人性，要认识事情的本质，从自己身边的事物出发即可，不用翻阅太多的资料，这样不但容易忘记，而且得到的东西或许永远都不会属于你。如果从自身出发，不但印象深刻，而且能不断地审视自己、鞭策自己，最后让自己越来越有理智，拥有的智慧也越来越多。

害怕错误反而导致恶癖。

——贺拉斯

我个人认为贺拉斯这句话很有道理。我们经常在人前谈论自己不是为了炫耀什么，只不过是把发生在自己身上的事情和别人分享，无论事情是好是坏。能够经常把自己的事情说出来的人是一个老实的人，而且是一个拥有正能量的人。他们从来都不会刻意地修饰自己，会在别人面前真真实实地表现自己。在他们看来我又不是干了什么坏事，只是干自己想干的事，所以没必要掩盖些什么，可以光明正大地论述发生在自己身边的事情。就像一个有酗酒陋习的人，明明因为自己克制不了酒精的诱惑，却说成因为葡萄酒的酒精成分太高导致自己经常喝醉。如果真是这样的话，相信酗酒不叫陋习，而是人们的正常习惯了。

　　我非常欣赏能够坦白说出自己事情的人，即使是把自己不好的事情说出来也不要紧，重要的是通过这样的诉说，能够知道这是坏习惯，想办法修正过来就好。苏格拉底经常鼓励自己的学生多谈论自己，从而更清楚地认识自己，并根据自己的性格特点、行为思想去引导自己的学习。相信没有多少人愿意去控制别人的思想和行为，每个人最关心的人是自己，从自身出发去研究、论述，这是最有效的学习方式和成长方式。就像西塞罗从来都不会评论霍尔藤修斯的口才，霍尔藤修斯也从不关心西塞罗的口才一样。与其有时间去关注别人，不如多花心思在自己身上，让自己不断学习、不断进步、不断提高能力。

　　有人会问为什么不参照那些成功的人的行为去行动呢？我想人是有主见的动物，不是说想按照别人走过的轨迹去走就可以，很多时候都会受到自己的世界观、价值观、道德观影响，然后不断地思考这样走下去是否可以，并不断地更正自己的行动，最后可能离原来的轨道越来越远。这样就会出现两种情况：一种是比哲人们走得还要好；另一种情况是越走越差，甚至是一条自己也预想不到的路。所以，必要时不妨把自己遭遇的事情说出来，这样有助于修正自己的行为，从而引导自己向更好的方向去发展。另外，学会在人们面前赞美自己，这是自信和大胆的表现，并能让自己保持这些美好的行为，让自己越来越优秀。因此，我们要学会谈论自己、赞美自己、关心自己，这样才能使自己保持充足的自信和活力奋力向前。不要以为这些是自恋的行为就刻意地回避，相反，正因为有这些行为，我们才能不断地鞭策自己，使自己成为想成为的那种人。这是一种提升自己的积极行为，一点也不自负，所以自信地说出自己的事情吧，无论好坏。

另外，当人们满足现状时，请让他把认为自己做得很好的事情写出来，然后想想那些成功的人是怎样看待这些事情的，那样他就能知道这点事情和成功之人相比简直是小巫见大巫，不值一提。一个能够时常发现自己有很多缺点和不足的人，绝对不会只看到自己的优点，而是会不断地修正自己，努力使自己变得更完美。

苏格拉底是这方面的代表，他很清楚地知道人是需要不断地调整、不断地学习，才会不断地成长的，因此他从来都不会害怕在人前谈论自己，并且也知道自己有很多不足。希望人们都像他一样能清晰地认识自己，然后让自己更好地成长进步。

生活总是充满奇迹，人们很少想到自己将要离开这个世界，他们总是沾沾自喜：我尚算是一个有点运气的人，死神应该不会这么快就来吧。但事实果真如此吗？这个世界在充满奇迹的同时也充满了变数，人们往往很难预测下一秒将会发生什么，很多意想不到的事情都是突如其来的，难道你会有充足的思想准备吗？死亡也是一样，也是我们不能预测的，我们应该保持谦虚的态度，认真对待每一分每一秒，这样才能对得起自己，才能让自己即使不能预测也能把损失降到最低。珍惜生命，也要求我们保持清醒，看清周围的事物，不要被一时的现象蒙蔽了双眼，否则只会使自己后悔莫及。只有认真看世界的人，世界才会认真看他，这是很平等的关系。

> 我们驶离海港，大地和都市渐渐远去。
>
> ——维吉尔

自怨自艾的人经常认为命运对自己不公平，但事实果真如此吗？

人们啊，请不要抱怨所谓的命运，难道你身居要职，又或者很有才华，死亡就会迟点才找上你吗？如果当真如此，相信苏格拉底及柏拉图这些哲学家还生活在这个世上，让我们一睹真容。前文说过，如果你有影响人类文明进步才华的话，生和死又有什么区别呢？因此，不要刚愎自用，总以为自己已经足够努力，却得不到想要的成功。有时间让自己静下心来，认真思考那些先哲的一生，你会发现他们的经历并不是一帆风顺，有的甚至年纪轻轻就撒手人寰,有的人的才华在世时得不到人们的认可,反而死后才被大众所接纳等。想到这些你就会发现自己的想法多么幼稚。

我们每个人都是这个社会的一员,非常普通的一员,死亡对于每个人来说都是一样的,因此没有必要感到惶恐,这对自己没有什么好处。就像恺撒有一次要乘船到意大利,但当日的天气十分糟糕,大风大雨,海浪巨大,乘着小船的恺撒却毫不畏惧,意志坚定地向着意大利的方向驶去。像恺撒这样的历史风云人物,也经常面临死亡的威胁,但他的果敢精神让他能够无视这些威胁而勇敢前行。

我们和这些所谓伟人的区别在于面对事情的观念,就像有些伟人以为这些伟大的人死后全世界的人们都会为之哀悼,甚至痛哭,但事实正好相反。很多人对于这些事不关己的事情都很漠视,甚至不会加以理会。

天地和我们无亲无故,星星无须和我们同进退共死亡。

——普林尼

人们并不在乎他人是怎么死去的,却很关注他生前的行为。像一些比较出名的人,人们茶余饭后只会议论他干了什么、怎么干、干得怎么样,却不会理会他死后这个世界的变化,甚至对这个世界的影响。所以不要想着自己如果死得壮烈些,人们就会记得自己,这是非常愚蠢的想法。另外有一些残酷的统治者,他们不喜欢罪人一下子就死去,而喜欢看着他们感受死亡,如果他们表现得痛不欲生,这些统治者就会觉得非常高兴,甚至拍手叫好。可见,每个人面对别人的死亡都会漠不关心,他们只关心自己,觉得自己最重要。

对于自杀,相信有一个人是这方面的代表。埃里奥贾巴尔的生活十分奢侈,整天喜欢寻欢作乐,当地的民众十分憎恨他。对于这个事实他也十分清楚,为了让自己死后也能保持尊贵,他命人建了一幢高塔,所用的材料都是当时最昂贵的,因此这个高塔十分金碧辉煌。里面的结构是根据他想的几种死法来设计的,如果他想从塔顶跳下来,有铺满宝石的地面承接他的尸体;如果他想上吊,那么可以用那条金线编织而成的绳子;如果他想自刎,那么房间有一把金子做的利剑;如果他想服毒自杀,那么有一个用玉石做成的瓶子,里面装有一饮即死的毒药。对于自杀他是不是太煞费苦心呢，我个人认为他的这种行为很可笑，不但劳民伤财，而且很悲哀，难道做了这样的准备，就能顺利死去吗？相信有理智的人都会持否定态度，有很多事情都是出乎我们意料的，如果埃里奥贾巴尔有时间想自己采用什么方式自杀能够体面，不如想想怎样才能改变自己骄奢好色的陋习，然后想想怎样才能国泰民安，使国家不断富强。

　　自杀的方法有很多种，但自杀的勇气就不是每个人都能拥有的，这样的例子有很多。吕西尤斯·多米梯尤斯被恺撒捉住后知道自己必死无疑，因此往自己的嘴里灌毒药，但刚喝完就后悔了；普朗梯尤斯·西尔瓦努斯因为自己的恶行被捕入狱，即使手持匕首也没有勇气让自己一死了之，从而避免严刑拷打；阿尔布西亚是蒂拜尔的战敌，后来因为战败被俘想通过服毒自杀，但由于惧怕死亡，只喝了一点点，却被蒂拜尔发现，乘机命人把剩下的毒药灌到他的嘴里；奥斯托里尤斯面对死亡显得十分无力，如果叫部下帮忙相信也下不了决心。于是，他命部下把刀尖向前，然后自己鼓足勇气走向刀尖，最后一刀刺中要害，回天乏术；还有阿德里安国王问清医生心脏的准确位置后，让部下往这个位置刺去，最后也去见上帝了。这样的例子还有很多，面对死亡相信每个人的心情都是一样的，但为了让自己死得有尊严，我们不得不鼓起勇气。

　　当我们面对生活的困境、挫折时，不要认为死了就不需要再面对问题，事实往往相反，死亡甚至会使这些困难和挫折变得更大、更难解决，最后只会让帮你善后的人力不从心。所以，不要惧怕生活的挫折和困难，勇敢地面对吧，当你鼓起勇气时，往往困难和挫折的力量就会变得越来越小，最后你会发现它们不过是那么一回事。

　　苏格拉底听到自己在一个月后就会被处决的消息时，心如止水，面不改色。每天在牢房里思考问题，研究哲学，不紧不慢，日复一日。我个人认为这个月是最能体现他人格光辉的岁月，知道自己一个月后即将死亡还能够坚持自己的事业，毫不畏惧，静静地思考，静静地沉淀，试问有谁能够做到这样？相信没有多少人。

　　庞珀尼尤斯·阿提居斯被病痛折磨得身心疲惫、力不从心，因此找来亲友劝说他们不要再请医生为其医治，他说用这样的方式延长自己的生命对于他本人来说是一种折磨，他想通过自杀结束这种生活。阿提居斯的去意已定，誓要一死，这让亲友都感觉很无奈，但也无计可施，因为他们不能控制他的思想和行为，而且对他的生命他们没有话语权。最后他选择了绝食的自杀方式，谁知这种方法竟然让他的身体机能重新健康运转，病痛不治而愈，这个结果让亲友都感到十分高兴。

克雷昂特与阿提居斯的经历十分相似，他当时牙疼得厉害，每次吃东西都觉得十分难受，甚至觉得是一种精神折磨，最后宁愿挨饿也不再进食任何东西，谁知这个行为反而让他恢复了健康，甚至精神大好。

有的人作出自杀的决定是经过思考的。就像罗马人杜里尤斯·马尔塞里努斯也遭受了病痛的折磨，他想提前结束自己的生命，因此命人请来亲友。亲友经过了解知道他的病情不会致死，但需要长时间的药物治疗，因此都纷纷劝说他放弃这种念头。有人劝说他鼓起勇气，不要想太多让自己有思想负担；有的人劝说他死不能解决问题，只有直面相对，才能解决问题；有一位斯多葛派的朋友却支持他："马尔塞里努斯，你的想法很好，我们作为一个有思想的人，不应惧怕死亡，如果你认为死亡是一种解脱的话，就努力去做吧，我们都不会插手。死有重于泰山，也有轻于鸿毛，一切只掌握在你自己的手中。"

救人，却违背了被救者的意愿，这和杀了他没有两样。

——贺拉斯

但这位斯多葛派的朋友说完后看到房间外面的侍从，他突然发现这样建议有所不妥，万一侍从看到主人死去以为是他杀的怎么办，他甚至会惹来麻烦的官司，想到这里他为自己刚才的言语感到后悔，随即建议马尔塞里努斯把自己的想法告诉侍从，并建议他把一部分财富分给侍从，毕竟他们跟随他这么多年。马尔塞里努斯接受了他的建议，并安慰他的侍从，不要因为这件事太伤心。最后他也是采用了绝食的自杀方式，过了几天，他的意识越来越模糊，命人准备温水浸泡即将冰冷的身体，这样反而让他感到很舒心，心灵深处得到了洗涤，最后在这一缸温水中慢慢"睡去"。

与这种经过考虑的死法不同，小加图面对死亡毫不畏惧，不惧身体流出的血腥味，用坚毅的双眼直视死亡，任凭身体发出撕心裂肺的声音。这是一种让人难以忽视的魅力，带有极大的吸引力。

第八章 谈欲望
——欲望因难以得到满足而愈加强烈

在生活中有这样一种现象,人们喜欢追求难以得到的东西,却不珍惜容易取得的东西。对于容易取得的东西,很容易就会感觉疲倦,甚至感觉厌烦。但对于难以取得的东西却锲而不舍,誓要得到,如果得不到就会觉得自己的能力很差。或许正因为难以得到,所以才会吸引我们的注意,激起我们的欲望。如果没有追求,生活就会像一潭死水,毫无激情,更别期望波涛汹涌了。越难得到的东西,人们就越加珍惜,总想把它们紧紧地抱在怀里,生怕一觉醒来它就会不复存在。

任何时候,危险使快乐的程度倍增,虽然它也让我们望而却步。

——塞内克

就像奥维德说过朱庇特很喜欢达那厄,为了得到她不惜把她关在塔里。因此,对于难以得到的东西,人们会产生很强的欲望,无论多么困难都想予以克服,然后占为己有。

就像一个年轻男子暗恋一个女子,如果她一开始就轻易应允与他交往,相信这段关系不会长久。然而,如果她对他若即若离,或许这个男子会不断地追求她,因为他觉得女子的心思捉摸不定,所以他就会越发努力追求,直至把她据为己有。

尽管传统观念使我们很少在公开场合谈论性爱,但根据材料显示,人们很喜欢在性爱时撕咬对方，这样能激起他们的征服欲，然后增强快感。就像庞培的妻子弗洛拉曾经对密友说，她很喜欢在性爱时用牙齿咬庞培的身体。

他们紧紧地抱住喜欢的躯体，使它疼痛，在细嫩的嘴唇上咬出牙齿印，心中的欲火促使他们去伤害发泄的对象，并不理会对方是谁，欲火促使他们举起狂暴的棍子。

——卢克莱修

虽然每个民族都有自己的文化风俗，但也有相似的地方，那就是似乎越是难以得到的东西就越有价值。就像意大利安科纳省的民众不惧长途跋涉到西班牙的圣地雅克参拜祈祷，西班牙的加利西亚人却觉得意大利的洛莱特圣母院值得去一趟，在那里祈祷愿望比较容易实现。难道意大利人不知道洛莱特圣母院吗？难道他们不知道去洛莱特圣母院比去西班牙近吗？这些他们都很清楚，但因为容易到达，他们觉得自己不够诚心，因此宁愿舍近求远。

小加图的妻子对小加图一心一意，不惧困苦，小加图却觉得她经常是妇人之仁，对她整天跟着自己感到厌烦。小加图对妻子的存在已经习以为常，如果他不懂珍惜，一旦妻子哪天离开他，他肯定会觉得非常不习惯。

人们有时真是很愚蠢，最好的东西已经在自己的身边却不加珍惜，一味追求那些可望而不可即的东西，这样有意义吗？

毫不在乎手边的东西，却千方百计想换回失去的东西。

——贺拉斯

如果把公马和母马分开饲养，公马一旦有机会接近母马，就会发疯似地乱窜，甚至嚎叫。但如果把它放进母马群里，无论你采用什么方法想激起它的性欲，也都是劳而无功的。

如果你不派人看住你的美人，过不了多久，我也不会要她了。

——奥维德

一般人们都不喜欢过于随便的对象，至少应该互相尊重。如果太随便，人们反而反感。就像奥维德说的："如果一个女人想长久地控制住情人，那就不要把他放在心里。"这就说明，在情侣关系中，如果一个人对对方的事情表现得漠不关心，那么对方就会努力吸引你的注意，然后不断地讨好你。当然，你也不要太过分，要学会适可而止。

　　如男人对女人的身体十分好奇，女人们也知道他们的心思。因此，特意用衣服把身体裹了个严严实实。有时调皮的女人还会特意露出一点点，使男士看到以后充满欲望，很想把她们据为己有，但出于传统也不能任意妄为，这也是男女交往有趣的地方。所以，有人说有魅力的女人绝不是那种随意在男人面前卖弄风姿的人，而是那种含苞待放的女人。

　　有时候，她利用裙子做屏障来延缓我的企图。
　　　　　　　　　　　　　　　　　　　　　——普罗佩尔斯

　　有些男人有处女情结，是不是因为她们未被任何人攻破所以显得特别有魅力？我相信的确如此。上文也说过男人喜欢那些懂得遮掩身体的女人，正因为难以看到，他们才更有动力地去探索、追求，然后按照自己的欲望一步步地揭开这些东西的神秘面纱。又如那些贵族女人，她们必须无时无刻保持矜持、高贵、高傲的举止，如果让她们放弃这些东西就等于叫她们放弃贵族身份降为平民。正因为她们有矜持、高贵的举止，才让她们显得与众不同，十分尊贵，使人们对她们敬之重之，不敢随意靠近。而那些妓女，她们很喜欢在街头巷尾卖弄风姿，不但袒胸露背，而且经常采用各种方式吸引路人的注意力。但无论她们多么性感、多么有吸引力，相信不是特别需要的男人都会对她们的行为予以鄙视，不屑一顾。并不是说她们的外表不漂亮，而仅仅因为她的身份赋予了她们随便的含义，导致很多人对这些影响社会风气的行为予以拒绝，甚至厌恶。

　　就像罗马人通过立法会规定婚姻关系可以随时解除。这个法令一出，很多学者都以为这个世界会陷入混乱的男女关系纠纷中，事实却相反，由于随时能够解除婚姻关系，男女双方反而越发珍惜和对方相处的时间，他们会变得更加宽容，不再因为一些鸡毛蒜皮的事情吵架，而是十分珍惜对方。

凡是被许可的事情都没有诱惑力，只有被禁的事情才能刺激我们的欲望。
——奥维德

与残暴的君主以为创造各种令人难以忍受的酷刑就可减少民众犯罪的愿望相反，犯罪事件不断发生，数不胜数。有的还为了逃避残酷的刑罚想方设法逃跑，到达新的地方后又故技重演，甚反而影响了更多的人。

你以为根除了恶，实际上它变本加厉地蔓延了。
——吕提里尤斯·纳马梯阿努斯

所以，不要以为具有震慑力的威胁会让人们心生恐惧，从而规范自己的行为。其实不然，若要取得效果，最好还是想其他的方法。

就像阿尔吉贝人，他们从来都不会使用诸如碳烤、鞭刑之类的酷刑对待犯罪者，而通常会抱着宽容的心对待犯罪的人，用温暖的心让他们冰冷的心灵得以融化，然后让他们自己改变陋习、克服陋习。所以其他民族的人如果犯了罪也喜欢跑到这个国度，因为在这里不用遭受别人的冷眼，不会被人们责骂。

就像有个地方的农田没有围栏，他们全部是开放式地耕种，对于他们的劳动成果基本没有人会来践踏，这比用竹子或绳子围着有效得多。

人们有没有发现，在这个战火纷飞的年代，如果家中没有任何设防，甚至大门永远敞开，反而很少有敌军进来搜刮财物，但那些像城堡一样设了围墙的屋子，反倒被搜刮一空，满屋狼藉。这是人类的正常反应，一般都会认为富有的人家才会考虑财物安全，那些穷得叮当响的家庭就不会做这种蠢事，因为他们没有任何值得保护的财物。这是世俗的偏见，我的屋子并没有什么围墙或坚不可摧的门窗，即使在这个战乱的时代，我也没有说每天一定要关好门窗，一定要在花园外面建围墙。我完全没有这样的概念，不是因为我不怕成为战俘，也不是我的家中没有财物，只是我认为这个方式是保命的最好方式。至少到现在为止我的屋子都没有进来过敌人，来拜访的一般都是比较好的亲朋好友。他们曾经也嘲笑我实在太放心和太大胆了，在这个战乱的时代谁不怕半夜被突袭，谁不怕见不到明天的太阳，谁不怕自己变得一贫如洗。但我也笑着回应说："我怕，非常怕，正因为怕所以才采取这样的措施。"我认识的一位贵族，他为了保护自己和家人的性命还有财物，不惜花费大量的金钱和人力去建造自己的房子，以为这样就坚不可摧了，谁知被那些有心机的人算计，每天都在找他房子的缺陷，最后被人盗窃了很多次，但他仍不知道问题出在哪里，一味地命人把屋子加厚、再加厚，最后都密不透风了。我个人很不喜欢到他家里做客，因为太阴森，空气也差，在屋内也很难见到阳光。对于他的做法我不能说错，但至少我自己不会这样做。

门锁招来小偷，敞开门户，盗贼反倒不来了。

——塞内克

听说法国有一位贵族的做法和我的一样，他万贯家财也不曾成为别人的目标。所以，我们面对这些问题还是以平常心对待吧，过分惶恐只会使自己担心的事情变为现实，甚至觉得越来越不安全。或许有人会说你是假装的吧，明明都很害怕的。我是很怕，但我没有假装，因为我从来都不会刻意把我的房契和财物藏起来。我把它们放在任何肉眼可以看得到的地方，至于为什么没有引起别人的注意或许是因为神的庇佑吧。如果神认为这是保护我自己最好的方式，我会义无反顾地遵守，甚至放之任之。所以，有时我们没必要杞人忧天，如果神真要过来取你性命，你无论用何种方式都是抵挡不住的。

第九章 谈荣耀
——不要让荣耀的影子走在人的前面

人之所以比一般动物聪明是因为我们具有主观能动性,为了区分事物,我们根据它们的特点为其取了专属的名字,名字不是事物本身的属性,而是我们附加给它们的。

就像人们经常谈论上帝,认为他是主导公平、公正、正义的神,但对于上帝而言,这些特质是他本身拥有的,即使人们对此不作评论它们依旧都会存在。人们喜欢赋予各种美好的事物以优秀的特质,但我想说,这些极有可能是人们赋予它们的,或许它们的本质并不是这样的,但无论怎样,即使人们不赋予它们什么,它们依旧是社会的客观存在,不会因为其他人的意志而有何改变。就像人们每个行为都是他本身的动机使然,与其他外部事物无关。如果认识到自己的学识不够渊博,他就会努力读书,了解这个世界的方方面面;如果他的身体不够强壮,他就会努力锻炼身体,直至肌肉强壮;如果他食不果腹,他就会辛勤劳动,利用劳动成果去换取必需的食物,解决温饱问题。因此,决定人们行为和性格的因素是人们自己,他们根据自己的需要分清主次,然后安排自己行为的先后顺序。

无论哪一个民族,相信都会按照上帝的旨意希望人们都能拥有类似善良、温柔、助人等优秀品质,但如果这个民族十分贫穷,连最基本的温饱问题都不能解决,相信人们为了谋生也会忽视对这些品质的培养。

人们经常因为拥有一些美好的特质而被别人称赞,克里西波斯和第欧根尼却对这些行为感到很不屑,甚至蔑视这种行为。的确,有多少君王因为下属的阿谀奉承而自视甚高，有时甚至下达一些失去理智的命令；有一些女子因为抵挡不了男子的花言巧语而失去贞操；也有一些学者因为别人的赞扬而停滞不前。不是说被别人赞誉是一件不好的事情，只是我们要坚定自己的意志，不要因为别人的几句赞美就失去理智，甚至减慢自己追求目标的步伐。

克理西波斯和第欧根尼除了蔑视这些行为外，还建议人们即使全世界都在赞誉你，也请你不要受到这些赞誉的影响。

不管多么大的荣耀，除了是荣耀之外又能是什么呢？

——尤维纳利斯

但拥有荣耀并非只有缺点，它有时会为我们争取到一些特权，因此很多人都在追求荣耀，以便使自己得到别人的尊重，减少别人对自己的偏见，甚至在某些场合能够优先，等等。

伊壁鸠鲁也十分清楚荣耀的利弊，但他经常建议从事国家事务和公共事务的人员要学会低调做事，不要受到这些所谓的荣耀的影响。他建议他们只做自己应该做的事，只说应该说的话，只回应应该回应的事情。不贪慕虚荣，不滥用职权，不贪赃枉法。他还劝导伊多梅内，如果在奉公守法的前提下只是受到人们的一些谴责而没有其他重要问题，大可以忽视他们的评论和赞誉，按照自己的职业守则认真做事。

我十分赞同伊壁鸠鲁的观点，但人是一种矛盾的动物，虽然我们知道自己不能受这些赞誉的影响，但又不可能完全当作没听到；虽然我们明白自己的行为已经被这些话语影响了，但我们也很难即时抽身。即使是伊壁鸠鲁本人，也很难避免这样的问题。他与朋友的信件便是明证，以下是信的一部分内容：

伊壁鸠鲁致赫耳玛乔斯，敬礼。

在这个愉快的日子里——我生命的最后一天——我忍受着膀胱和其他内脏无以复加的剧烈疼痛，写下这封信。但是，回想起我的发现和我陈述的思想，我灵魂的快乐就抵消了肉体的疼痛。至于你，正如你从小对我和哲学倾注的情感，请你同样地用心保护梅特罗多尔的孩子们。

从这封信的内容可知伊壁鸠鲁因为自己的哲学思想而忘掉了身体带给他的痛苦，他认为自己思想的价值能够为他带来荣耀，并希望赫耳玛乔斯能够守护他的思想，从而使他的思想能够流芳百世。另外还嘱咐他像守护他的思想一样守护梅特罗多尔的孩子们，并定期接待喜欢他们这些思想的友人。

加尔内阿特却支持人们享受荣耀带给他们的快乐。他认为每个人都可以追求这些荣耀，因为荣耀能使人们振奋精神，甚至奋斗不止，这样能够增加人们的生活乐趣。人们追求荣耀应该像追求那些优秀品质一样。他的这个观点也受到大众的推崇，甚至亚里士多德也认为人们应该把追求荣耀放在追求其他品质之前，这样才能使我们的行为有的放矢、主次分明。

西塞罗的书籍有很多这方面的事例，他本人十分喜欢追求荣耀，只要一件事情背后隐藏着荣耀他就会努力去完成，不分昼夜。当人们因为某件事取得荣耀时，他也会做相同的事，当然会比前者做得更为优秀，以吸引别人的目光。

> 默默无闻的美德和不为人知的放纵，其实相差无几。
> ——贺拉斯

贺拉斯是一位哲学家，但竟然说出了这样一句误导世人的话，我觉得非常可悲。如果他的这句话正确，人们的行为就会人前人后不一样了，我认为这样亵渎了灵魂，因为我们所说的灵魂是指人们拥有的美好特质。

这句话有煽动人们做违背道德的事的嫌疑。就像加尔内阿特说的那样："你明明看到椅子上有一只蝎子，但你没有告诉要坐下去的那个人，最后这个人被送医院，我认为是你的错，因为事情的前因后果只有你一个人知道。"

因为别人不知道就大胆地昧着良心干坏事，这样的社会是一个非常混乱和非常复杂的社会，如果真这样相信人与人之间就没有任何信任可言。西塞罗曾咒骂塞克斯梯琉斯·卢福斯，因为他不知用了什么手段使得自己能够合法占有别人的财产，却没有任何法律的漏洞；另外克拉苏和霍尔滕修斯运用自身的职权通过类似的手段继承了一个与他们毫无关系的人的财产，虽然这个人的家属通过各种方法去搜集他们犯罪的证据，但因为他们身居要职，家属们无计可施，最后只能把这些财产拱手相让。他们的这些行为十分可耻，我对这些行为也感到十分恼火。但贝蒂索斯是一个例外，他在普洛底尤斯死后把他生前交给他保管的财物全部归还给他的家属。

> 他们应该记住上帝是证人，就是说他们自己的良心，我是这样想的。
> ——西塞罗

我们要学会保持自己美好的特质，不要因为荣耀而去改变什么。改变只会使这些特质变质，最后偏离了他们的定义。这样拥有荣耀又有什么用呢？我们在享受荣耀带给我们快乐的同时，也应坚守自己的特质。

> 可以肯定，运气将它的管治拓展到一切事物；一些事物因它而扬名增光，另一些事物因它而默默无闻，他随心所欲，并非根据事实。
> ——萨吕斯

荣耀不过是人们思想外的东西，但因为周围的环境有时会被无限放大，就像在阳光下的影子，因为太阳的位置不同而有长短，有时影子会比我们的身体长很多很多。但无论怎样，它对我们都没有实质的作用，都是虚幻的东西，摸不到，看不到。

> 仿佛不出名的行动就不是光荣的行动。
> ——西塞罗

这些行为经常出现在贵族的身上，他们认为自己的行为一定要有价值，如果没有人能够见证自己的德行，那么他们宁愿漠不关心、视而不见。但这个世界每天都在某个角落上演着一些值得赞誉的事情，难道我们要在每一个角落都安排相关的人员来证明事情的发生吗？如果真这样的话，我相信这些美好的品德会渐渐远离民众，因为每个人都忙着做证人。所以我们没必要太注重那些所谓的赞誉，它除了能让我们的心情愉悦一下还有其他作用吗？

如果一个人足够聪明，他就会看不见荣耀了。我只希望自己能够安静地度过一生，不用受到人们的关注，做自己该做的事情，欣赏自己喜欢欣赏的风景。我只是我，即使没有赞誉，我的品德也只会有增无减；即使没有赞誉，我也能坚守做事的准则。所以，不要太注重赞誉，它不能为你的生活添加平静。

像亚历山大大帝和恺撒这样英勇善战的君主，相信他们也没有刻意追求赞誉，他们只为自己的目标而奋斗。在战场上，他们经历了多少风雨，经历了多少崎岖，经历了多少追捕，但他们仍然锲而不舍，一步一步艰难地走向自己的目标。难道他们是为了得到别人的赞誉才做出这样的行为、凸显这样的品质吗？相信他们不是。相对而言，他们的部下就逊色不少了。他们和两位君主都处在同样的环境，为什么两位君主的特质受到了别人的赞誉而他们却没有呢？这是因为他们的承受力不同。回顾历史，可以发现很多战死的人不是因为受了大伤而死，而是碰到一点点小伤或遭遇了一点点困难，他们就抵制不住了，最后只能成为刀下魂。也有一些人总是想着逃避敌人，然后脱离队伍跑到一个自以为安全的地方，谁知这些行为被敌人尽收眼底，最后也只能西去了。所以我们不要被所谓的荣耀蒙蔽了双眼，而应该坚持自己的理想和目标，奋勇向前。

有些人认为只有壮烈地死去才是真正的死法，但我个人认为这是一个谬论。难道没有壮烈的环境我们就不能死吗？如果我们可以控制死亡的时间，那么我们就不会这么惧怕死亡了。所以，无论何时，不管有没有人注意，我们只做合适的行为，不求什么，只求对得起自己的良心。

我们所夸的，是我们自己的良心。

——圣保罗

如果我们做每件事都想让别人知道，那么我们只能浪费生命了。事实上，这个世界经常注意别人的人少之又少。

如果一个人拥有美好的特质，不用他自己说，别人也会知道。对于美好的行为，我们不用在别人的注视下才实施，因为即使别人不加以注视，我们也能感到心情愉快，为自己的灵魂增添了无限光彩。

美德不知道什么叫不光彩的失败，它永放光芒，从不失色；它不因民众的好恶而亲近或疏离权力。

——贺拉斯

如果要生活得精彩,我们只要学会做回自己,不受周围环境的影响,不受别人话语的影响。按照自己的品性、自己的思想去实施行为。我们每个人都只是这个社会的一员,普通不过的一员,人们也不会刻意地关注我们,最在乎自己的莫过于我们自己。所以,认真地做人,认真地做事,问心无愧就可以了。

不为任何其他利益,只为与美德同行的荣誉。

——西塞罗

世界上有几十亿的人口,每个人的世界观、道德观、价值观都不同,这势必造成每个人对待同一事物都会有不同的态度:有些人偏激,有些人中肯,有些人夸大。如果我们都注重他们的评论的话,相信我们的思想压力会很大,因为观点太多只会使我们左右为难、不懂取舍。

你蔑视单个的人,然而把同样的这些人集合在一起,你就觉得了不起,还有什么比这更荒谬的事吗?

——西塞罗

如果你想把他们的评论作为行为准则,那么你将变得毫无建树。

群众的判断是最不可预测的事情。

——李维

西塞罗说最怕群众赞誉他所做的事情,本来觉得很平常的事一旦沁入人们的话语就变得令人惭愧了。

天道送给人类这个礼物,一切正当的东西也是最有价值的东西。

——冈底里安

就像有一个水手面对狂风暴雨说出了一句发自肺腑的话语:"我或许没有你强大,但如果你尝试用你的力量来震慑我,让我放弃航行,那你就太异想天开了。"

我不能说自己是一个优秀的人,但相对其他人,他们被人们一批一批地遗忘了,但是我从来不曾离开过他们的目光。

保罗·爱弥儿征讨马其顿时,为了避免人们赞誉他,影响他出征的心态,他颁布了这样一个命令:"我欢迎你们来送我,但请紧闭嘴巴,不要说出任何一句话语。"的确,如果他沉浸在人们的赞誉中,或许会使坚定的心变得有点浮躁,最后影响战果。所以,我们要学会屏蔽这些赞誉的话语,宁愿听到别人抱怨自己、责骂自己,也不要听这些毫无帮助的赞誉。我们要学会忽视赞誉。

我不担心被人赞扬,我不是一个麻木不仁的人;但是,我拒绝把"加油,干得好!"这样的喝彩声变成做好事的终极目的。

——皮尔斯

我很少理会别人的目光,因为我知道自己做的事对得起良心,没必要跟别人解释这么多。我不喜欢借助别人的力量去获取利益,我仅靠自己的能力,它能带我到什么高度就什么高度,我不强求。或许在人们的眼中我很聪明、很理智,但我想说当我面对困难时也有犹豫不定的时候,有时为了把事情做好不断地向自己施加压力,直至喘不上气。所以请不要因为我的表情、我的动作、我的语言和我的行为就对我做出那些虚假的评价。我也是人,多少也会受到这方面因素的影响,虽然不多。请给我做事的空间和自由,这样我才能随心所欲地发挥自己的智慧,去完成想完成的事情。当然,我知道自己很难控制别人的嘴巴,所以当你们谈论我、赞誉我时,我会显得十分心不在焉。所以,我们要学会不受别人言语的影响,用心做自己想做的事情,因为只有你自己知道这些事情到底有没有价值。

在战争中,每个士兵的分工都很明确,不能忽视任何人的作用。

如果纷乱的罗马人贬低某个行动,你既不要学他,也不要去扶正倾斜的天平：你不要去身外寻找你自己。

——皮尔斯

  但人们都有虚荣心，希望从别人口中听到赞誉自己的话，也希望通过自己的某些优秀品质享有某些特权，这是比较普遍的现象。但有些人刚愎自用，以为别人赞誉自己几句就算是把他捧上天了，从此不理会自己的行为，只要能够出名，那些所谓的品德算什么。但久而久之，相信你出名是因为你的不检点行为了，这样做有价值吗？直接就影响了人们对你的印象，从而不再信任你，不再喜欢你，见到你最好就是避之则吉，因为跟你在一起没有半点面子，随时被别人误以为是同类人。况且，当我们离开了这个世界，这些所谓的名气对我们的后人有好处吗？还有人会记得有这样一个我吗？相信答案是否定的。我们要学会为自己负责，即使默默无闻，也不要让自己臭名远扬。有时我会因为同姓的人而受到别人的尊重，但我自己很清楚那些荣耀只属于那个人，与我无关，所以我只是一笑了之。反正一定要端正自己面对荣耀的态度，才能使自己更优秀，拥有更多的特质。

  在一场大战里，我们只会谈论到几个人，这些人要么身居要职，要么很具影响力，要么十分有智慧，要么对战果起关键性作用，否则，人们谈天谈地也不会谈论到他。就像那些普通的士卒，人们一般情况下是很难谈论到的，但如果像亚历山大大帝和恺撒这种，人们一定会津津乐道。所以，我们当中鲜有突出的人物，都是普通的国民，我们就不要期待别人会谈论到自己了，尽心尽力扮演好自己的社会角色就好。

  这是许多人遇到的事，平常得很，只是命运带来的无数偶然中的一个。

——尤维纳利斯

  法国已经有一千五百年的历史，其间这么多的战役中，能被人们记住的人物又有多少，可能只有几十个吧。有些因为史册记录不全，有些因为历史资料遗失，所以我们难以统计。即使是一百年内的事情，相信也很难找到相关资料。当有新的事件出现时，之前那些热门话题就会被取代。

他们的荣耀如微风掠过。

——维吉尔

拉塞德莫尼很喜欢在战前祭拜缪斯，因为他除了想取得战争的胜利外，还希望有人能够记录他的战绩，使其能够流芳百世、威名远播。但参考历史，我认为要做到这一点十分困难，当时当刻有人记录很正常，但真正能够传播下来的相信没有几个。有些事件刚发生时会被人们谈论几天，但几天以后人们又会被其他新的资讯吸引过去。所以能够完整保存的资料真是少之又少。我们现存的史册里的故事不一定是史实，有可能是野史，也有可能是人们比较感兴趣的一部分，至于人们用什么态度去对待，就取决于他自己了。我个人认为没有人能够被人们长时间赞誉和谈论，即使十分具有吸引力，相信也不够一个人的寿命长。

遗忘的阴影把他们遮蔽。

——维吉尔

难道那些有卓越战功的人会说自己有被人们赞誉的权利吗？相信无论怎么虚荣的人对于这种事都会感到十分难以启齿。对于这些英勇的事迹，我个人认为只是人们茶余饭后用来消闲的话题罢了，长的话可能三个月，短的话可能三天，之后这些事迹不会再被人们提起。所以我们无论做了多么值得世人赞誉的事情也应保持平常的心去生活，因为无论你做了什么，都只是你的事情，不会对别人产生影响。

做好事本身就是对做好事的报答。

——塞内克

助人的收获，在于助人本身。

——西塞罗

如果说一个作家或音乐家想通过文字或歌声使自己出名还可以接受，

因为这是他们的事业追求和终极目标，但想通过自己的行为受到别人的赞誉或获得些什么利益，那就变得不可取了，因为并不是只有你一个人有这样的行为。

不过，如果这些行为影响了人们的观念，而且被很多人推崇，甚至有利于社会秩序，那么我也认为应该广为流传，因为只有这样我们的社会才会减少矛盾，变得更加和谐。就像每个人都知道图拉是值得学习的，而尼禄是应该遭受人们唾弃的一样。对于这些影响人们信仰和观念的行为，我十分赞同世世代代流传下去。

当然，人都是有缺点的，如果能够修正这些缺点，采用一些具有宗教色彩的方法也是可以接受的。就像现在的法律为了规范人们的行为，不惜沁入一些非真实的元素，让人们自觉遵守法律，主动规范自己的行为。也有一些比较浪漫的故事，通过传播这些故事让人们端正思想，转变观念。这些都是一些比较有效的方法。像努玛和塞尔托里尤斯为了使部下誓死效忠于自己，不惜使用让人们失去自我的药物对他们进行控制。

就像贝都因人一样，他们认为如果一个人能够誓死效忠国王，即使死后也能把自己的灵魂附在一个健康、阳光、有理想、有追求的人身上。这无疑是鼓励人们要抱着视死如归的态度去效忠国王。

> 战士们的意志比钢铁坚强，他们的灵魂视死如归；舍不得必将新生的性命，对他们来说是一种怯弱的表现。
>
> ——卢甘

或许人们认为这些信仰具有浓厚的宗教色彩，拒绝把它们推广，但我认为如果它对人们品德的培养有积极作用的话，也不应该盲目地拒绝。

就像妇女保护自己的贞操一样，我们在合适的时候应该学会拒绝，不要以为暗地里进行人们就不会知道。有时所谓的荣耀只不过是自尊的结果，如果我们不能加以拒绝，只会亲手毁了自己的名声。所以不要因为一时的好奇去做那些危害自己名声的事情。

但与荣耀相比，我们应该选择良心。

第十章　谈自命不凡
——夸大自我价值的荣耀是草率的自恋

有些人很喜欢在人们面前夸耀自己，无论对与错。他们喜欢在人前谈论自己的事情，甚至有点夸大。但人们非常不喜欢这种人，甚至想快速从他身边逃离，不想听他那些没有依据的自我赞美。

我也很怕自己会犯这样的错误，因为我很喜欢与别人聊天、讨论问题，但我会尽量避免谈论自己，担心有时会控制不住虚荣心，在别人面前夸夸其谈，最终脱离事情的真相。我认为人们应该实事求是，不应过分地夸大或贬低自己的能力，这样才能让别人比较准确地认识自己，进而喜欢自己。就像有一些女子，她们没有半点矜持，当听到别人谈论男女之事时，她们不但不会脸红耳赤，反而十分兴奋地参与谈论，把人们避讳的身体部位也直呼其名地说出来。面对这样的女子人们会感到很无语，因为男子都未必有她们的豪放和大胆。或许这些都是世俗赋予人们的观念，致使人们听到女子谈论这些话题就感到不自然，甚至有点厌恶。风俗信仰的确会影响我们对待事物的态度，但这些都属于人类社会的传统，我们是很难摒弃的。

在生活中，我们经常会看到这样的现象：有的人十分杰出，好像有什么强大的力量赋予他们这些智慧，使人们羡慕和嫉妒；有的人却默默无闻，一点也不耀眼，即使他离开人世也不为人们所知。相信很少会有人能够大胆地要求别人评论自己，赞誉自己，除非他没有自尊心。但有的人虽然不为世人所知，但他们通过记录自己的事迹，最后也能被其他人熟知，吕西柳斯就是一个例子：

> 他像对待忠诚的朋友一样，把自己的一切私密托付给自己的文章；不论在高兴的时候，还是遇到不幸的时候，都不会去找人倾吐心声；结果，人们看到的是他对漫长人生的描写，仿佛献给诸神一幅图画。
>
> ——贺拉斯

我有时很喜欢无拘无束地施展自己的身体，有时坐姿有点不雅，有时会抖动双腿，我身边的人都认为我行为怪异。我不是为自己辩解什么，只是这个绝对是正常的行为。就像亚历山大与人聊天时喜欢把头向右倾，阿尔比亚德喜欢压低声音说话，恺撒每次思考都会用手指挠头。这些都属于正常行为，这是他们长久以来养成的习惯，一时之间很难改变。这种现象在生活中随处可见，只要我们细心观察。虽然这些行为有时会被人们觉得怪异，不可接受，但也有一些习惯行为值得我们推崇，甚至有些人希望通过这些行为来获得赞誉。如有的人很喜欢微笑，无论见到谁，他们都会主动送上微笑，然后热情地打招呼。通常被打招呼的人也会受到他这种情绪的感染，热情地做出回应。对这些行为我是十分欣赏的，它不是一种做作，而是人与人之间互相关爱的礼节，也是一种礼貌。但也有的人为了显示自己的地位会在人前做出一些自视甚高的行为，就像康斯坦斯国王，每次出巡他都昂首挺胸，眼睛好像生在额头上，从不会理会人们的欢呼喝彩，甚至不会在人前做不雅的动作，如用手擦脸等。

对于我展示在人前的动作，我不知道是身体有毛病，还是脑子不正常，对于这些我也没有权威的说法。但对我自己的心理活动，我能十分准确表述，因为我的头脑很清醒。

人性的弱点就是从不珍惜已拥有的东西，无论是人还是物。无论得到他们是多么的艰辛，一旦拥有，人们就会觉得这些东西不算什么。就像自己拥有贤惠的妻子，但还是觉得别人的妻子比自己的好。又像自己倾尽全力写出来的作品，但当出现了另一部更优秀的作品时，我们就会很自觉地贬低上一作品的价值，这些都是人类的通病，很少有人能够克服，即使是很睿智的人也难以做到。我们之所以贬低已拥有的东西的价值，或许是因为我们已经拥有它了，又或许自以为是地认为它们除了自己这里也没有什么地方可去，不会从自己的身边逃跑。我们的自负导致了这样的心态。另外，人们总觉得别人的东西价值比自己的高，甚至无论怎么看也找不到缺点。有些人还对别人的东西起了贪念，无论采取什么方式都想把它们弄到手。对于这些病态行为，有的人克服得很好。他们很自信，从来都不觉得别人的东西有什么价值，总以为自己的才是最好的。他们清晰地知道自己该干什么、有能力做到什么，只要有点财富就会满足，甚至很清楚自己的人生目标；不虚荣、不做作、不无中生有，无论什么事都会一气呵成，决不随意放弃自己的理想。这种人十分值得我们敬佩。所以我们必须要学会认识自己、了解自己，总结出自己的优缺点，然后有目的地继续发扬自己的优点，有针对性地克服自己的缺点。只有这样，我们才能拥有自知之明，不好高骛远，根据自己的实际水平去获取相应的东西，不随意贪恋别人的东西，珍惜自己拥有的东西。如果能够做到这些，我们就能少吃亏，就能减少烦恼，就能保持健康的心态面对自己的人生。我很喜欢拥有自知之明的人，因为他们实事求是、脚踏实地，也因为他们拥有健康的心态，从来不苛求生活要给他们什么，只会要求自己做到什么。这样的人真是好少，能够遇上一两个，已是十分运气，不妨效仿他们，让自己变成这样的人，这样做是十分有裨益的。

别人对自己的评价比自己对自己的评价中肯，我们要学会从别人的评价中思考自己的行为。

和别人一样，我也有缺点，因此无论人们把我评论得怎么差，我也不会愤怒，因为人无完人，我只不过是其中的一员。

但对于别人偏离客观的评论，我不会记在心上，因为他们只是根据某个事情做出片面的评价，我这不是蛮不讲理，我根本没有这些特质。

或许人们说我太较真，但这就是我，从来不会被别人的恶意批评左右，我会坚持自己的观点，从来都是目标明确，虽然行动起来有时会不知所向。但只要适时地停下来我就会恢复理智，然后朝着自己的目标前进。我承认我不是一个完美的人，也很喜欢评论别人，但我对自己更为严格，我不允许自己犯一些低级错误，也不允许放纵自己。但必须承认一点，我也有不能及的地方，比如诗词，我能够对别人的诗词作出中肯的评价，但如果要我写一首无懈可击的诗词，那么我只能举手投降了。就像贺拉斯说的那样，无论是人还是神，都不能容忍平庸的诗词，而我就是其中的一员。

但总有一些自命不凡的人，他们无视别人的眼光，无视值得尊重的信条，只按自己的需要，做出让人匪夷所思的事情。大狄奥尼西奥斯就是这方面的代表。在奥林匹克竞技赛场上，有一个诗歌朗诵环节，目的是舒缓比赛气氛。大狄奥尼西奥斯则利用职务之便，让广播员在比赛场上朗诵他写的诗篇。一开始人们被广播员明朗的声音吸引住，但随着他朗诵诗歌的内容，人们变得越来越反感，因为这首诗简直就是垃圾，不但用词不优雅，而且语句十分不通顺，没有一点意境，最后不得不在群众的吵闹声中停播。关于大狄奥尼西奥斯还有一个例子。有一天，神指示他不能打败比他强的人，否则他会死于非命。谁知他不加思索就自以为是地认为那个人是迦太基人，于是与他们战斗时刻意隐藏实力，也刻意回避他们攻打。但谁知神说的强者不是迦太基人而是诗歌比赛的对手。上文已经说过他的诗篇十分糟糕，但为了赢得比赛他不惜采用各种手段，最后比他优秀很多的诗人都不得不被评委拉下马。他却以为是凭他的实力获胜，最后兴奋了几天几夜，终因兴奋过度去见上帝了。

人无完人，或许在某些人眼里我值得尊敬，但在某些人眼里我却值得鄙视。每个人都会给别人以不同的印象，但我们要学会坚持自己的主张，不要被这些因素影响自己前进的步伐。我有一位朋友是诗人，但无论是业内还是业外，基本上没人认同他诗人这个身份。的确，刚开始时他写的诗真是很普通，只有小学水平，但他从来都不理会别人的目光，不断练习和积累辞藻，最后写出来的诗句简直叫人拍手叫绝。他的诗句内容很深刻，而且直入人心，与他相比现在很多著名的诗人都有点逊色。相对他而言，我对自己的作品的感情不深，甚至每次重读都觉得有点乏味。

当我重读它们的时候，都会因为写出了这样的东西而感到羞愧，因为我即使以作者的身份作出评价，都发现有许多地方应该一字不留地予以删除。
——奥维德

我就是这样，喜欢无拘无束，只愿按照自己喜欢的方式行事，一旦做出决定，就不会轻易放弃。或许因为有这些特质，才让我在这方面有一点点的成就，否则，相信我只是茫茫众生中普通的一员。但我真的很喜欢这样的生活，这让我的灵魂得到解放，甚至使我不拘泥于习俗，可以集中精力去干自己想干的事。但这样做有一个缺点，就是除这方面的能力外，我再无其他能力，致使有人叫我帮忙我也会很无力，因为对于那些方面我什么都不懂，即使叫我学习我也会显得笨手笨脚，这也让我显得十分丢人现眼。但这些都是当时当刻的感觉，当静下心来细想一下自己也没什么错，因为我从来没有想过拥有这方面的能力，自然就会让自己的力量集中在想拥有的地方。

我不会付出如此沉重的代价来换取特茹河的沙子和被它冲入大海的全部金子。

——尤维纳利斯

顺风没有吹鼓我的船帆，可是，逆风也未阻挡我前进：在力量、才干、美貌、道德、出身、财富，等等方面，我都比上不足，比下有余。

——贺拉斯

这就是我，一个容易满足的人。我从来不过分贪恋财物，因为上帝给我的已经够维持我的日常生活所需了。有一些贵族朋友每天忙于奔走公务和生意，他们的财富虽然增长了，往往身体却越来越差。感谢上帝，我现在仍然精力充沛。知足常乐，我们何必强求自己的灵魂去为一些只增加物质财富却严重影响精神的事情去奔走呢。但细心想想，能够做到知足常乐的真是少之又少。或许因为我的这些特质，所以我的朋友们即使要我帮忙也不会刻意地限定时间，只要我能帮他们完成就可以了。

我自小就是这样的性格，直至现在我已成为一家之主，却还是喜欢这样生活。我的妻子说我从来都不查看家中的账目，但我真没这方面的兴趣，所以入不敷出时，他们也会对我有点意见。那时，我会要求他们不要对我指指点点，至少要在我面前表现得和谐一点。我不是不知道家中的情况，只是我的精力有限，如果真有时间我宁愿睡一个好觉，也不愿理会这些烦琐的事。或许他们会觉得我真不可理喻，连自己的衣食都不关心。其实我不是不关心，只是我知道即使自己查看了账目，似乎对解决这个问题也没有多大帮助。所以只能接受命运的安排，虽然感觉有点得过且过，但难道这不是事实吗？

面对困境，如果我感觉凭借自己的能力不能去改变什么，我就会选择与它直面相对，因为没有什么办法比这个更好。难道你怨天怨地，这些困难就会自动离开吗？难道你拼命节省开支，贫穷就会远离吗？相信这都是劳而无功的，何必把有限的精力浪费在这些方面。我比较迟钝，通常自己的生活发生了变化都没有发现，但这或许是一个优点，因为这会让我集中精力去处理自己感兴趣的事务，从而避开这些所谓的烦恼。我很害怕自己用有限的精力去关注太多的事情，有些不是很重要的事情都来侵占我的精神空间的话，我会觉得很烦躁，最后什么都不能做好。况且很多时候，那些无关紧要的事情都具有不确定性，如果你对他加以关注你会觉得很矛盾，甚至坐立不安，令那些需要立即处理的事情严重滞后，最后就会得不偿失。我们一定要理智一点，当众多的烦恼一起袭来时，我们要学会分清主次缓急，这样才能有效地解决问题。

不确定的灾祸最折磨人。

——塞内克

我说出这样的话语，或许人们会认为我是一个十分理智的人。但坦白地说，谈这些理论我很在行，但真正要实施的话我就会觉得很麻烦了。相对于被别人偷萝卜来说，我认为设法防止别人偷萝卜更让人烦躁；相对于贫穷来说，叫我想办法守护财产更让我厌恶；相对于步行来说，我更厌恶放马鞍到马背上。

我是一个没有野心的人，如果要我去追求自己不喜欢追求的东西，这会让我很痛苦。如果真要强制我去做，相信人们要为我戴上镣铐，甚至要不断鞭打我的身体，我才会很不情愿地走上一小步。所以不要以为用功名利禄就能引诱我，对于这些，我十分不喜欢。

我不会花费如此代价去购买希望。

——特朗斯

如果你有足够多的财富和享有相应的社会地位，那么就不要随便动用这些财富去干一些成功机会很少的事情，这就像赌博，而且输的概率比赢的要大很多。但如果你一贫如洗，如果知道某些比较好的机会，即使成功概率低，我也建议大胆尝试一下，最坏的结果和现在的状况应该不会相差很大。

在逆境中应该走一条大胆冒险的路。

——塞内克

还有，如果你是家中的长子，全家人的生计都在你的肩上，请不要冒太大的险去获得财富，因为一旦不小心失败，你就会被全家人责怪，最后要承受的压力比现在还要大很多。但如果你不用承担全家人的生计，那么遇到比较好的机会也可以大胆放手一搏。

上文已经说过我是一个有自知之明的人，我很清楚自己的能力，从来不会因为贪念去触及我能力范围外的事情，否则结果可能只会贻笑大方。就像喜欢爬树的猴子，它们一节一节地攀爬，爬到树顶时，人们看不到它们的样貌，却只能看到它们如水蜜桃般的屁股。

勉强地抬起一件力所不及的重物，最终站立不起而被迫放下，这叫丢人现眼。

——普罗佩尔斯

我们身处的这个时代不知道是不是人们的观念已经改变，无论一个人拥有多优秀的特质，在人们看来却不过如此。正常来说我们不是应该以这个人为榜样，向他看齐吗？现在，当我们看到一个人比较有礼貌地和其他人点头问好时，旁边的人就会想他们是不是认识。其实，这只是一种礼仪，但在他们看来只有比较亲密的人才会这样做。我不知道是我的思想保守还是他们的思想保守了。就像一个人的朋友如数归还你让他保管的财物，不管这些财物怎样破旧，你也应该感谢他，也证明你委托了正确的人，但在有些人看来，这是理所当然的，不应该对这位朋友说什么。国王对人们进行奖赏也不外乎是因为他诚实和正直的品质，这个朋友的行为也体现了这两个优秀的品质，如果人们认为这也理所当然，我会觉得他们不近人情。难道这样的行为不值得赞誉吗？至少也应设宴款待一番。

在一个民族里贵族的数量应该不到总人口的百万分之一,其他都是普通的民众,如果每个民众都没有正直和诚实的特质,只有贪婪和谎言,那么这个国家将是何等的混乱!但君主们只看到皇宫贵族们的优秀特质,然后对他们进行奖赏,对于民众的特质却认为理所当然,这是极其不公平的对待。说句老实话,如果没有民众的这些特质,君主能轻松地处理国家事务吗?

民众最欢迎善良的品质。

——西塞罗

在前文已经说过我是一个坚守自己信念的人,我不容易因为外部环境而改变自己的行为。只要我认为正确,我一定会坚持自己的信念。但我的这种特质时不时会受到别人的批评,他们认为我不会变通,遇事处事方式一成不变,甚至用固执来形容我。但我宁愿被人们这样认为,也不想违背自己做人的信条。在我看来,正因为这些信条才使我保持了如今的社会地位,得以专注自己的事业,如果人们认为不可接受,大可视而不见。认识我和了解我的朋友就不会这样评价我,在他们看来我很有诚信,而且正直和善良,遇到比较重要的事情时,他们都会想到找我帮忙,因为我从来不会失信于他们,而且也能把事情做得很好,很少交代不清楚,对于他们而言我这种人是可遇不可求的。亚里士多德也说:"如果一个人在环境的压力下,仍能坚守信念,持之以恒,那么他的灵魂是高大的,不是一般人能够抵达的高度。"

说谎和诚实都是道德的一部分。人们在不同的环境会做出不同的决定,有些环境不允许我们说谎,有的环境也要求我们不得有半点谎言。我们不能统一地定义说谎是不好的,说真话才是人们的优秀品质。如果真这样定义,那么就有失公平了,虽然我也非常不喜欢说谎的人。

但有时我们会很难控制自己的情感,明明心里想说真话,但从口中吐出来的竟然是假话,有些情况也不允许我们做补充说明。这时我们就会变得忐忑不安,不知如何是好了。

我有时很不明白为什么别人要说谎,说谎一旦成为习惯就很难改掉,而且人际交往中,人们最怕的就是那些说谎者了,听说谎者说话简直就是浪费时间。就像蒂拜尔那样,每个人都不喜欢他,即使他外表俊朗,但在漂亮的外表下是虚假的心，人们经常会对他不屑一顾。又如有些君主也喜欢说点假话来吓唬敌人，即使别人叫他做某个行动来表明他的真心，他也会义无反顾地执行，致使外国的使者也很难判断他话语的真伪。不过，我个人认为说太多的谎言只会失信于人，而且最后只会被人们孤立。

有一位国王很喜欢利用谎言获取自己想要的利益，在他看来只要他想得到的无论采用什么方式都是合理的，人们都不能对他加以诟病。但他的这种行为致使人心背离，人们都知道他是一个喜欢食言的人，无论什么事情都优先把他自己的需要放在第一位，一旦发现无利可图就立即解除条约和权利。这种行为与那些喜欢使用酷刑的君主没什么区别。所以，或许说谎能帮助你得到一些利益，但这些都是暂时的得益，从长远来说，它就像慢性毒药，当达到一个点时，就会使人突然暴毙。

我是一个比较率直的人，很多时候说话都欠婉转，只会直言不讳。在我的观念里没有虚假的语言和行为，该是什么就是什么。相对于说谎，我宁愿选择这种方式与人交流。即使人们有时感觉我很不礼貌、不识时务、不识抬举、不懂礼节，但请相信，当他们静下心来时，就会发现这比对他们说谎要好。即使他们不能想得通，还觉得我不近人情，我也不会改变这种性格。因为我做人做事都一定要对得起自己的良心，如果背离人心我就真心不喜欢了。况且我的记性属于很不好的那一类，很快会忘记和别人说过什么，所以说谎真是不适合我，这只会让我自毁名声。

说到记性，我只能自认倒霉，因为我的记性真的很差，这不但要求我要实事求是，不得弄虚作假，而且还要求我脚踏实地，认真地对待任何事情。曾有人邀请我到一个会场进行演讲，或许这对于别人不是什么难事，对于我却是十分困难，因为我的头脑不允许我记忆太多的东西。难道叫我把演讲稿随身携带，然后在会场拿着它按顺序读下来吗？这样的话我的演讲会很乏味，没有什么吸引力，听演讲的人将怨声载道。我只能记忆大致的内容，记清稿子内容的先后顺序，这样才不会让听众觉得我的演讲十分混乱，前后没有衔接。但即使这样低的要求也要花上我半天的时间去记忆，如果我稍微动歪脑子，相信整个演讲都会被我毁于一旦。另外，我的想象力也相当丰富，当说到一个话题时，就会头脑风暴式地想到其他话题，最后偏离演讲主题越来越远。所以这也是我需要控制的情感，否则偏题越来越厉害，最后只能导致演讲失败。

我就是这样的人，因为记忆力问题有时我也不知道自己在干什么，有点模糊，也有点不知所措。我曾经参加过一个聚会，人们很喜欢在这种场合边喝酒边聊天，我出发前也默想了很多次，生怕自己会惹出麻烦。另外我的酒量很小，但这种场合经常会遇到别人劝酒，如果你一味拒绝别人就会觉得没有礼貌，最后你只能被孤立。我当然不想这样，因为那里有很多我想见的朋友，这是很难得的一次相聚。但我性格耿直，来不得半点虚假，我在自己的头脑里不断重复说我很能喝，酒量很好。但也没有半点效果，最后只喝了半杯伏特加我就沉睡在椅子上了，我连谁送我回家也不知道。

有时想象力真会破坏我们的计划，无论你怎么催眠自己，但一旦它占据上风，你也只能注定失败。就像从前有一名很出名的箭手，有一天犯了死罪，有人建议他在君主面前表演射击，或许君主看在他拥有这种能力而改变判决结果。但他拒绝了，因为他知道自己现在的思绪很不稳定，总在想象死亡的各种情景，如果在这种情况下射击，相信连得来不易的荣誉也会随之消失，最后只能接受命运的安排了。

我的书房在屋子的最顶层。当我有写作的灵感时，我会将我的这些灵感告诉侍从，并让他们记住。我很怕自己在去书房这一小段路程中忘记这些灵感。为了不让侍从觉得我的记忆力真那么差，我一般会一边走一边重复自己想到的东西，在去书房的途中我严禁自己与别人交谈，或者注意其他事物，因为我的注意力一旦离开这个灵感，很快就会忘记它的存在了。所以我时不时会想自己年老的时候是不是会忘记亲人、忘记自己的经历、忘记自己曾经读过的书、忘记自己写过的书。据闻梅萨拉·高尔维鲁斯和乔治·特拉佩宗斯就是这样，在离世前两年连自己的名字都忘记了，更不用说自己身边的事。原来记忆力对我们生活的影响是那么大，记忆力差的人有什么补救方法吗？对此，我就不是很清楚了，因为这方面我真没半点头绪。

确实，唯有记忆力不仅掌握着哲学，而且掌握着一切有益于生命和艺术的东西。

——西塞罗

> 我全身都是漏洞，从头到脚都在渗漏。
>
> ——特朗斯

刚刚别人才告诉我这次演讲的主题，如果我没有用纸写下来的话，我很快就会忘记。不要跟我谈论昨天发生过什么特别的事情，我一定会说没有，除非那件事对我的触动真是很大。我读过很多书，但我不记得它们的名字，就算记得名字也会忘记内容，反正就是不能完完整整地说出来。我很多次外出都忘记带钱，所以即使记得妻子叫我买什么也没钱购买。如果说有人过目不忘，这个人一定不会是我，对于我的记忆力，我也感到十分恼火，但又能怎样呢？

我曾经在一本书中看到一句很有哲理的话，为避免忘记就把它抄录了下来，但后来和这本书的作者交谈，才知道原来这句话出自我自己的书中。面对这种情况我十分无奈，虽然我的作品不多，但真要问我那句话出自自己的哪一部作品我真回答不上来，对此我感到十分惭愧。别人问我发生在自己身边的事情我会觉得自己是在考试，对于很多题目都不能找出正确的答案。

我除了记性差外，还有其他人们很难容忍的缺点，例如反应慢、理解能力差。就像有个人曾经教我剑术，但很多时候我还没伸出剑，我的对手已把剑尖指向我的颈部，如果这是战场，我一定不知道自己是怎么死的。另外我的理解力也不怎么样，有人教过我下棋，如果认真了解下棋的规则也不过如此，但如果你还没有理解这些规则的话，你就不会变通，甚至会觉得无从下手。所以我们如果要赢得一个游戏，就必须充分了解并理解它的规则，这样才能随心所欲地尽情玩耍。

上帝是很公平的，每个人都是优缺点并存的。这个世界没有完美的人，如果他在一方面的能力很差，但在另一些方面就会很优秀，是别人无法比拟的。关于这样的问题，我们只能向造物者请教了。正因为每个人的优缺点不同，才造就了各种各样的个体，每个人都是特别的存在。说这些话不是为了安慰我自己，我认为还是要批评自己，因为我比其他人无知得多，不相信的话，我可以举几个事例。

由于家族原因，我不得不承担全家人的生计。但我很少理会家中的事务，因为我没有这方面的兴趣。我不会做饭，如何生火、要放多少调味料、什么蔬菜应该怎么煮好吃我都不知道。对于收成，他们经常让我记录什么谷物今年收成多少，什么粮食卖了多少钱等，我都会推给我的妻子，因为老实说我不会计算，不知道谷物用什么计量单位，现在粮食的价钱是多少，这些我都不清楚，也没有兴趣去了解。我就是这样无知，所以身边的人都不会对我太苛刻，因为都了解我是这样的人，即使强迫我也于事无补，宁愿放之任之。

这就是我，相信你们也会对我很无言，但这没办法。我在这里坦白地说出自己的事只是为了让别人了解我，让我能做自己喜欢做的事。我不想因为自身的问题令别人觉得有诸多不便，如果你们清楚我的为人，就会理解我，让我不被别人的冷嘲热讽影响。至于我，其实觉得自己并没什么大问题，我只是用自己的真面目去处理问题，我不喜欢戴着面具的自己。所以，不要以为我想得到什么，我只是为了让自己自由地享受生活。

虽然类似的事情总会在我身上重复，这只能说明我的性格没有因为时间和生活环境的变化而改变。我对现在的自己很满意，不管别人说什么。即使我把自己的无知归咎于我直率的性格，我也不会觉得有错，因为事实就是如此。

有一次我看到一位画家把勒内国王的画像送给弗朗索瓦国王，我突然想到人们很少画自己的画像，如果我的绘画技术好一点，我一定会为自己画一幅，我不怕在人们面前展现我有多肥胖，也不怕让人们知道我的额头有颗痣，无论它多么影响我的容颜。我就是我，我不想因为自己的缺点导致自己有所顾忌。

我的心既不说是，也不说不。

——彼特拉克[1]

面对有些问题我总是摇摆不定，没有自己的主见。当我们因为一件事

---

[1] 彼特拉克，欧洲抒情诗的创始人，他的14行诗闻名遐迩，人们称他为"诗圣"。另外，他还是意大利著名的人文主义学者，被称为人文主义之父。

举棋不定时，总有人会向我们提出建议。我经常会采用别人的建议，因为当我为某件事犹豫不决、权衡不了利弊时，我容易就会把心思转向那个提出建议的人。我没有合理的依据让自己选择，因为我想不到，有时甚至懒得想。但有时面对某些问题我们不得不做选择，也没有人为我们提供任何建议，每当这个时候，我只能强迫自己。

在你迟疑不决的时候，稍微一点重量就会使你偏向这一边或那一边。
——特朗斯

我们面对有些事情之所以犹豫，或许是因为无论选择哪一种方案，其结果都差不多，有时只是执行这件事的时间长短问题。每当这个时候我就会采用比较愚笨的方法去决定。比如抽签，如果抽到哪支就用哪种方案，我经常这样做。或许人们说我实在太缺乏判断力了。对于这个问题我一定会义无反顾地承认，因为即使是苏格拉底，他也会有这种时候，如果你们多读一点他的传记你们就会知道。我个人认为这种现象很普遍，见怪不怪。我很喜欢在我无法决定一些事情时有人来为我指点，我通常都会采用他们提供给我的办法。因为我总觉得自己的能力有限，不如听信别人的权威建议。但有时这种做法有点危险，尤其是对从事公职的人，因为你不知道哪一种决定才是最优，然后损失是最小的。

当天平的两侧重量相等的时候，任何一侧都不会抬高或降低。
——蒂卜尔

但无论世人认为多么完美的论点，它都不是无懈可击的，也有属于它的缺陷，致使有心机的人利用这些缺陷对这些论点加以抨击。有的人很喜欢别人认同自己的观点，只要有人提出反对意见他就十分不高兴，然后努力寻找支持他观点的事例，对那个提出反对意见的人进行反击。如果恰好对方也比较自负，那么这些争论就会无休止地进行下去，但有用吗？因为无论双方如何争论，结论只有一个是正确的，而且这个结论或许争论双方都未持有，这样争论问题只会影响双方的关系。不过争论一些问题时如果涉及双方的利益，或许这场战争就会停下来。因为每个人虽然喜欢讨论问题，但都不喜欢影响到自己的利益，他们深知如果用这种方式进行讨论辩证，付出的代价实在有点昂贵。我个人认为，既然有些论点已经过历史的洗礼，就像我们的风俗和信仰，如果要人们短时间重新接受是很困难的，我们不如适应它、认可它。或许你们会觉得我太消极，但这是解决争论的好办法，不是吗？

我们总可以找到比可耻和卑鄙更可耻更卑鄙的例子。

——尤维纳利斯

我们所处的社会日新月异，很多事物都有变化，而不是一成不变。如果按照我以上的观点，或许这不利于社会的发展。但我知道每个国家的机构都很臃肿，如果要去改变架构，短时间内是很困难的，因为这会涉及很多皇宫贵族的利益。所以，君主们虽然知道新架构更有利于国家的发展，但一旦想到改革的难度，就会很消极，不得不垂头丧气。

我们有时不要把问题想得太简单，一味从自身出发。在一个社会中，人与人的关系是十分复杂的，不是我们三言两语就能交代清楚。如果真是这样，我们就不必有这么多的争端，也不必为了那些所谓的正确理论不断地举证了。

我们看事情很多时候只看到表面的现象。我承认我是一个直率、无知、普通的人，但我骨子里也有自己想追求的东西，我每天都会为了自己的追求不断努力。对于这些，不了解我的人绝对看不到。所以我们没必要锱铢必较，这对我们没什么好处。就像有的人看到柏拉图的文章，觉得也不过如此，还说是名家，这算什么名家，我也能写出这样的作品。说出来真的很容易，如果你真的尝试写一下，你就会发现自己多么无知。柏拉图为了写这些书籍倾注了一生的精力，你以为他的素材是信手拈来的吗？你以为他只是闲来无事在这里写写画画吗？所以，对一些问题我们必须保持客观，不要自以为是、自命不凡。知道实情的人一定会嘲笑你，因为你的行为实在是太幼稚了。但我之所以喜欢写作，不是为了让人们喜欢我的作品，仅仅因为我喜欢罢了。

这个世界有三种人：第一种人比较有学识，而且有思想、有主见。他们能够清晰地说出那些名家的作品用了什么写作方式，引用了哪些历史资料，还用了什么表现手法，我们把这种人称为有学术见解的人。第二种人是那种自以为是的人，当他们看到一部名作，觉得也不过如此，即使不是柏拉图也能把这些东西写出来，这个世界有第二个柏拉图。第三种人是那种默默无闻的人，他们不懂得欣赏这些名作，这是社会中比较普通的一员，他们认为能安安稳稳生活就可以了，不会花时间在阅读上。所以他们对于名作一无所知，如果你找他们讨论也只是对牛弹琴。

但上帝对我们每个人都是公平的，有时只是人们不想去了解这个方面的知识。有的人喜欢阅读，看完一本又一本，但无论看了多少都觉得十分饥渴。有的人却不喜欢去了解这个方面的事情，只喜欢做他们认为有价值的事情。就像我，我很欣赏自己安静的心，因为拥有它才让我能够自由自在地追求自己喜欢的东西。当然我的亲朋好友也帮助了我不少，他们了解我，让我无所顾忌地做自己喜欢做的事情。但无论怎样都与我的心态有关，如果我没有这样的心态，无论别人怎么帮助我也不会改变些什么。

因为，我自认为受的是如何享受生活和保持健康的教育。

——卢克莱修

相对观察和监督别人的行为，我更喜欢观察自己，不是因为我自恋，而仅仅因为我想了解自己，然后发现自己有什么不足，并想办法把这些缺点改正过来。光看着别人对自己没有什么好处，即使别人家财万贯也不是你的。我们要学会从自身出发，不断努力追求自己喜欢的东西，这样得到的东西才是你自己的。

没有人试图深入自己的内心。

——皮尔斯

我很庆幸自己能坚持自认为正确的观点，通过时间的验证，我发现这些东西只对我有益而无害。现在我还喜欢学习古人优秀特质从而完善自己的观念。无论我走到哪里至少也是一个值得别人尊敬的人。我的这些特质让我在某一方面比较优秀，而且它能让我保持思维活跃，不断地学习、实践、总结。这些优点伴随着我的一生，让我人前人后都是一样的。所以，很多朋友都说我是一个变化最少的人。

总的来说，我是一个有自知之明且比较率直的人，这使我总是不断地思考自己行为的正确性，当然看到别人那些不正确的行为我也会直言相告。前文已经说过我不会弄虚作假，对任何事情都会实事求是。所以人们不会从我口中听到奉承的话。当然我不会刻意地把我看到的真实说出来。但如果你真要问我关于你的事情，我一般都会先抑后扬，但无论你相不相信，我说的都是真话，你要做好听后不高兴的准备。请不要说我不近人情，我只是率直罢了。我对敌人也是一样，只要他们存在值得我们学习的地方，我会毫无保留地说出来，我不是倾向敌军，只是以事论事罢了。听闻波斯人和我一样，无论面对谁都会说真话，因为对于他们来说，值得学习的观念和行为应该受到推崇，对于陋习和错误应该避免和总结。

第十一章 谈纯粹
——世上没有绝对纯粹的事情

我们每天都面对各种事情,但每件事情都不是简单地存在,它必定夹杂着其他因素。我们想处理或经历都会思考怎样才能使事情更简单,更有利于我们去解决。苦尽甘来也有一点这样的含义,让我们先苦后甜。

斯多葛派推崇的道德观也好,克兰尼学派推崇的幸福观也罢,他们都不是单一的观念,都会有其他因素去衬托,让这些观念得以用最简单的方式传播。

当我们因为某事开心、欢愉时,难道我们就单纯的开心和欢愉吗?通常也会包含其他情感,如烦闷和忧伤。

即使是欢乐,也不免掺杂着一种说不清的苦涩,令花丛中的恋人焦虑不安。

——卢克莱修

无论我们的心情多么愉快,都会夹杂着其他情感。就像我们很喜欢用一些词语去形容我们生无可恋的心情,这种心情非常复杂,通常有点恋恋不舍,也有点惶恐不安,更有点悲痛欲绝。人们就是被这样复杂的情感控制着行为。

事实上,无论什么事情又或者什么心情,我们都不能单纯地获得,我们不得不付出代价才能拥有它。就像乐极生悲、甜中生苦也是这个道理。

如果不加节制，幸福也会使人不堪重负。

——赛内克

很多情感看着好像没有一点关联性，但事实上它们是紧密联系在一起的，就像上文说的乐极生悲。苏格拉底说："上帝想把欢乐和悲伤变得如胶似漆，但被它们拒绝了，无奈之下唯有让它们背靠背地站在一起。"梅特罗多尔也说过乐极生悲，他说自己也不知道为什么人们会有这样复杂的情感，或许是因为生活中有很多事情是相互交错、藕断丝连的才让人们的情感十分复杂。当人们为一件事高兴时，或许有另一件事在困扰着他，让他悲从中来。

有一种催人泪下的快感。

——奥维德

赛内克曾用书信怀念故去的友人阿塔尔，他说："思念的情感十分复杂，就像香橙一样既芳香扑鼻又甜中带酸。就如一个画家画一个老人头像，有时在他们布满皱纹的脸上很难分清他们的表情，但至于在画中怎样表现就取决于画家的想象。"

如果我们的情感很单一，我相信没有多少人能够适应，因为当身体只承受一种重量或许我们会觉得很轻松，但如果这些重量用千斤或更重的单位来衡量时，相信没有多少个人能够承受，甚至被压得喘不过气来。如果这样，相信人们都会条件反射式地把它丢弃，以减轻身体的负担。

人类的复杂情感很难用语言去表达，即使是柏拉图也会感到力不从心，无从表达。我们就是一个拥有复杂情感的个体，即使想努力克制也会感到很困难。

相对于复杂的情感，国家的法律是比较片面的，不是它只维护了一部分人的利益，而是当我们想尽量避免损害大多数人的利益时，它反而危害大部分人的利益。因此如果说法律没有漏洞，那是不可能的。

我们处理事情时都想尽善尽美，但过分追求完美就变成刻意，这样我们就很难拿捏怎样做才叫完美,怎样做才能导致损失最小,最后让头脑不断地处于思考和混乱的状态中。在这样的状态下我们能把事情处理好吗?相信没有多少人在这样的情况下还能拥有冷静的头脑。所以,我们没必要过分地苛求自己,即使是非常有智慧的人也不能每时每刻保持清晰的思路,让事情做得十分完美。有些人甚至把这些事情处理得偏离轨道,而且不能重来。所以,一旦下了决心要把事情按照什么标准去完成,我们朝着这个目标去行动就可以了,往往最初的决定才是最正确的决定。

反反复复研究相互矛盾的原因,最后,他们的精神完全麻痹了。

——李维

希埃隆国王曾向西莫尼德请教过一个问题,西莫尼德认为这是在国王面前表现自己的好机会,因此很认真对待这个问题,而且思考了好几个答案,希望能有一个答案是无懈可击的。最后反反复复思考却得不到一个满意的答案,头脑整日处于混乱中。

有的人口才了得,当谈论一个问题时,他们的眼光都很独到,但当要他们依照自己说出的理论去实践时,却有心无力。相对于他们,那些遇事镇定沉稳、喜欢思考但沉默寡言的人却很善于处理问题,而且实践能力非常强。只要你能提出问题,他们就会想办法为你解答,从不随意拖延。但那些喜欢夸夸其谈的人,无论他们的理论怎样丰富,方案有多好,但要他们实施时,他们就会超出你的想象,要么把事情处理得一塌糊涂,要么严重超出预算。当然,判断他们的能力时,我也会把运气考虑在其中。

第十二章 谈目的和方法
——软弱促使我们用卑劣方法达成正当目的

战争在很多民族中发生过,但发起战争的原因是多种多样的,有一种原因相信在大部分的民族中都发生过,就是当一个国家足够富裕时,为了扩大自己的疆土,不断地侵略周边的国家,即使他们怨声载道,不肯归顺,他们也会采用强制性的方法把他们的领土占为己有。或许有人认为这种方式比较残忍,即使有更多的疆土又有什么用。说出这样话的人我只能说他仁慈,其他什么都不适合形容他了。因为如果我们想自己变得更强大,即使使用的手段有点卑劣,我们也应努力地去实现目标,不管别人说什么。因为经过时间的洗礼,当初的残暴行为回忆起来根本不算什么。就像现在国家经常倡导人们要定期捐血,捐血能促进身体的血液循环,增强新陈代谢,使身体处于一个良好的运行状态中。所以我们没必要杞人忧天,消极地对待每一件事情。就像我们的先祖法兰克人一样,本来是一个十分贫穷和不起眼的民族,但自从霸占这块领土后,他们在这里落地生根,凭借自身的努力把这个地方变为物质富饶、宜居宜商的地方。哥特人和旺达尔人也有过这样的历史,甚至掀起一波移民风。所以不要只看到事情消极的方面,还要看到积极的一面。否则我们或许还在德国某个贫瘠的土地上生活,而且食不果腹、民不聊生。这样的行为也是推进人类历史进程的一个重要方面,如果没有这样的行为,相信我们经过几千年还是处于人类的原始时代。

罗马人是这个方面的代表,他们不断地讨伐其他国家,把他们变为殖民地，充分利用殖民地上的资源，使自己的国家不断壮大。为了让本国的居民不因为物质富饶而停滞不前、贪图享乐，他们的君主甚至把一部分人赶出国门，让他们自生自灭。这一举动貌似不合情理，却让这些被赶的人为国家赚取了更多的财富，得到更多的疆土。

我们忍受长期和平带来的害处：骄奢淫逸威胁着我们，比杀人的武器更可怕。

——尤维纳利斯

考虑到布列塔尼公国有一群比较好战的人，英国国王为避免他们倒戈相向，不愿意在和我国签订的布雷梯尼和约中列加。这也是一个比较明智的决定，否则有可能因为这份条约影响到英国的国运。菲利普国王为了抑制年轻人的势力，磨平他们突起的棱角，特意派遣自己的儿子率领年轻的军队去打仗。

每个国家都有各种的势力群体，为了维护国家的稳定，通常政府都会想办法把与自己对抗的势力运用其他方式转移出去，他们使用最多的方法就是让这个势力群体去攻打周边的疆土，这样不但能削弱群体势力，还有可能为国家争取到其他方面的利益。但我个人认为这种方法十分没有人性，是一种非常自私的行为。只为了让自己国家的社会环境稳定而去破坏别国稳定的环境，虽然这种方法的损失比起内战少得多，但我不太推崇。

但人们为了达到预期效果，很多时候都不会考虑使用的手段是高尚还是卑劣，他们只会考虑能不能为自己达到目的。就像里古尔格是一名十分受人尊重的立法者，为了让人们知道酗酒这种恶习的危害性，不惜让奴隶作为表演代表，加强人们的印象，然后达到制约的目的。还有一些国家更加残忍，只要一个人被判了死刑，他就会成为实验对象，如尝试新药，然后让研究者知道这种药物的副作用，又或者被其他研究人员进行解剖，研究生命的奥秘等。还有罗马人为了让人们知道什么是宁死不屈、什么是英勇无畏，他们不惜让民众观看战俘间的互相厮杀行为。

这种亵渎宗教、完全丧失理智的竞技，年轻人之间的这种残杀，这种噬血的乐趣，还有什么别的目的吗？

——普鲁当斯

  这种现象延续了几百年，但从来也没有人对这种厮杀行为进行过抨击，甚至包括那些战俘。他们看到敌国的人们要从他们身上进行学习觉得是一种荣耀，非常认真地进行杀掠，好像对方不再是自己的同胞，而是敌人，一些比较英勇的人甚至还会扬扬得意，因为暂时来说他的实力是最强的。更有甚者，他们会主动询问群众看得过不过瘾、想不想看更残酷的场面，然后在民众的欢呼声中越战越勇，好像疯了一样。即使是女子，她们对这样的场景也毫不恐惧，甚至兴奋，她们喜欢这样的场面，当看到有人把剑刺向对方的喉咙时，她们会大声尖叫，然后拍手叫好。这种表演一开始使用战俘，但后来就使用罪犯，再后来就是那些普通人，甚至到最后皇宫贵族也来参加，不屈不挠。

  现在，他们出卖了自己的头颅，即将死在角斗场上；战争一旦平息，他们已经为自己准备了另一个敌人。

——马尼里尤斯

  纵观历史，如果不是这种现象太普遍，我也不会相信自己的眼睛。人们为了增强自己的实力、增加自己的财富，不惜出卖自己的灵魂。

第十三章 谈无病呻吟
——无病装病只可能让你真的得病

模仿痛苦的心思和技艺具有极大的力量！科留斯不需要再装扮痛风症患者了。

——马尔西亚勒

这是出自马尔西亚勒一个诗篇中的一句话。科留斯因为不想出卖自己的灵魂去服务那些皇宫贵族，不惜说自己患了痛风症。为了让他们觉得真实，他用药膏涂满双腿，然后用绷带把腿部裹得严严实实，然后模仿那些患了痛风症的人的行为。最后让这些贵族们信以为真，不再命他帮忙传递信件、帮忙穿衣服、帮忙擦洗鞋子等。虽然他逃过了这些伤自尊的苦役，命运却让他真的成为一位痛风症患者。

我们在生活中经常碰到类似的事，有一个人为了逃避兵役，不惜四处躲藏，但无论走到哪里都会被别人认出来。最后他想到一个有效的方法，就是用纱布把自己的一只眼睛包裹起来，即使走到大街上人们也不会想到他还没有尽到公民的义务。随着年纪的增大，他过了服兵役的年龄，可以再不用裹纱布过日子了，但不幸的是他裹着纱布的那只眼睛瞎了，无论用不用纱布他用这只眼睛都看不到任何事物。事实上真会这样，就像一个人右眼的视力比较差，如果我们长期置之不顾，那么左眼的视力也会跟着降低，最后只能看清近处的事物，远处的事物一概模糊不清。

关于视力，弗华沙尔也在其作品中讲过一个这样的故事。有一个英国贵族为了显示自己英勇不凡，说即使只有一只眼睛也能打败法国军队，为了验证这个事实,他蒙着一只眼睛赶赴战场,但这场战争持续的时间比较长,当他光荣地完成任务回国时,发现自己蒙着的那只眼睛已看不见任何事物。

小孩子都没有什么判断力,他们不知道什么对自己有利,什么对自己有害,但好奇心重。当看到一些有趣的事情后就很喜欢模仿。作为孩子的母亲有义务发现孩子们的这些行为,对于那些明显是恶习的行为应该予以制止,否则,久而久之,孩子就会成为他们模仿的那个人。这就是习惯的力量,当这些力量真作用于人后,无论我们怎么埋怨,上帝都不会有半点恻隐之心,除非你自己用坚毅的力量去改变它。

我也深受这些坏习惯的影响。年轻时看着那些绅士无论走到哪里都会带着一支拐杖,走路带着,骑马带着,坐马车带着,参加会议带着,参加舞会也带着等。我觉得这是一种优雅的行为,所以无论走到哪里都会带着一条小棍子,总喜欢模仿他们的动作和行为。所以现在我很难摆脱这支棍子,只要它不在身边就会感到十分不自在。

普林尼列举过这个例子,他说有一个人做梦梦到自己成为瞎子,睡醒后发现自己真的成为一名瞎子。但这个人睡觉前还是一个眼睛明亮、身体健康的人,是什么导致他一觉醒来就变成盲人了呢?我认为是想象力,我在作品中也对这种现象加以讨论过,在这就不再多说了。普林尼也有同样的见解,但我们毕竟不是医生,如果要找到确切的患病原因,相信只有医生才能诊断出来。

吕西柳斯曾收到一封塞内克写给他的信:我的妻子无缘无故突然就盲了,但她从来没有意识到这个问题,总是责骂身边的仆人没有点油灯,省一些不应该省的钱。但我想说,无论点多少盏油灯,她都不会看到。我聘请了一个叫哈尔巴斯特的人来照顾她,只要她想出去就会叫这个陪护人带她出去。作为一位盲人,他们有困难尚且还会找一个人领路,但我们作为正常人,却经常为一些鸡毛蒜皮的小事而烦恼,甚至自怨自艾。

我们要学会不断地审视自己,要搞清楚自己骨子里存在的问题,很多人明明自己很会花钱却说自己很节省,明明很吝啬却说自己很大方。这些都只不过是人们用来蒙蔽自己双眼的借口。时间长了,相信我们的病会越来越严重,贪婪的更贪婪,吝啬的更吝啬,直至无药可救。这就是我们的病态生活,不论是环境影响还是个人行为,我们都很难通过外界手段来改变这样的生活,能够救治我们的只有我们自己。

第十四章　谈暴戾
——怯弱是暴戾的根本源头

随着年纪的增长，我发现越是怯弱的人越是暴虐。当他们面对让人觉得恐惧的事情时会十分不安，甚至忍不住号啕大哭。但一旦这些事情被控制住时，他们的恐惧就会一扫而空，甚至会对让他们惶恐的人或物进行报复。就像暴君亚历山大大帝不允许在国内表演悲剧一样，他害怕人们把他曾在国内开展的大屠杀搬上舞台，让人们看到被杀害的人的痛苦表情和听到他们的哀鸣声，害怕人们的情绪再次被触动，掀起另一场更严重的内战。难道面对民众愤怒的情绪他们就只能这样懦弱吗？

当人们打胜仗时，全国人民都会欢呼雀跃，那些在战场上像乌龟一样的人也是如此。但他们为了表示自己也有战功，不惜对那些战俘拳打脚踢，甚至用利剑穿过他们的喉咙。对于这种事后的残暴行为，真能让人们觉得他英勇果敢吗？我相信没有多少人会这样认为，真正的英勇果敢应在战场上表现，一旦敌人被制服，我们的任何行为都谈不上英勇。

> 胆怯而残忍的狼和熊以及所有那些最肮脏的动物，它们只攻击已经死亡的猎物。
>
> ——奥维德

如果不是一个怯弱的人，在战场上他一定十分果敢，英勇善战，让敌军闻风丧胆，而不是像一只在猎场垂头丧气、眼睛不敢直视前方的猎狗一样，当猎人捉到猎物后对这些猎物进行撕咬，使它们鸡飞狗跳，惶恐不安。所以不要成为一只怯弱的猎狗，我们应该成就为一个英勇的猎人，不秋后算账，残暴的行为只发生在战场上。否则我们的行为就是小人行为，没什么威风。但很多人就是从来不从自己身上找原因，把自己怯懦的情绪发泄到无计可施的弱者身上，无论采用什么方式，都一定要以牙还牙，这是一种十分不仁义的行为。就像我们在路上不小心踢中一块石头，痛得全身麻痹，但我们不会再去踢它一下进行报复，而只会默不作声地离开。难道我们的力量还不如一块石头吗？显然不是，只是我们没必要这样做，因为这样做会给我们带来更严重的伤害。

就像比亚斯人受到恶人的欺负，自己又不是他的对手，就会对着这个恶人说上一句："你以后一定会受到应有的惩罚。"这也是人们在受到威胁时用来安慰自己、恐吓对方最常见的一句用语。但当我们看到这个恶人真是受到比他强的人欺负时，我们没有拍手称快的感觉，或许因为施暴者不是我们自己，只是作为旁观者我们觉得不够过瘾。这就是人的心态，他们都想在人前表现自己强大的一面，但人的能力有强弱之分，即使想进行报复也不是每个人都能够轻易做到的。

就像有一个奥科梅尔人看到自己的宿敌西斯科人中枪，本来是值得高兴的事，因为自己的仇人能够这样不堪一击地死去，但当看到西斯科人在中枪一刻嘴角微微上扬，而且眼神是看着自己这个方向时，奥科梅尔人的快感会顿时消失，因为到最后还是西斯科人胜利了。他们没有痛苦地死去，而且甚至鄙视奥科梅尔人只能用这样简单的方式进行复仇，这一切都让他们觉得非常可笑，但对于奥科梅尔人却觉得非常可恨。因为他们一心只想着解决仇人，却没有考虑到解决的方式，一旦方式不当，只会沦为笑柄。

纳尔辛格人很喜欢和自己的仇人对着干，当他们看到一对仇人互相厮打时，人们都会在表面装着默不作声、视而不见，实际上当他们看到这样的打斗场面时会大声起哄、拍手叫好。甚至他们的国王也很喜欢做这些场合的公证人，还会奖励胜利者一条价值不菲的项链以示祝贺。

当我们和敌人战斗时，会想很多办法赢取胜利。但有的人一味蛮干，从来不会思考方法，当然他们这种盲目的行为有时也会有幸运的时候，但大多数时候都只会以失败告终。有的人却很聪明，善于从敌人身上找出弱点，然后会想办法攻破其弱点以取得胜利。这样的人通常是战无不胜的。珀里翁很讨厌普朗居斯，但从来都不会和他产生正面冲突，如果实在气愤他就会利用信件发泄对普朗居斯的憎恨，这样还不足以体现他怯弱的性格，在普朗居斯死后他竟然把这些信件公布出来，因为他认为被骂人已经死了，没人会对他追究责任。在我看来他的行为真是十分幼稚，而且有点杞人忧天。亚里士多德从朋友那里听说有个人不断在人前散播一些对他不好的传闻，亚里士多德不但没有生气，而且还开玩笑说："如果他实在气愤，叫他棒打我吧。"

传统的格斗方式是一对一，但这种方式会让格斗双方都感到怯弱，因为总觉得对方很强劲，自己好像有点势单力薄。后来就为格斗设置了一些规则，而且在格斗场上安排一个评委。这个评委不但能够看清比赛双方有没有犯规，而且能及时阻止任一参赛选手的致命动作。评委制的出现，让参赛者都感到十分安心，因为最坏的结果是终身残疾，但不会致命。这让格斗比赛变成了一项热门运动。但评委是人，人都是有情感的动物，如果一个富有同情心的人做评委，那么他一定会对弱者有恻隐之心，然后有意识地偏向保护弱者。这样的行为会严重影响比赛结果，甚至会让人觉得有失公平。作为一位职业的格斗士，他们参加比赛前都抱着必胜的决心。因此，如果遭遇到这样的评委他们一定会认为他碍手碍脚，阻碍大家认真比赛，最后只会要求换人。但这种比赛也不能不设评委，因为格斗只是一个比赛项目，如果因为参加比赛丧失性命，不是有点可惜了吗？

在社会生活中，我们每个人都扮演着多种角色，在比赛场上我是一名格斗士，在家里我是儿子、是丈夫、是父亲，在训练场上我是师傅、是评委等，这些都要求我们珍惜生命。在比赛中看似我们是一个人在比赛，实际上是一群人在比赛，只不过这群人中大部分是无形的。所以即使设有评委也不代表什么，我们必须认真对待，不辜负自己，不辜负身边的人。当我们站在决斗场时，我们的眼中只有对手，不必怯弱，其他人都不过是烟雾罢了。

我的兄弟德·玛特库隆也曾经担任过这些比赛的评委。当发现某对参赛选手都是熟人后，他不知如何是好，无论帮助谁他都会被人们埋怨。最后有一位参赛者明显处于下风，为避免他受伤过于严重，我的兄弟劝他投降认输。但他不服气，凭什么要自己每次都输给这个人，他的能力又不见得比自己好多少，于是凭着拼死一搏的信念他再次站起来，然后果敢地冲向对方。格斗的规则有一条是："如果选手还能继续坚持作战，那么评委没有权利阻止。"根据格斗规则和参赛者的意愿，我的兄弟面对这种情况束手无策，虽然明显知道这个参赛者是意气用事，最后只能眼睁睁看着他严重受伤。所以，作为一个旁观者，不是参赛的当事人，我们能够做的只是提供建议，因为是否继续比赛是由他们自己决定，与你无关。我们不要责怪他们在比赛时对自己蛮横无理，因为他们的眼中只有对手。

这个世界就是这样，只要有人的地方就会有矛盾，无论我们怎么辩解这都是不争的事实。就像把三个人留在荒无人烟的利比亚沙漠，不到三天就一定会出现矛盾，他们互相埋怨、互相攻击，最后互相不信任、不团结。本来十天可以走出沙漠，但足足一个月都看不到他们的踪影。

还有学习剑术之前应该先学习理论，搞清楚剑术的比赛规则，然后再进行有意识的训练，我们才能用最短的时间去掌握，但事实正好相反。学习剑术我个人认为是必修课，可我认识的很多人都会刻意不让别人知道他懂得剑术，对于他们来说剑术好像是一种陋习，不值得炫耀和推崇，但会有很多人都会选择学习它。我有一个朋友很擅长剑术，有一次和一个士兵比赛，他没有选用剑作为比赛武器，而选择一种没什么攻击力的武器。最后凭借他聪明的头脑和灵活的双手，不到一刻钟的时间他就把对手打倒了。这一切都归功于他的英勇特质，与自身优秀的剑术毫无关系。

如果服过兵役的人都会知道，在服役期间教官会教导你很多的防卫招式，也会教导很多的攻打招式。他们教导你这些招式不是为了让别人觉得你强大，而仅仅是希望国家处于危难或者面对犯人时进行攻击打压，以保卫国家安全、社会安全。

就像罗马执政官布勃柳斯·吕提里尤斯是一位鼓励学员灵活运用手中武器战胜对手的人，对于他来说灵活运用各种武器才是精通武器，才会更好地发挥武器的效能。他也倡导学员们改装武器，以增强这些武器的杀伤力。对他来说武器是有生命的，我们要学会把这些武器用在合适的地方，像恶意报复、刻意打压、逼良为娼等，他都不予支持。因此，在他那里学习武器的每一个人都是武器使用高手，而且世界观、道德观、价值观都很优秀，不但学会了使用武器、利用武器，还学会了做人。但另一所学校也教同样的东西，教出来的学生从来没有一个特别优秀的，更别说成为武器专家了。他们认为武器只是武器，是一件作战的工具，对人们来说没什么特别的价值和意义。另外，他们学习武器的特性都是为了增强自己所谓的战斗力，经常利用手中的武器欺压弱者。这样的学校不如趁早停办为好，因为它简直是为社会培养败类。柏拉图在他的《共和篇》中也提到过不建议教孩童剑术，因为他们的世界观还没有形成，一旦方法使用错误，则只会给社会带来不利的影响。

东罗马国王梦到自己被一个叫福卡斯的士卒杀害，但据闻，这名士卒平时胆小如鼠，从来不会主动与别人发生冲突，如果遇到大是大非的事情甚至会采用逃避的方法。但是国王觉得这是一个十分不祥的梦，无论他有没有这样的动机，他觉得还是先消灭掉比较安全。最后福卡斯不知道自己触犯了哪一条法律就被送上断头台了。

他谁都害怕，所以见人就打。

——克洛迪安

有的人就是这样，自己犯了错误怕被人们指责，为了让人们相信这些不是他的个人行为，他会采用更残忍的方法来掩盖之前的行为，虽然这样做只会让人们不再当面谈论，却会在背后议论得更大声。就像马其顿国王素来和罗马人结怨，后来有人把他杀害大量罗马人的证据公开，为了让他们闭嘴不谈，他采用更残酷的方法，就是杀害当时遇难的罗马人后代，让他们断子绝孙，不再对他进行打击报复。

看来我真是很喜欢说故事，虽然很多时候都想按照文章的篇幅和主题把这些故事铺陈开来，但我的头脑很多时候不能考虑这么多。现在我想说一个关于塞萨利亚国王希罗迪戈斯的故事。因为某些原因希罗迪戈斯被判死刑，一同遭殃的还有他的两个女婿，他的家族最后只剩下幼小的儿子和几位手无寸铁的妇人及她们的孩子。为了生存下去，有两位妇人都嫁给了珀里斯，一个为珀里斯生了很多孩子后就不幸离世了，另一个妇人叫德奥克珊娜最后国王顾忌珀里斯的社会地位而下放了特赦令，使德奥克珊娜和其他亲信重获自由。但德奥克珊娜骨子里还流着塞萨利亚的血，她为了帮助家族平反，不惜向国王发起挑战，无论是牺牲性命还是其他更沉重的代价她也要为家族讨回公道。她的这个举动让毫不知情的珀里斯手足无措，最后为了保住孩子的性命只能趁着黑夜把他们秘密送走，谁知国王对塞萨利亚后代一直有所顾忌，为了不让历史重演，他暗中已命人把塞萨利亚后代全部杀害，以使自己无后顾之忧。珀里斯知道这一切后索性建议全家一起逃跑，不料还没有出海就被国王的杀手追上。为了保护家族的荣誉和光荣，德奥克珊娜已做了最坏打算，她让孩子们服毒自杀，然后劝服珀里斯一同跳海自杀，因为他们已经没有其他选择了，最后德奥克珊娜怀着无比自豪的心和珀里斯一同跳下海。

残酷的君主面对找他们报复的人群总是采用比先前更残酷的方式来对待他们。他希望延长他们受刑的时间，看着他们悲痛欲绝的表情和听着他们凄厉的惨叫声总是很兴奋，甚至觉得不够过瘾。但人的生命都是很脆弱的，经不起太多的考验。一旦长时间使用同一种刑罚方式他们大多都会扛不住。这是君主们解决事情的习惯吗？或许不是，只不过是他们不够自信罢了。

我们把非自然死亡的死亡方式叫酷刑。在前面我已经说过想象力的作用，有时一个人的忍耐性与自身的意志无关，但与想象力有关。当一个人接受刑罚时，有时刑罚并没有那么痛苦，但想象力让我们不停地叫喊，不停地表现出难受的表情，最后只能不堪一击，一命呜呼。就像一个罗马人看到三天前被犹太人钉在十字架上的三个朋友，有两个身体十分僵硬，有一个还有一点气息，看到这个罗马人后突然两眼发光，只是身体依然乏力罢了。这就是想象力的力量，如果你不能用自己的意志去克服，你就会很容易被死神带走。

第十五章 谈合时宜
——智者行善也会讲求时节

监察官小加图和小加图两个都是比较优秀的人，如果真要比较就是小加图不喜欢别人批评他，而且会以相同的方式回击那些批评他的人；而监察官小加图则有一点点自以为是，他很喜欢打击罗马的执政官西庇翁，一位无论从品德还是能力来说都比他优秀得多的人。监察官小加图晚年时很喜欢学习拉丁文，并在家中经常练习，人们因为这一点经常赞扬他，说他活到老学到老。但我个人认为这并不值得赞扬，学习拉丁文对年老的他没有什么作用，我认为只是一种用来消遣晚年时间的活动罢了。我们实施每个行动前，都应考虑他合不合时宜，否则只会劳而无功。就像罗马政治家坎梯尤斯·弗拉米尼尤斯竟然在上战场的时候还记着参拜神灵，虽然最后他赢取了这场战役，但作战前的所作所为实在让人难以接受，因为这是关乎国运的战役。

即使是为善，智者也讲时节。

——尤维纳利斯

色诺克拉特[1]年纪很大时才去学校读书，连他的老师欧德莫尼达斯都为他感到担忧，不知道他能不能顺利毕业。也有人担心托勒密一世国王，因

1　色诺克拉特，古希腊著名的哲学家。

为他年纪大了才操练武器，身边的人都担心影响他的身体，劝他不如学习武器如何使用比较好。

正所谓少壮不努力老大徒伤悲，有智慧的人会趁着自己年轻、精力充沛而努力学习知识，以至自己能够学以致用。他们认为学习新事物没有错，但如果在不适当的时机才实施这样的行动则只会碌碌无为、浪费时间。

我们即使拥有富足的生活，但仍会有各种各样的欲望。但如果我们快要变成灰尘了才实现这些欲望，那么只会贬低这些欲望的价值。

我是一个很喜欢规划的人，但我只会为自己做短期规划，不会做长期规划，因为我觉得未来的事情很难预料，没必要提前准备。如果我发现自己没有多少时间，我不会让自己陷入新的欲望中，我会尽量抽时间走自己曾经走过的路，看曾经看过的书。

我活过了，走完了命运指定给我的道路。

——维吉尔

我为自己感到庆幸，因为我不再为生活、为学习、为收入、为支出而烦恼，因为现时最重要的事情是珍惜现时拥有的时间，然后好好利用这些时间享受生活。

我们要在合适的时间做合适的事，如果我们快要变成尘土了才去学习音标、认识字母，那么我们真要变成尘土时会觉得后悔。

人们各有各喜欢做的事情，也各有适当的年龄去做各种不同的事情。

——韦加琉斯

我写这篇文章并不是说不支持人们进行晚年学习，而是想让人们弄清楚自己在什么时候应该追求些什么，然后按照自己的计划和实际条件来支配自己的行动。就像小加图晚年的时候很喜欢看柏拉图的作品，尤其是那些描写生命的篇章，他不是为死亡做准备，而仅仅是陶醉在他的理论中，甚至自身的行为也超出了这些理念。他对死亡的态度很坦然，认为这不是人生的终结，真正的终结是浪费时间，不知道自己想干什么，没有半点追求。即使在他最后的日子里，他仍然按照平时的作息时间生活，该干什么就干什么，好像死神从来没来过敲门一样。

即使那个明天就会被免职的大法官，他仍在自己的位置上忙碌，尽职尽责。无论面对什么事情，即使是死亡，他都一样心如止水。

第十六章　谈勇气
——勇气是坚定持久的而非冲动突发的

在生活中经常会碰到这样的现象：很多人会被突发事件吓破胆，不知所措，甚至犹豫不决。但当有人在后面推他一把，鼓励他勇敢向前走时，他们就好像被什么吸引住一样会大步向前，当事后回忆起来也会吃惊自己当时为什么有这么大的勇气，连自己也不相信能够把这种平时没干过的事完成得如此完美。面对这种现象我们不能说这个人有勇气，因为勇气是人们的日常行为，不是单凭一两件特殊事件去判断的。就像一个人拥有善良的特质一样，他无论何时看到需要帮助的人都会主动伸出双手，而不是偶然地伸一下手。我个人认为没有什么事情是人们办不到的，一切只取决于他们自己。

有很多哲学家都喜欢自己的言行与自己作品描述的品德一致，只有这样人们才会认可他，认可他的作品。否则只会让人抓住把柄打击自己，打击自己的作品。庇隆就是其中的一位。无论何时何地他都要求自己的言行与作品的论点一致。就像外出游玩，不论山路多崎岖，悬崖多陡峭，他都会坚定地向前走。有一次他受了很严重的外伤，需要手术治疗，无论医生切割伤口还是缝针他都没有喊叫一声，神色自若。久而久之他的言行与自己的理论一致，甚少发生冲突的情况。但有一次例外，就是他在家中和妹妹发生争吵，由于非常愤怒，他也顾不上自己的举止，违背了自己的观点。当有人取笑他时，他说什么事情都有例外，特别在自己失去理智的时候。

我家附近有一个农民，他的妻子每天都喜欢唠叨、抱怨，从来不顾忌这位农民的感受。有一天农民刚回家里又听到妻子的唠叨,一气之下他用刀子把自己的私处割了下来,然后气愤地扔向那个还不知发生什么事、一味在抱怨的妻子。然后愤怒地说:"现在满意没有,既然你不喜欢它,我就让它永远消失。"还有一位年轻妇女结婚当晚就忍受不了丈夫的暴躁脾气和暴力行为,第二天起床后就平静地处理了自己的财产,并嘱咐妹妹照顾好自己,然后两脚一跃,跳下水流很急的河流消失掉了。而印度是一个一夫多妻的国家,丈夫死后被选中陪葬的女子会感到十分自豪,对于他们来说一生最高的荣耀莫过于能和自己的丈夫共赴黄泉。

像以上事例人们的行为都是因为冲动或习俗才偶然发生的行为,这些行为称不上有勇气的行为,真正有勇气的行为是具有持续性的。就像人们经常谈论到的命运,命运不过是人们的一种主观意识,其实解决事情的方法有很多,关键是你怎么去选择。而性格就会严重地影响选择的方法,最后只能把对事情的认识归结于命运。就像懦弱的人,他们面对困难从来都会选择逃避的方法,因此命运就会如他们所愿,得出消极的结论。但对于那些勇敢的人,他们从来不畏困难,很喜欢与它们直面相对,最后会得出积极的结果。所以人们经常说有的人很幸运,有的人很倒霉,但结果是幸运还是倒霉很多时候就与你的选择相关,所以不要太刻意地把事情的结果归咎于命运。你,本人,才是命运的操控者。

这样的事例有很多,有的人认为既然人总有一死,不如壮烈地离开,这比默默无闻离开要好得多。因此,他们从来不惧怕死亡,不但要求自己勇赴战场还鼓励身边的人大胆一搏。这样的力量使敌人感觉到他们的杀气,让敌人落荒而逃,他们取胜的机会大大增加,那么保存性命的机会也会大大增加。贝都因人就有这方面的信仰,而且他们的勇气不是一般民族能够比拟的。他们与敌人打斗没有太多的武器,只有一把短刀和一条白布,但因为他们勇气过人,即使没有长枪和利剑也一样能够打败敌人。

有一个土耳其的年轻贵族在摩拉德和让·于尼亚德的战争中屡获功绩,十分有勇气和魄力。他说自己的勇气来源于一只野兔。当时他带着两只聪敏和机灵的猎犬去打猎,看到这只兔子时它正在睡觉,按理无论采用什么方式都能很容易把它猎获,最后他认为最好还是采用弓箭。谁知他不但没有射中野兔,还惊动了它,但野兔面对这种可以说是必死的状况并没有乖乖就范，而是用尽全身的力气去拼命躲藏，最后连两只猎犬也找不到它的踪迹。所以这位贵族就是抱着无论自己的状况多么危险但总会有一线生机这样的信仰来杀敌的。

　　之前有两个杀手想刺杀奥兰治亲王，第一个虽然使尽浑身解数，但最后还是失败了。另一个人总结了前车之鉴，想在一个宴会中把亲王杀害。谁知经历了上次谋杀事件的亲王身边明显比以往多了很多守卫，而且个个都非常魁梧，身手不凡。这个杀手看到这样的场景也没有半点退缩的意思，誓要今天把其杀害，不断地寻找机会，不断地潜伏在亲王周围。可惜命运之神并没有眷顾他，当他把匕首刺向亲王时，他被周围的士卒制服了。在奥尔良附近也发生过类似的事件，虽然引起了很大的波动，但人们都只是受了皮外伤。所以当一个人抱着必死之心时，无论状况多么糟糕，对自己多么不利，他们都不会轻易放弃，而是不断地寻找进攻的机会，势必完成任务。

第十七章　谈愤怒
——愤怒是一种自我满足自我膨胀的感情

孩子是祖国的未来、祖国的花朵，我们应该重视孩子们的教育，但不能把教育他们的责任全部推在父母身上。因为每个父母都很有个性，有的人不适合管教孩子，对于他们的孩子社会应该加以关注，这样才能使他们出淤泥而不染。但在大街小巷，我们经常看到很多孩子被大声训斥甚至鞭打。训斥和鞭打是教育孩子的好方式吗？我个人认为不然，因为很多时候我们是因为怒火才作出这样的举动。有多少心慈的父母每次痛打完孩子都会懊恼，后悔不已。但这已经于事无补了，因为你已经伤害了孩子，就算想补救也变得非常困难了。

你为国家和民族奉献了一位公民，你培养他服务祖国，善于耕作，献身战争和和平的事业，你做的是一件大好事。

——尤维纳利斯

我们的情感经常会影响我们的判断力，而愤怒的表现最为突出。愤怒是一种自我满足自我膨胀的感情。所以它严重影响我们做事的效率、对待人们的态度，甚至影响人们对我们的态度。就像你能忍受没有医德的医生吗？你能忍受那个因为生气，但没有充足证据的法官判你死刑吗？相信这些情况谁也不能忍受。所以我们要学会控制自己的怒火，不要因为生气把一些负面的情绪传导给身边的人，甚至做出一些失去理智的事情。我建议即使某个人犯了不可原谅的错，我们都应该先抑制自己的怒火，理智地想清楚采用什么措施才会让他反省总结自己的行为，然后又不至于太过分。

很多人的言行都会前后不一，这会使人们质疑他的语言和行为。就像恺撒十分讨厌吕西尤斯，当恺撒发现吕西尤斯犯了轻微的错误时，他就利用这个事件判吕西尤斯死刑。但吕西尤斯也不是一个愚蠢的人，他要求由群众对这个事件进行评决。因为事件明显是恺撒的报复行为，所以在人们的不断声讨声中，恺撒不得不下令恢复吕西尤斯的自由。又像有一位演说家不断在人们面前讲述英雄气概、勇敢无畏这些精神，但因为他自身胆小如鼠、畏首畏尾，从他口中说出这些字眼不禁让熟知情况的克莱奥曼纳大笑起来，即使这位演说家怒视他，他也不为所动。还有西塞罗和塞内克的作品都谈论过关于死亡的话题，但两部作品都体现了两位作者不同的性格特点。西塞罗的语句十分拖沓，而且毫无激情，让读者觉得他本人好像十分害怕死亡一样，又何来无畏死亡的勇气；而塞内克却相反，他的语句不但伸张有力，而且让读者热血沸腾，每个人都觉得死亡真不算什么，反而蠢蠢欲动。

所以，我们平常的行为会严重影响我们话语的说服力。就像著名的哲学家普鲁塔克，通过阅读他的作品我们知道他是一个宽宏大量、很少计较得失的人。有一次他身边的一个奴隶未经他同意擅自采取行动做了一件伤天害理的事情。普鲁塔克没有多说什么，让人不断地鞭打他，一开始这个奴隶没有反抗，因为他知道自己主人的性格，毕竟已追随他多年。但后来身体被鞭打得逐渐麻痹，他就大声责骂普鲁塔克，说他现在被愤怒蒙蔽了双眼，严重违背自己的理论，是一个伪君子。普鲁塔克听后不但没有生气，而是心平气和地说："你从我身上什么地方觉得我愤怒了，我两眼突出吗？我头发竖起来了吗？我不断喘大气了吗？我大声怒骂你了吗？"这个奴隶被问得哑口无言，最后因为不知悔改，所以受了更长时间的惩罚。

如果我们出于愤怒状态，对方还不知悔改地对我们破口大骂，相信没有几个人会让愤怒保持在原点。处于愤怒状态的人就像一堆烧旺的柴火，如果再往这堆柴火上倒汽油，就会烧得更旺。所以，当自己做错事时最好保持沉默，否则只会让愤怒中的人更加暴跳如雷。就像皮松的一个士兵和同伴去砍柴，谁知他们各自行动，最后导致有一个不知去向。皮松知道后大发雷霆，要求处死这个不明军纪的人。正当要处决这名士兵时他的同伴回来了，执行惩罚的人把他们带去见皮松，谁知皮松更加怒不可遏，最后把三人一同处死。

所以我们要学会控制自己的情绪，不要因为情绪影响我们的判断，然后做出让自己后悔的事情。我甚至建议，如果你实在愤怒，一时之间很难找到发泄的对象，那么你还是对着这个惹你愤怒的人发泄一下。否则，愤怒的情绪只会伤害你的身体，严重影响你的精神健康。

所以我经常告诫我身边的亲友，如果你们感到愤怒，你们可以采取以下措施：一、转移注意力；二、寻找其他发泄对象；三、学会克制自己的情绪，不要把怒火发泄在无关的人身上。

我平时心性随和，很少生气。但一旦生气，我就会像猛虎一样，冲动地走向惹我生气的猎物，但通常时间很短。所以我家中的侍从如果因为小事激怒我，他们会乖巧如绵羊，原地不动地听候发落。但当是大事件时，刚开始我会非常愤怒，但过一会儿我就会把心思用在解决问题上，根本没时间去愤怒。所以对我身边的人来说，做错大事比做错小事耳朵会清静很多。而且我经常传递这样一个信息给他们："如果我处于生气状态，你们要学会保持沉默或者迅速离开，否则一旦你们再次激怒我，事情就不会那么简单了。"或许正因为我们平时很注重沟通，而且相处得比较和睦，所以这种现象很少在家里发生。

我们要学会控制愤怒，不要被愤怒掌控我们的行为，否则我们就相当于拿着一把利剑指向自己的喉咙。

第十八章　谈超群天才
——源自智慧和理性的坚毅品质促人成功

本章我会谈论三位我十分敬佩的人，我认为他们是我认识的人中最优秀的。

第一个是荷马[1]。我认识很多杰出的人，如柏拉图、普鲁塔斯、亚里士多德、维吉尔等，但我个人认为荷马的杰出地位是他们不能比拟的。当然也有可能有，但我比较熟悉的人中，我就只认定荷马了。

他比克里齐普[2]和克朗托尔更清楚、更充分地告诉我们，什么是美什么是丑，什么有益什么有害。

——贺拉斯

诗人们的双唇纷纷凑近这股永不枯萎的清泉，从他的著作中吸取珀尔迈斯河的河水。

——奥维德

赫里贡山仙女们的伙伴，其中包括与日月同辉、无人可及的荷马。

——卢克莱修

1　荷马是一位盲人，被人们称为盲人诗人，是古希腊著名诗人。
2　克里齐普，斯多葛派代表人物之一。

以上这些都是哲学家们对荷马的评价，而维吉尔的作品《埃涅阿斯记》[1]的创作灵感都是源自荷马的作品《伊里亚特》[2]。他不但为维吉尔的作品提供素材，而且让维吉尔把整部书的架构规划得十分完美。作为一个盲人，他能够有这样的才华，实在非常罕见。我虽然十分了解他，但要正确地评价他也很为难，不知该用什么辞藻去形容这位伟大的诗人。他的想象力丰富，作品中有很多神灵，甚至让我觉得他本人也应列示其中。

他大胆创新，脱离世俗，创作了一部前无古人后无来者的作品。从来不怕接触陌生的事物，只要接触过，他就能用自己生动的语言把它们描述出来，甚至比那些能够看得见的人还要生动和真实。

亚历山大大帝有一次打胜仗缴获了一个漂亮的宝石盒子，他说正好用来放荷马的书籍。因为荷马的作品经常给他军事上的灵感，他很喜欢随身携带荷马的作品。的确荷马的书永远都不会让人觉得厌烦，无论人们读多少次都感觉像第一次阅读一样。阿尔西比亚德曾有一次向一个文学家索要一本荷马的书，但这个文学家竟然拿不出来，他就开玩笑地说："你和没有带日课经的教士有什么区别？"

荷马的作品是充满艺术、充满想象、充满浪漫的书籍。他是诗人中的诗人，是任何人都难以超越的。而且他的作品能够经得起时间的考验，无论朝代如何更替，它依然历久不衰。

第二位是亚历山大大帝，他的战绩多如星星，年仅三十三岁就在所有民族留下了脚印，他的军事才能可以说是空前绝后。他是一个十分勇敢、喜欢创新的人，他想出的军事战略虽然有时让人觉得不可思议，但事实证明是很有实践性的。

> 他勇往直前，推翻一切阻挡他前进的障碍，乐于在废墟中开辟胜利的道路。
>
> ——卢甘

除了卓越的军事才能外，他的人品也很不错。他从来不会鄙视地位低

---

[1] 《埃涅阿斯记》，维吉尔的代表作，是一部借用传说把罗马取得的光辉成就和在历史中扮演的角色戏剧化的作品。

[2] 《伊里亚特》，古希腊著名史诗，出自盲人诗人荷马之手。

微的人，如果他发现你是一个有能力的人，不管你身处什么职位、社会地位如何，他都会努力培养你，让你学习更多，然后获取更大的功名。他身边的很多贵族，曾经都不过是普通的公民。另外，他很宽宏大度，虽然他很喜欢扩大自己的疆土，但每占领一个地方他都会下放特赦令，让当地的居民不用大举迁徙。甚至对那些孩童十分关爱，不喜欢看着他们饿肚子，经常会把军中的粮饷分与当地的穷人。虽然他容不得别人对他有半点挑剔，但除了这些缺点外，他可以说是十分完美，尤其是他的军事才能。只要他一出征，就一定会战胜，从来没有战败的可能。

繁星闪烁，维纳斯一心珍爱的启明星从大洋中冉冉升起，身上挂着晶莹的水珠，朝着天空昂起他那神圣的头颅，将黑暗一扫而空。

——维吉尔

即使过了几百年，人们还是对亚历山大大帝念念不忘，而且很喜欢收藏他的物件，认为能够带来好运气。他还是各个民族君主的偶像，他们都以他为效仿对象，希望取得与他相当的成就。史册中说得最多的莫过于他，任何帝王都没有他的篇幅那么长，而且人们喜欢歌颂他，从来都不会因为他细微的缺点抹杀他一生的贡献。或许有人会说恺撒能够和他相提并论。若论战功则无可非议，但论人品和损失，恺撒则差很远。他不但有野心，而且为了个人的荣辱不惜牺牲别人的利益，通常他到过的地方都会遭到严重破坏，要花很长时间去恢复。所以他远远比不上亚历山大大帝。

第三个人是埃帕米农达斯[1]。他只是一个普通的人，但他的功绩不亚于亚历山大大帝，而且他为人十分勇敢和坚毅。他的行为不是野心驱动，而仅仅是历史环境的原因导致他不得不与那些恶势力战斗。他十分称职，是那些同行们不能比肩的。他也擅长演说，而且非常出名。另外，人们都很崇拜他，他缺点很少，令那些想打击他的人无从下手。他坚定、坚毅的品质甚至比亚历山大大帝还要优秀。

---

1 埃帕米农达斯，他的老师是毕达哥拉斯派的代表人物吕西斯，吕西斯是著名的哲学家。

所以很多历史学家都说他是一个无可挑剔的军事家,他于公于私都言行一致,无论身处的环境多么恶劣他都坚毅不屈、临危不乱。没有几个人能够做到他这样。他十分孝顺,只要父母喜欢他就喜欢,只要父母高兴他就高兴。他从来不会对父母发脾气,在服务群众之余还会抽时间与他们相聚。

无论是对本国居民还是对敌人,他都很善良,他认为不应区别对待生命,对于任何生命都应平等对待。但因为这一特质使贝奥西人对他起疑心,有人更利用这一点对他进行打击报复,最后因为打败斯巴达人后没有继续追赶他们、让他们无处可逃而被罢免了官职。但他的军事才能是没有人能够比拟的,国家也很缺乏这样的人才,最后让他官复原位。他在世时国家进入鼎盛时期,他离世后国家也跟着衰落,甚至灭亡了。

下卷

第一章 谈功利与诚实
——背信弃义永远招人嫌恶

背信弃义永远招人嫌恶,因为人们有可能因为这种行为付而出沉重的代价。即使像蒂拜尔这个不讲道德的人也十分讨厌这种行为。曾经有人想暗中帮他铲除那个阻碍罗马帝国扩张的人阿尔米尼尤斯[1],但被蒂拜尔一口拒绝。因为他不喜欢在战争中使用不正当的手段去取得胜利,即使要打败他,也应采用正大光明的手段。

> 浩瀚的大海上风起云涌,波浪滔天,站在岸边看着别人经受苦难的考验,一种美美的感觉油然而生。
>
> ——卢克莱修

我们在社会中扮演各种各样的角色,每个角色都有它的作用。我们没必要寻根问底,一定要弄清各种角色的作用,因为凡事都没有绝对,又怎么会有一定是对或一定是错的区分呢?即使回到原始社会,或许角色的种类没有这么多,但它们都互相衬托着、互相影响着。如果一定要用背信弃义的方式去处理一些问题,就交给那些没有意识到它的危害性的人去做吧,或许这样才能把事情完美解决。

就像一些法官,为了尽快了结案件,有时会诱导被告人尽快承认错误,

---

[1] 阿尔米尼尤斯,日耳曼著名的民族族长。

听候判决，更有甚者采用严酷的刑罚屈打成招。这样的例子比比皆是，即使不一一列举，相信人们也听说过不少。采用这些方式如果能够维护公共安全、社会稳定，那么就一定要有一个人扮演这样的角色，但这个人必须头脑灵活，否则遇事不能随机应变，最后只会导致更坏的结果。而我就不是这方面的人才了。如果国王要求我帮忙诬陷一个善良的人，我会十分痛苦，即使反过来我也难以下定决心。可以说我很嫌恶这种行为，更不支持这种行为。我认为解决事情的方法有很多种，不一定要采用这种偷偷摸摸的行为。

我经常会接到一些要求帮忙调停争论的事情。面对这些事情我喜欢分开双方当事人，然后分别做他们思想工作。或许是因为知道我这个人比较正直，很多时候都能顺利把他们劝服，而且这种方法历久不衰，暂时未有失败的案例。但如果把他们集中起来当面进行调停，那么双方都会怀疑你的动机，以为你收受了对方的好处，最后不但不能解决问题，还影响了你个人的声誉。我分别和他们谈判时会告诉他们："在我的立场上，你们和不和解都与我无关，帮忙做这件事只是出于道义，没有任何利益，相信你们自己也很清楚。"每次他们听到这些话时，都会心平气和地听我说话，最后再切入重点，问题就基本解决了。事实上，我的确是不能从这种事上得到任何好处，我不过是出于仗义才帮忙解决事情的。

对于国家的事或许那些达官贵人为了争名夺利而煽动群众参与，像这样的事情我不会参与，很多时候只会留意事态的发展。无论他们的论点是什么，我都不会偏向任何一方。或许有人认为我过于自私，从不关心国家大事。但我认为，无论它怎么变化，也很少会影响到我的日常生活，既然这样就让他们干自己喜欢干的事情，就算我为他们焦躁不安又有什么用处？如果是既定的发展和变化，我们对它的影响是微乎其微的。

我的态度就像那些年轻人一样，既不相信上帝，也不供奉神灵。如果真要做出选择的话我只能说我相信自己。但对于党派来说这种方法就不适用了。我们必须表明自己的态度，不能左右摇摆。

这不是走中间道路，这叫踌躇不前，这是等待事件发生，然后见风使舵。

——李维

在某些事情上我们该不该表明立场是根据事件的性质而定的。就像邻居之间发生了争执，我们没必要掺和其中，等他们心平气和了再分别做思想工作，毕竟邻居是我们的伙伴，每天都会相见，没必要因为一些小事情而导致关系破裂。如果你只是一名普通的群众，我也不建议你参与那些党派斗争。如果你不属于任何党派，你大可不必采取任何行动，否则激怒任何一方对你都毫无好处，除非你打算不再生活在这个国度。相反，如果你是国家官员，那么你肯定有自己的组织，在一些敏感话题上我们必须表明立场，不能拖泥带水，因为拖泥带水对你毫无好处。贵族和贵族之间的斗争，我们理应保持中立。但总有一些人唯恐天下不乱，趁机捣乱，甚至煽风点火。他们的关系破裂对你有什么好处？只为一时的快感吗？我认为与己无关的事情还是少参与比较好，毕竟人类都是比较敏感的动物，一旦他发现你偏袒谁，他就会觉得你背叛他，最后导致很多关系破裂。毕竟我们过的是群体生活，不要因为这些事情导致自己被孤立。另外，对于他人之间的情感，我们只需保持尊重的态度，不用刻意讨好谁，毕竟那些都是他们自己的事情。

当然不排除有人为了取得某种利益而利用他人之间的这种关系。我觉得这是伪君子行为，在损害他人利益的基础上去获取自己的利益，这是极度不仁义的。我们不要为了一己私利而利用别人的这种关系，否则，我们可能要付出沉重的代价。如果遇到这种人，我们要学会尽量避免与他共事，即使不得已一定要与他共事也要学会保护自己，不让他从自己身上得到任何好处。

我们要学会处世，如果你不清楚别人的背景，千万不要把自己的事情全盘托出，更不要在他面前说另外一个人的坏话。否则你连自己为什么受到伤害都不知道。我们要聪明一点，与别人的距离远一点，这样才能保护好自己。另外，我们不要随便听信别人的话，尤其是那些被称为秘密的事情，当知道他们说的是所谓的秘密时，我们就要学会想办法逃离。对于这种事情我们还是知道得越少越好。就像别人让我们帮忙做某件事，即使他不说出做这件事的目的，但如果我们感觉苗头不对也应予以拒绝，毕竟对于我们来说保护自己是最重要的事情，否则不但祸及自己还会祸及亲人。

如果你感觉好像不是什么伤天害理的事情,当然在能力范围之内应该主动帮忙,因为有时候别人不是十分困难也不会找上你。本来已经够伤心,如果你拒绝了,不是火上浇油了吗?即使到头来知道这个事情有点不仁义,但至少自己也会有托词,因为不知道具体原因才犯下的错误,别人也不会对你有过多的埋怨。

我们很想随心所欲地做自己喜欢做的事情,但很多时候都会事与愿违。毕竟每个民族都不会只有你一个人,有很多规则和事物都会阻碍我们的发展。就像君主们希望每个国民都能无私奉献,不要跟他提任何要求。但每个人都有自己的标准,不能因为你居高临下就限制别人的行为吧,即使是奴隶,他们虽然失去人身自由,但他们的思想自由并没有被剥夺啊。所以在思想上我们都是一个自由人,当然想按照自己的做事标准去选择任务,如果明明知道是一件违背良心的事情,难道我还要奉承你去完成吗?我的人格不允许我这样做,我会拒绝。

或许我的是非观太明确了,很多时候都会被别人说成古板。我想说我不是刻意要这样,而是我的良心不允许我这样做。就像我现在从事的公共事务工作,其实这不是我的人生追求,但鉴于很多人都相信我,把我推举出来,我才不得已地从事这份职业。事实上我个人认为这种公职没什么好的,除了使我的社会地位提升外,我看不到其他任何好处。或许人们会说我身在福中不知福,但从我的升迁速度你们应该也能了解到我真是不适合干这种职业。因为我没有野心,所以不会刻意逢迎些什么,只要能做好自己的本职工作和对得起自己的良心,我就别无所求了。

但很多人都认为我在做表面功夫,实际上就是太过精明才有这样的行动。但这些诽谤的言辞从来都不会影响我的心情,也不会损毁我的名誉,只要熟悉我的人都知道我从来都是表里如一,从没有在头脑里为自己打算什么,只做有利于群众的事情。如果我为了自己的利益而擅用职权,我的良心也过意不去,我常常看到同僚们做这些事情,但取得成功的人少之又少,有的甚至因为这些事情受到法律的责罚。对于这种损人不利己的行为,我的头脑很清晰地告诉我不能做。

正义的含义分为两种:一种是人类的本性使然,使其天生具有这种特质;另一种是通过国家法律和民事条例去做出规定,以规范人们的日常行为。但从含义来看显然是前者的正义比较高尚，不是一般人能够拥有的。拥有这种特质的人一定是那些心地善良，而且从来都不计较个人得失的人。这种人值得我们学习，对于他们来说，他们拥有的特质就是法律。后者的出现无疑是国家为了规范一些自私、品性恶毒的人的行为而出现的，是当他们做出影响社会秩序和损害国家利益的行为时判断其行为是否合理的标准。对这些行为，人们一般都比较难以接受。

特拉斯国有两名王位候选人，他们不分伯仲，都非常有可能成为下一任国王。但其中有一个性子比较急，为了使自己稳坐王位，他不惜采用一个不道德的方法。正所谓兵不厌诈，他告诉对方想和他签一份和解协议，希望大家不要因为王位伤了和气。结果他把这个人灌醉，然后命令杀手将其杀害。对于这种关系到以后国运的事情，人们要求一定要找出凶手，给全国人民一个交代。但运用正当的途径怎么也找不出凶手，后来有一个叫弗拉居斯的人自动请缨，说自己有能力抓住这个罪犯。最后竟然使用和这个凶手一样的方法把其捉住，并把他用绳子绑了交与国王等候发落。所以，对于这种人，常人很难对付他们，必须请出比他们更狡诈的人物才能把他绳之以法。

当有人向我们提出不合理的要求时，我们要学会理性推托，因为我们没有必要为了别人的利益损害自己的荣誉。就像有人曾经要求我担任审讯法官，但我的能力根本还没到那个程度，于是我推托说："我在这个方面一点知识也没有啊。"所以即使他们想软硬兼施都不可能了。又如有人让我带领先遣军队赶赴战场，但我没有一点军事知识，万一途中突然有敌人杀出怎么办，我只能说："我还有比这更重要的任务。"所以我们办事不能被别人牵着鼻子走，一定要结合自身的实际，适当地予以拒绝，当然是那种不失礼貌地拒绝，不要因为不想而发脾气，伤了和气。不要认为适当地拒绝别人会伤了自己的自尊，这不但是对自己的行为负责，还是对别人的行为负责。很多人只看到我们的表面，却不了解我们的实质。只有自己才最清楚自己想要的是什么，自己的能力怎么样。所以不要惧怕别人的指责，只要自己问心无愧就可以了。

根据生活的经验，我发现那些即使刚开始需要拥有背信弃义特质的人帮忙解决事情，但成功解决后他们从来不会感谢他，总是以最快的速度和他们撇清关系，有时为了掩盖事件的丑恶甚至会杀害这个背信弃义的人。

波兰国王波莱斯拉斯曾经对俄罗斯人进行大屠杀，致使俄罗斯大公雅罗贝尔茨一直铭记着这次事件，并想方设法要复仇。最后他找到了匈牙利的贵族帮忙，希望能够给波兰国王一次沉重的打击。这个贵族运用非常巧妙的手段取得了波兰国王的信任，最后甚至成为他的重臣，无论什么事都对他言听计从。后来因为国王要到其他国家进行访问，他把政权都交给这个贵族。这个贵族利用这个时机把波兰的重要城市维斯林查卖给俄罗斯。俄罗斯重复那次波兰国王在他们国土上演的历史，不但杀害了大批贵族，而且抢掠当地民众的财富，并把民众全部杀害。但当完成这一切举动时，俄罗斯大公发现自己的行为非常凶残，而且十分丑陋，最后愤怒地命人把这个贵族抓来，并下令用各种残忍的方式折磨他，直至他断气。

我个人认为，那个命你干这种伤天害理事情的人，一定是认为你没有人情味，十恶不赦，是没有半点仁义道德的人。否则为什么他不认为别人有这种能力，而只认为你能够顺利完成任务呢？所以，我们必须保持清醒的头脑，不要被别人的花言巧语蒙蔽内心，最后导致自己失去宝贵的生命。当然，失去生命相对于活着不断地自责要舒服得多，后者简直就是生不如死。

摩拉德一世的兄弟觊觎王位，组织他的臣民发动起义，最后以失败告终。当摩拉德一世要求那些没有参与起义的臣民指证他的兄弟时，那些臣民宁愿自己上断头台也不愿供出他兄弟的去向。这种人我们应该尊敬，国家的利益固然重要，但失去亲情，即使活在世上也只会情感空虚，生不如死。相对他们而言，那些打家劫舍后为了保存自己性命而亲手杀害兄弟同伴的人的品质就低劣得多了，他们只注重物质不注重精神，最后只会不得善终。

在我们的国度还存在这样一种情况，国王发现有人威胁到自己的王位，就会采用不仁义不道德的方式将其杀害。那些愚昧的臣民还支持君主进行这种事情，说只不过是按照上帝的意思安排他早见上帝罢了。这个理由真是冠冕堂皇，让我这种刻板的人觉得十分不可理喻。难道为了保存王位就没有其他正大光明的方法了吗？相信那些采用这种方式解决问题的君臣一定是认为这种方法最妥当了。但我个人认为如果仅仅因为是威胁到王权，我们大可不必采用这样偏激的方法，毕竟你自己已经是万人之上了，全国的臣民都听命于你，即使这个人的力量很大，相信也不敢轻举妄动。谁不怕东窗事发后性命不保？既然已经知道谁会来闹事，我们只需对他多加戒备就可以了。如果是其他严重影响国家安全的事情，确实无计可施只能采用这种方式的话，我认为自己再反对就只会理亏了。

西西里岛的国王是出了名的暴君，在他的统治下人们的生活十分艰苦，而且他还很不自量力地经常发动战争，导致国内无论是政治环境还是社会环境都陷入十分混乱的状态中。最后参议院各位大臣商量后决定派杀害了亲兄弟还得以成功脱罪的梯莫莱翁去解决这件事。梯莫莱翁为了摆脱背信弃义的影子，决定接受这个任务。他坚定、果敢、认真并克服了重重困难，最后终于把暴君绳之以法，顺利地完成了任务。但难道他为解放民族做出了杰出贡献，就能掩盖他曾经利用狡诈手段杀害兄弟的罪行吗？我们的民族在这种事情上不是那么宽容，所以无论他以后的行为多么高尚，也难以掩盖他曾经的恶劣品质。

如果一个人是正义诚实的话，即使对那些道德败坏的人做了承诺他也一定会严格实现，从来不会因为对方的身份和社会地位就区别对待。因为我们不允许自己违背良心，做一些背信弃义的事情。

我在前面的章节提及埃帕米农达斯，他是我最喜欢和最尊敬的人物，即使是现在我也没有改变他在我心中的崇高地位。我没见过一个人像他一样表里如一，无论在什么场合、面对什么人，他都是那么和蔼可亲。面对那些犯了罪恶的人，他都会秉公办理一视同仁。

值得我们学习的榜样还有很多，但社会不会因为有了这些榜样就减少那些见利忘义的人。每个人都有自己的历史使命，有的人正大光明地把它完成，但有的人为了走一点点捷径就利用那些非法的手段去达到目的。就像在希腊的内战中，有一个士兵因为杀了在敌人军队的哥哥而号啕大哭，最后自杀了，与兄长共赴黄泉。另外一个士兵也遇到了同样的情况，他却向国王邀功。所以不同的观念就会有不同的行为，我们不能一概而论。

不是任何事情都同样地适合任何人。

——西塞罗

所以我们有时很难判断哪一件事是正义的行为，哪一件事是背信弃义的行为，这些事情都没有任何明确的标准，但良心决定了人们对待事情的态度，或许这就是唯一的标准。

第二章 谈后悔
——悔恨是与罪孽紧紧相随的毒瘤

相对于别的作家而言,我的作品更多的是展现人性,他们却通过人的各种行为对别人予以警告。我很喜欢观察人的语言、行为、动作、神情,并通过这些东西的细微变化去判断他的心理特点,然后得知他的想法,从而把握他的本性。我有点像现在人们所说的心理学家,因为我也很喜欢听别人说出困扰他们的事情,然后根据他的描述给他一定的建议。我的知识虽然不算渊博,但至少很通人性,然后根据人性的特点发现这个人的行为特质,针对他存在的一些缺点提供一些修改建议。当然我说的是人们普遍存在而且很少变化的特质,但因为人和事物都是不断地运动和变化的,我们不能认为他们十年前和十年后都是一个样。如果真是这样,相信不用有这个学科了,因为事物都存在普遍性、规律性,而且是原封不动的,那么我们再说研究它就变得枯燥无味,甚至被人们认为不过是在充胖子罢了。

对于人性的研究我或许是第一人,但我不是为了出名而选择这个不热门的学科,仅仅是因为我对这个学科很有兴趣,而且随着时间的推移,我发现它越来越有趣,深陷其中不能自拔。希望读过我这个作品的人能够思考一下自己的行为,然后修正自己的世界观、道德观和价值观,因为这只会对你产生好处。我从来不会为了某些利益而说假话,我在书中引用的例子都是真实存在的,当然例子衬托的人性也是真实的存在。我很庆幸自己选择了这个课题,让我知道各种人性,然后抱着宽容的心去包容别人的缺点,赞誉他的优点。但由于研究这个课题的人不多,而且参考资料很少,可能我论述的有些观点会互相冲突，但这也是人性的真实表现，因为人是一个矛盾体，虽然很多时候行为都会存在常规性，但在某些情况下他会表现出从未表现过的人性。但这一切都不会影响我们对他的判断，毕竟我们都是通过一个人的日常行为对他进行评价，对于那些偶然事件我们最好有选择地忽略一下。

人们很喜欢评论作者们的作品，而且很多时候都会融入自己的主观意识，不能客观地加以评价。但一本好书之所以被人们广泛接受，它肯定有其独特的价值。而且能够写出有价值作品的人绝不是泛泛之辈，是值得我们学习的人。

我的作品的描写方式和我的性格很相似，所以阅读我作品的人不能单纯地只看我的作品就对我和作品做出评论。如果要更深入地研究作品，我建议读者们先了解我这个人，只有了解我的作风才能更好地了解我的作品。

我做事都是凭着良心去做，很少感到后悔。我的每一句话、每一个举止、每一个行为，都是深思熟虑的结果。既然我当时当刻已经考虑清楚，我就不会事后反思这个行为。无论结果怎样，我都会接受，所以我从来都不会为某些已经发生的事情感到后悔。

罪恶之所以被称为罪恶，是因为它经常与人的善良行为背道而驰。我们都很讨厌犯下罪恶的人，因为能做出这样行为的人绝对是一个没有羞耻心的人，如果一个人能为自己的行为感到羞耻，那么他绝对是一个有良心的人。很多人都会被社会风气影响，风气是指人们在社会生活中普遍存在的行为。善良的风气是一种好风气，它能使国家保持稳定，也能使人文精神得以丰富和发扬。但如果社会被罪恶的风气笼罩，那么国家的生活环境就会十分恶劣，甚至严重影响国家安全。所以我们要学会倡导良好的品质风气，遏制道德败坏的罪恶风气，这样我们才能安心地生活。另外，我们要有自己的主见，不要随意跟风，只要自己认为正确的行为就努力坚持。我们只为自己负责，别人也是这样，所以不要因为别人而改变自己的理念。

人们很喜欢评价别人的行为，但能给出中肯评价的少之又少。就像我的朋友经常评价我，我也不是那种顽固自负的人，如果他们说得正确，我愿意听取，但很多时候他们看到的只是表面的我，从来没有深入地探究过我的本性，然后就根据表面现象对我加以评价。幸好我是一个比较有主见、一个有自知之明的人,能够判断他们的评价是否有所欠缺。说句老实话,如果我按照他们的评价去改变自己的行为和本性,我就不会顺利地把这个作品完成,更不可能在晚年的时候还能对它加以修正。所以,我们要通过研究人性去了解自己的性格特点和心理特质,这样才能有的放矢地行动,才能不偏不倚地完成自己的任务和人生目标。因为人们只关心自己,很少深入了解别人的思想,都是从表面的现象对你进行评价,能准确评价你的人只有你自己。

你应该坚持运用自己的判断力,人的道德和罪恶意识举足轻重,丧失了这种意识,一切都将毁于一旦。

——西塞罗

但每个人性格的形成都是经过时间的沉淀的。它和习惯有点相似,一旦形成如果想改变就显得十分困难。我们不过是社会的一个个体,对于大部分人都拥有的特质让我们很难保持独立。独立思考、独立行动、独立面对困难,这一切都显得非常困难,所以就会出现表里不一的情况。有几个人能够在人前人后都保持良好的品质,相信不多。有的人在人前很善解人意,在人后却十分自私暴躁。我们不要因为"人后"没有人看到和约束就胆大妄为。因为时间一长,你的这些特质就会表露无遗。有的人为了规范自己的行为从来不会让自己一个人独处,就像阿热奇拉斯即使独自去游玩,也会寄宿在教堂,让上帝监督自己的行为。

在社会生活中这种现象十分常见,就是与自己十分亲近的人从来不会觉得我们很有能力,似乎每个人对别人都有一种偏见和嫉妒。但当这个人的能力被那些日常与他没有交集的人发现后,他很快就会被远方的人们熟知,知道原来加斯科尼有这样一个人物,不但能力超群而且眼光见解都很独到。有这种特质的人通常都喜欢低调生活,从来不想惹人注意。即使他死后,如果人们不仔细查看资料也不知道他来自哪里,只知道他有某方面突出的能力。

就像一名情操高尚的官员,当他告老还乡,人们都不知道他曾经是一个怎样的人物,但他在别的地方闻名遐迩。当我们走进他的起居室,我们并不认为他有什么特别之处,无非都是一些日常用品,每个人的家中都有这些东西，唯一不同的是他的可能更简陋。怎么看都没有一点过人之处。就像亚里士多德所说，人们在日常生活中保持较高的情操比担任重要国家职位时更难，这也是最能体现一个人优秀特质的最好方法。所以很多时候，我认为苏格拉底的生活方式比亚历山大大帝要好得多。因为亚历山大大帝是最高的统治者，无论生活上有什么需要都有人为其解决，他只要履行好自己的职责就可以了。但苏格拉底的生活朴实无华，只按照最基本的条件生活，却很崇尚精神。所以如果说到军事才能和谋略，苏格拉底与亚历山大大帝根本没法比，也比不了；但如果说到柴米油盐，亚历山大大帝就只能对苏格拉底俯首称臣了。所以，我们看到问题时不能光想着它给我们的印象，只有走进它，走进它的实质，我们才能客观地对它做出评价。对人也是一样，只有走进他的生活，了解他的精神，我们才能不伤自尊地客观评价他。

每个人都有自己的天性，那些具有良好天性的人如果受到常规的引导，他会表现得越来越好；但对于那些本来就邪恶的天性，我们要有技巧地加以引导才能让它修正过来，但绝不能强制地引导，这样的话往往都只会适得其反。我们要学会了解自己的天性，然后有目的地对它加以引导，不要认为掩盖它、逃避它就能解决问题，因为它往往存在于我们的潜意识当中，一旦受到外界环境的诱导它就会露出本性。所以我们要把这些修正行为变成习惯，只有这样才能降低它对我们人格的损害。所以我们必须学会根据本性的特点对它进行引导，否则无论我们受过多少教育，生活的经验告诉我们这些行为多么可耻，但我们的内心都很难遏制这些行为的发生。我们要不断地增强自己的意志力，然后学会有意识地克制这些行为。只有这样，我们才能让自己的行为符合道德。

做任何事情我们都应保持理智，更不要因为一些坏习惯而让自己面对类似事情时变得迟钝。就像前文提到，一些恶习一旦成为习惯，人们就很难改正，甚至意识不到它的存在，只为一时的快感，毫无节制地重复相同的动作。即使你自己觉察不到，但你身边的人多少会面露难色，难道我们没有眼睛吗，没有思想吗？所以不要为自己找任何借口，该遏制的就应遏制，就像我们残酷的本性。

在阿尔马尼亚克有一个人年幼的时候生活十分艰苦，为了填饱肚子他很喜欢偷附近居民的东西，久而久之他成了当地最富有的人。但物质的富有比不上精神的富有。他为了向上帝赎罪，经常帮助那些他曾经偷过他们东西的人，甚至交代自己的后代要把这种行为世世代代延续下去。从这个行为可以看出，他也认为偷窃别人的财富是一种可耻的行为，但相较贫困的生活，他宁愿违背良心，选择这种丑陋而快捷的方式去解决自己的生活问题。

　　说到我自己，我不止一次谈及自己是一个率直的人，喜欢干什么就干什么，从来很少理会别人对自己的看法。当然我是一个有理智的人，做事的底线很清楚，只要事情触及我的下限我就会立马抽身，我不允许自己做违背良心的事情，无论它对我多么有利益。

　　有些人把恶劣的本性重复了一次又一次，但从来不会总结经验教训，从来不认为这些行为恶劣，也从来不认为自己这样做有什么不对。所以至于这类人，这些本性已经是他生命的一部分，他们不想改变，一旦改变他们反而觉得不适应。难道这就是他们的追求吗？我很难理解，甚至觉得不能原谅。人类有自己的主观能动性，能辨别事情的好坏，也能控制自己的行为，但重复这些行为的人就好像没有头脑一样，一次次地让身边的人觉得讨厌。如果不能按照教育的道德标准去改变自己的行为，至少行动时能用脑子权衡一下利弊再出发，但好像他们连这一点都做不到。我十分鄙视这种人，认为他们甚至不能称为人。

　　前文说过我很少为自己的所作所为感到后悔，因为我很清楚自己的能力，从来不会苛求自己做一些力所不能及的事情，我不过是芸芸众生中的一员，不特别耀眼，也没有光芒。如果有人说我为自己成不了亚历山大大帝而后悔，我一定会直言他在诬陷我。因为任凭我怎么努力，我的能力都不会达到他的高度。要我辛苦地踮起脚跟，我也不太愿意。因为我只喜欢做能力范围内的事，只要我想做，而且也在能力范围内的话，我不用任何人督促也能把事情完成得非常完美。或许你们觉得我这样说有点自负，但我只能说你们只看到我表面，从来没有走进我的内心，我内心的力量通常都比较澎湃，有时连我自己都控制不住，当然我的理性能把它制服。现在我已年迈，但每次回忆自己年轻时的行为我都不后悔，当然那时我的行为和思想都比较稚嫩，这也符合我当时的能力。

　　认真回想起来我错过很多经历，如经商、出海、游玩，但我都不感到后悔，即使回到从前，我的选择也还是一样的。因为我当时的能力让我只能拒绝这些貌似很好的经历。我从来都不会用自己现时的标准去评价过往的事情，因为随着生活阅历的丰富，我虽然保留了很多一直都具有的优秀特质，但有一些已经发生了变化。所以如果用现在的标准去评价过去的事情就欠公平了。我从来都不会希望时光可以倒流，我很珍惜自己的每一分每一秒，从来都不想浪费任何事件。所以我的每一次经历都是真切的经历，也因为有过往的经历才造就现在的我。如果真要时光倒流去改变什么，或许我就不是现在的我了。我甚至不敢想象自己会不会变得很低劣。所以，我从来都不后悔曾做出的任何决定，因为它通常已经是最优的选择。

就像福基翁曾经向雅典人就某件事情提过建议，但他们没有采纳，事情还是进展得很顺利。于是有人嘲笑他有没有觉得自己多此一举，面对嘲讽，福基翁心平气和地说："没有，我很高兴事情能这样圆满解决，但我不会为自己提过建议感到后悔。"

我是一个比较有主见的人，很少会询问别人对某些事情的看法，即使真是实施了这样的行为，也是出于礼貌要这样做罢了。我有自己判断事物的标准，很少受周围事物的影响。我只为自己的行为负责，尤其在处理公务时我一定会坚定不移地相信自己的能力，按照客观情况去判断事情的真伪。我不喜欢别人因为个人利益而对我进行煽动，意图影响我的判断。我想说无论你们在我耳边说过什么，我都是聋子，什么也没有听到，我只知客观的事实。或许正因为我的这些特质，让很多人都觉得我难以相处，甚至不想靠近半步。如果真是这样我会不胜感激，因为对于公职的任务我宁愿独来独往，不受任何人影响。

随着年纪的增长，我发现自己的体力越来越差，但我不允许这些因素成为我生活的障碍。我依然喜欢文学，从来不想因为精神不集中而放弃这种高尚的兴趣。对于文学和人性的研究，我不认为有任何因素能够阻挡我对它们的追求。但生活中，很多人会为不做各种有益的事情寻找借口，为的只是一时的闲逸。但闲逸过后你又得到什么呢？身体更健康吗？精神更高尚吗？食欲更好吗？我现在就身处其中，但我从来都没有因为闲逸得到更多的东西。反而是不断地阅读、调查、研究让我忘记了自己的年龄，忘记了身体的疾病，也忘记了某些苦恼的事情。通过这些行为，我的老年生活十分丰富、十分充实、十分愉悦。我应该感谢上帝，赐予人类这样的头脑，赐予我良好的本性，让我保持理智，不断追求自己喜欢的事物，不用为琐事烦恼。

我个人认为烦琐的事情比简单的事情容易处理得多。很多时候事情看似很复杂，但只要你认真思考、认真挖掘，你会发现它的本质不过如此。所以我们不要把问题放大，而要学会独立思考、独立生活，这样你会发现自己是多么的悠然自得。我很喜欢自己现在的生活状态，每天沐浴着温暖的阳光，感受着书海带给我的清风；每天都乘着小船迎风破浪，又或者闲适地欣赏周围的风景：高山、流水、绿树、红花……所有这些都让我十分陶醉，甚至忘记自己所处的环境不过是一间简陋的书房。当然老年的我不可避免地患一些常见疾病。但我从来都不认为自己的身体有毛病，每天都有节制地遵守作息时间，注意饮食和休息调养。因为我也很珍惜自己的生命，也想在浩瀚的书海中多游玩几天。我十分珍惜现在的时间，每天都以最好的心情迎接朝阳。我不会像安蒂斯坦纳那样只求幸福一死，相对于死的幸福，我比较喜欢现在生的乐趣。只要能够每天这样愉悦地干自己喜欢干的事情，享受空气对我的触摸，即使要我难受地死我也愿意。我很感恩，能够每时每刻都感受到生命的存在，做着自己力所能及的事情，这是上帝给我的最好礼物。

而且，随着年纪的增长，我的行为越来越规范，我的道德观、世界观、价值观已超越常人的高度，我心灵的造诣越来越成熟，来不得半点瑕疵。

现在的我对很多事情都有自己的见解，不会像年轻的时候因为经验不足而做出错误的决定。我很庆幸自己犯过的错误不算太多。而且我也越来越明白事理，从来不对别人的行为乱加指责。因为每个人都有自己要经历的东西，命运掌握在他们的手中，无论我怎么帮忙，都很难纠正他们该运转的轨道。每个人的生活轨迹都是独一无二的，如果我们过多地参与只会让在路上的人觉得我们有点不可理喻。所以，我虽然也会关注他们，但很少主动对他们的行为进行评论，因为我不想被他们认为太唠叨，太爱管闲事，即使我并没有恶意。我也很喜欢现在的年轻人，他们很多都能够认真规划自己的人生，从来不用别人担心太多，即使犯了错误也会认真地承担，不为别人，只为自己能够更强大。

我越来越老了，虽然我有意识地遏制它侵占我的身体，但我感觉自己越来越力不从心了。

第三章 谈三种关系
——最优秀的人是那些善于应变的人

我们做事切忌墨守成规,故步自封。我们要根据不同的情况说出不同的话、做出不同的行为,这样才能比较好地适应社会,最优秀的人是那些能够随机应变的人。

如果上帝让我按自己的标准去塑造自己,我会选择拒绝,因为喜欢没有标准的自己,而且我希望自己能够保持头脑灵活、随机应变。当我听到别人谈论一些小话题时,我总是围绕这些话题浮想联翩,而且偏离他们谈论到的问题越来越远。我有时很想制止自己,不要总喜欢高谈阔论,但越想制止就越难控制,甚至久不能寐。我的脑袋好像总处于运动状态,如果叫它参加长跑它绝对能够夺冠。或许这与我长期思考人性、研究人性有关,它从来都不会主动停下来,即使停下来我也不能获得安稳的休息,甚至精神状态会变得更差。所以,我宁愿让它随意发挥,喜欢想什么就想什么。或许因为我放任它,让它自由自在,导致它激发的灵感有时甚至让我怀疑是不是从自己的头脑里想出来的,我喜欢这样的我。

他们认为,生命就是思想。

——西塞罗

能体现我是一个有生命的人,莫过于我的头脑的好动。它总是很喜欢思考问题,无论遇到多么陌生的课题,只要它一碰上,就不能自拔,就像久未看到母马的老公马。那种激动、澎湃的心情可想而知。我虽然是一个没有记性的人，但这个缺点从来都不会影响我喜欢思考问题的习性，能够随心所欲地思考是上帝赐予我的福祉。

虽然我很喜欢思考，但我不喜欢平淡无味的话题。如果这个话题不能吸引我，我就会表现得很不耐烦，就像小孩子看到没有新鲜感的玩偶一样，转身就跑。这种做法是有点不礼貌，但我就是这样，从来都是表里如一，即使想掩盖这种情绪也会不自觉地打起哈欠。我的这些行为经常被那些不了解我的人认为我有点愚钝，他们都不太喜欢和我这种人交往。这就造成我与他们交往显得十分困难。我知道自己要改变一下这些习惯，因为社会生活是一种群体生活，必须和其他人保持和谐，我们的生活才会有点乐趣。但很多时候，我都很难控制这种行为，如果可以选择我当然想随心所欲地过日子了，做自己喜欢做的工作，看自己喜欢看的书，参加自己喜欢的活动。这一切看起来很美好，却很难实现。就像我是一个从事公职的人，如果不用帮其他人处理公共事务，那么设置我这个岗位来干什么。与人相处、与人打交道是我们活在这个世上不能避免的行为，我们要学会根据情况来与人打交道，不随便伤害别人的自尊和人格，要学会尊重别人。至于我经常不被别人理解，我认为是理所当然的，谁让我在某些事情上那么刻板。

我将朋友分为两种：一种是普通朋友，一种是亲密朋友。普通朋友是那种我不得不和他打交道的朋友，对于这种朋友我戴着面具，有点虚假，甚至有时会迎合他们；而亲密的朋友因为他们很了解我，所以我在他们面前肆无忌惮，喜欢说什么就说什么，喜欢做什么就做什么，而且很喜欢与他们交心、谈论一些学术问题等。因为我的性格使然，我很少有亲密的朋友，所以生活有点枯燥乏味。

我很喜欢那些懂得根据人的不同特点选择不同话题的人，他们会和农民谈论庄稼、谈论收成；会和法官谈论最近的犯罪率和比较出名的刑事案件；会和老师谈论学生最近喜欢什么、对什么学科比较感兴趣，等等。他们的头脑很灵活，也能随机应变，不会故步自封，无论走到哪里都很受别人的欢迎。而我在这个方面就表现得太差了，连自己都为此感动悲哀。

不过虽然与人打交道我欠缺技巧，但我会尽量放低自己的姿态，根据他们的特点来决定谈话的深度。即使我很有学问，我也不喜欢高谈阔论，我认为随意卖弄学问的人是没有礼貌和不道德的，我在这个方面尽量放低姿态，好让人们不认为我太高傲而影响日常事务。

斯巴达人是好战的民族，一说到打仗就会群情汹涌、热血沸腾，他们应该遏制一下这种过分高昂的情绪。但其他民族很讨厌打仗，只要涉及战争人们的情绪就会很消极，需要使用各种方式才能激发人们的激情。所以，面对不同的人、不同的情况，我们要学会使用不同的姿态。即使你想显得高贵也必须在那些懂得高贵标准的人们面前显示，而不是那些认为高贵是矫揉造作的人面前。就像一个在农民面前夸耀自己某个学科成果的人，农民不会知道他到底想说什么，这就无异于对牛弹琴。所以，必要时我们要收敛一下背后的光环，没必要因为他们的存在让别人觉得你难以靠近。

那些所谓博学多才的人经常在宴会间谈论自己的真知灼见，那些妇人听到他们谈话的内容虽然不能十分理解其中的论点，却使他们在朋友间有了足够吹嘘的资本。但他们的这些谈论就像脸上的胭脂水粉一样，只要用水一抹就浓颜尽去，现出自己本来的面目。妇人们总喜欢用虚假的面具来示人，或许她们觉得这样的她是最明艳动人的，我却不以为然。我认为自然才是最明艳动人的，虽然不加修饰，但至少没有半点虚假。如果这样的人再读一点有益的书，那么她们的内涵就会从身体的每个部分展现出来。这样的女人是闲适、随遇而安的女人。她们不追求虚假的东西，却很喜欢享受阅读和沉思的时间。她们不喜欢追求荣华，却喜欢研究科学。这样的女人最有吸引力，也是最坚强、最有主见的。她们从来不会被生活的挫折压倒，也从来不会听信谣言，她们会用自己的目光去判断，用自己的行动去实现和争取。所以，她们时常都表现出端庄、大方、平易近人的气质。

我很喜欢独处，因为在一个只有自己的空间里我能够肆无忌惮地做自己喜欢做的事情，谈论自己喜欢谈论的事情，阅读自己喜欢阅读的资料，研究自己喜欢研究的学科。如果我去参与那些公共活动，我会变得沉默寡言，任凭人们把气氛调动得多么兴奋，我也是静静地坐在那里。我喜欢给予别人空间，让他们做着自己喜欢做的事情，不会随便说一些让他们不高兴的话，只要他们喜欢，我是不会添加任何评论的。可能我就像别人说的那样，行为有点怪异，性格有点孤僻。但我从来都很有主见，很清楚自己在干什么，当然我也不会把时间浪费在与我行程相斥的聚会上。我有时参加这些聚会只是为了工作的需要，不是为了与别人高谈阔论、促膝长谈。我从来不求别人能够理解我，对于我来说，只要对得起良心、对得起社会，重要的是对得起自己，我就不会理会别人说我什么。我是一个怎么样的人，上帝知道，我自己也很清楚。

　　能和我交谈的人是那种比较正直、直率、实事求是的人。我喜欢与这种人交谈，这样会发现自己和他们有很多的共通点。我们没有固定的话题，说到哪里算哪里，他们的很多见解都优于我，是我学习的对象。我时常从他们身上学到新的观点，然后会有意识地记着这些观点，以备不时之需。与他们谈话除了能获得他们独有的学术见解外，似乎没有其他能让我认真学习的东西了。但我与他们做朋友，与他们交流不是为了获取知识，而是希望获得友谊。我很喜欢在宴席中观察每个人的一言一行，通过他们的言行，判断和谁可以交心、对谁要有所戒备，然后有选择性地和他们交往。我认识朋友是为了让自己闲适时多点活动，不用无所事事。或许人们觉得我有点虚假，但我除了占用了他们的时间外，也不会让他们损失什么，毕竟我选择的人通常都是和我一样的，他们都喜欢表达自己的见解，我们只不过是互相学习的关系，通过这种关系不断锻炼自己的能力，提高自己的素养。相信喜欢学习研究的人都很喜欢参与这种活动。

　　另外，对于那些优秀的、值得尊重的女人，我也很喜欢和她们交往。她们做事有主见，从来不会苛求别人为自己做什么，甚至认为自己应像男儿一样坚毅勇敢。我很欣赏这样的女人，在她们身上有一种难以言表的吸引力。但同时我们也要很小心地处理这些关系，毕竟男女之间很少存在纯友谊，再加上世俗的眼光，我们想拥有红颜知己不是一件很容易的事。要学会处理这种关系，不要因为一时的冲动导致这种关系破裂。我们必须理智地分析自己与她交往的原因，然后时刻记着自己是因为这个原因才与她交往的，这就会减少不必要的麻烦。男性是一种冲动的动物，这是众所周知的事情，所以女子面对男人的第一次表达通常都会持有怀疑态度。虽然有时知道自己不是国色天香，但至少也比上不足比下有余，但男人的共性让人很难相信他是因为爱才说出这样的话。相反，如果你有意识地远离她，甚至不再习惯性地在她身边出现，她有可能还会因为好奇去找你，甚至主动向你表白。所以很多人经常说女人心海底针、让人难以触摸就是这个原因。

有些爱是需要关系的存在才会显现出来的，就像母亲对孩子的爱、丈夫对妻子的爱等。在这些关系中人们最反感的是欺骗。这个问题一旦存在就会严重影响双方的关系，甚至会瓦解。所以我们必须真诚地维护这些关系，这样我们的精神生活才会丰富。有人经常说动物之间的爱不如人类之间的爱，但我经常看到母狗一边喂奶一边抚摸孩子，母鸟为了让孩子填饱肚子不惜飞往远处，然后不断地重复这个动作，即使筋疲力尽也在所不惜。这些行为不亚于人类，甚至高于人类。所以当我们爱上一个人，我们要学会尊重他、体谅他、理解他。不要只想到自己的需要，必要时还要站在他的角度思考问题，这样我们才能获得相应的尊重和爱。

　　对于人们追求的爱情，不同的人喜欢不同特质的人。像提比略国王喜欢对自己千依百顺，但不失高贵，同时品性又要良好的女人；而名妓弗劳拉也不是只要是雄性动物就喜欢的，她非常挑剔，只喜欢那些身居要职或家财万贯的男人，如果其他男人要求与她交欢，她会果断地拒绝。而我就比较喜欢能够与我精神交流的女子，否则我觉得她们没有任何吸引我的地方。当然爱情这个东西不是说单纯的物质或精神就能吸引对方，无论对方在某方面多么吸引自己，如果没有产生化学反应的话，对方会觉得你的行为很无耻，甚至不想再与你交谈。另外，我们还注重视觉和触觉的享受，如果二者缺其一，都很难维持关系。

　　以上说到的人际关系和爱情关系是这个社会普遍存在的关系。前者因为社会或者自身的原因，最后都会变得疏离，很少人能一辈子交心，只要离开某个空间这种关系就有可能不复存在。而后者经常会由爱情关系转变到夫妻关系，经过时间的洗礼还会变成亲情关系。当爱情的激情退去，这种关系就会变成平淡的关系。但人是一种比较喜欢新鲜事物的动物，以上两种关系都经不住时间的考验，即使经得起时间的考验也会变得平淡无味，不会给我们的生活添加多少色彩。所以我发掘了第三种关系，就是阅读。我不知道别人认不认同这种关系，但我的平淡人生就是靠着这三种关系增添色彩。而第三种关系也是我最喜欢的关系，它不会要求我察言观色，不会要求我为柴米油盐奔波，只会让我的心灵找到栖息的港湾，让我能释放一天的疲惫，而且它能帮助我武装自己，使自己面对问题时更加理智。也为我提供无穷无尽的谈资，使我的话语不再空洞乏味。现在我年纪大了，发现这种关系是我的精神支柱和寄托，它的存在让我的晚年生活丰富多彩。

　　书籍的存在使我的精神时时刻刻都处于兴奋状态，我一时读读这本，一时读读那本，然后好像过了一会儿就天黑了。我时常觉得自己的私人时间不够用，很希望尽快结束一天的工作，然后跑到属于我的空间——书房，去看我喜欢的书，去了解我想了解的问题，然后思考我想思考的事。在书房的时光是我这一生最快乐的时光。我并不是要逃离些什么，只是我太喜欢阅读了，在书海中我不但没有迷失自我，反而对自己了解得更透彻，看待事情能够更精准。我不喜欢在书房的时间有人来打扰我，包括我的妻子、我的子女。我想静静地享受这一切，所以他们有时会抱怨我为什么要结婚，为什么要把他们生出来，索性和书房结婚，当书房是子女就好了。我虽然很想笑，但如果真可以这样，也没什么不可以的。

　　我的书房在顶楼，它能把家中的事物一览无遗，只要我想知道他们在干什么，我从窗外眺望就可以看到，但相对于他们的风景，我的眼睛还是比较喜欢书房的风景。我曾经想重新装修我的书房，尤其是向南的那一条我每天必经的走廊，我本来想把它变成画廊，但后来考虑到这里比较高，而且房子已经很多年了，经不起铁锤的敲打，所以就放弃这种想法了。因为我不想我的精神场所受到什么损害，否则我不知道自己还能从哪里腾出一层楼作为书房了。

　　由于经常把时间用在书房，导致我的体力不是很好，有时甚至影响我读书的精神，虽然很快被书中的内容吸引过来，忘记身体的毛病，但如果不能拥有健康，我还有什么资本去读更多的书呢？所以每项活动都要有所节制，不能过分地进行。

　　这就是我的三种社会关系，它们不断地充实我的生活，让我不敢有任何怠慢。

第四章 谈移情分心
——转移注意力是一种与人接近的好方式

我曾经受人所托劝慰一个十分伤心的妇人。我第一次做这种事情，没有半点经验，不得要领。刚开始的时候，或许因为我总是围绕这件事情来劝服她，她好像觉得我清楚这件事情对她的伤害，反而越哭越伤心，而且越来越大声，令我不知所措。后来我想起一个关于医生的事例，他们面对被病魔折磨得很厉害的病人时，不会说关于病情或者这个病的特点的话，而是对他们有这种状况表示理解，让病人觉得这个医生非常有人情味，能设身处地地为他们着想。最后他们就会说一些与这个病人无关的话语，成功地转移病人的注意力，让他们对治疗重拾信心。然后我就尝试先对这个妇人说点这种事的影响，看到她认真聆听，然后就说一点生动有趣的事情转移她的注意力，让她慢慢从伤心事中抽离出来，最后这个妇人不再哭泣了，然后感谢我陪伴她这么久，还让她恢复轻松的心情。

在生活中，这种事情比比皆是，人是一种自怜的动物，一旦发现有旁观者时，他们会把这种情绪放大，以引起别人的关注。面对这种情况我们要么置之不理，要么想办法转移他们的注意力，如果不这样做我们会整天听到这些痛苦呻吟的声音，甚至有时让你心烦意乱。

安贝尔库是列日城的城主，面对勃艮第公爵的包围，不得不与其签订和解协议。谁知道勃艮第人认为协议有失公平，组织群众前来闹事，说如果安贝尔库不重新修订协议，他们就会攻城。为了城中居民的安全，安贝尔库派出两名使者去和这些野蛮的勃艮第人进行谈判，希望通过优厚的条件去安抚他们汹涌的心。最后这两名使者成功地完成任务。但数日后这些勃艮第人看不到任何新和约，然后又组织人马到列日城闹事，最后安贝尔库不得不故伎重演，再次成功地转移了勃艮第人的注意力，为自己的战略赢取了时间，最后保住了列日城。

阿塔朗特是一位十分漂亮的女孩，而且很有智慧，当地的很多男子都拜倒在她的石榴裙下。但这也严重影响阿塔朗特的生活，最后她决定举行一场赛跑，如果有一位男子的速度比她快的话，她就下嫁于他。虽然男子们都没有必胜的信心，但都蠢蠢欲试。有一位叫伊博梅纳的人，他很喜欢阿塔朗特，希望娶她为妻，但如果要取得胜利，必须要运用一点技巧。最后他想出了一个办法，在比赛当日，他用尽全力追上阿塔朗特，然后故意丢下一个金果子，阿塔朗特果然被金果子吸引了目光，顿时停下脚步，拾起金果子。然后伊博梅纳继续故伎重演了两次，最后将阿塔朗特远远地抛在后面，赢得美人归。

所以，转移注意力不但能用于安慰别人，还可作为取胜的战略，让自己赢得时间或时机，最后一举打败敌人，达到自己的目的。这种方式比任何方式的成本都要低，只要我们能够开动脑筋，那么我们就有获胜的可能。

还有一种方法是常人难以做到的，这基本出现在比较优秀的人物身上，就是他们在面对死亡时，仍然能专心做事，很少会被死亡吓到。就像苏格拉底面对死亡时并没有表现焦虑，仍然像往常一样做着自己喜欢做的事情，似乎法官从来没有宣判过他死刑一样；埃热齐阿斯的徒弟也是一样，为了遵守老师的教训，宁愿滴水不进，好像死亡不是生命的终结，而是重生的机会，只要用平常心对待就可以。这样的事例很多，他们不会像那些敢为不敢当的人那样，只要感到生命受到威胁就会立即举手投降，以为这样就能获得原谅。实际上，这只会加快死亡的速度，如果上帝真是怜悯你，会让别人永远都捉不到你。而那些勇敢的人好像早已经预料自己会有这样的结果，每次听到宣判都面不改色、心如止水，即使看到行刑的刀具离自己的脖子越来越近，他们也不会露出半点惊恐的表情。

尼热将军受内隆将军之命处死絮布里尤斯·弗拉维尤斯，絮布里尤斯·弗拉维尤斯平静地跟随侍从走向断头台，看到凌乱不堪的刑台他不自觉地吐出一句："连刑台都搭不好，一点军纪也没有。"然后嘴角带笑地对尼热说：

"希望你能一次就成功。"谁知尼热把动作重复了三次才完成任务。又像那些在战争中即使带着武器也会牺牲的战士,他们从来没有想过自身的安危,只想保卫国家,因此视死如归,奋勇杀敌,即使成为鬼魂也在所不惜。

希拉努斯[1]被判极刑,当他看到行刑的是一位不值得尊重的人时,就不自觉地愤怒起来,因为他不想死在这个没有道德的人手中,就带领自己的部下勇敢地反抗,最后竟然成功突围。很多人面对死亡都很少把注意力集中在死亡这件事上,而总是想到其他与之无关的事情,如孩子怎么办、母亲怎么办、没偿还的债务怎么办,然后把剩余的时间都用在处理这些事情上,忘记了离死神越来越近这一事实。

即使是先哲们也很少详细地描写死亡,很多时候都只会像水过鸭背地说一下,就像哲学家芝诺说的那样:"任何痛苦都不体面,但死亡却是荣耀的,一点也不痛苦。"他们无论多有学识,都逃离不了人的终点,所以死亡到来时也会像平凡的人那样去处理。

我曾经为了劝服一位亲王打消复仇念头想了很多办法。对于怒气冲天的他我知道绝对不能再在这件事上添油加醋,否则不但不能劝服他,还可能使他加速行动。最后我面带微笑地走到他身边,讲一些小故事吸引他,当然这些故事是有关宽容和与人和睦共处等宗旨的,后来不用我再多说什么,聪明的亲王心领神会,取消了复仇的计划。所以我们要学会旁敲侧击,不要一成不变,要灵活地转移对方的注意力,这样我们才能在这个方面少下功夫。就像一个男子如果突然很冲动、很想发泄,就应该寻找一些比这个更有吸引力、更有益的事情来转移注意力,这样我们就很容易把这种生理需求克制住。

我曾经也经历了一次沉重的挫折,但如果我一直深陷其中、不能自拔的话,我有可能不断消沉,甚至自怨自艾。当我无计可施时,有一个女子走进了我的生活,不管世人怎么批判我,我事实上是为了从这件事中脱离出来而利用了她。和她相处的日子很欢愉,让我忘记了哀痛,忘记了事情的锋芒。我应该感谢她,她是我的天使,在最关键的时刻走进了我的生活。

即使是遭遇其他事情,当我们束手无策时,不妨把它放下,然后让自

---

[1] 希拉努斯,罗马元老院的执政官之一。

己的心思转移到别的地方，短时间内尽量避免再次触碰伤口，否则有可能让自己再次陷入其中。当我们把心力用在其他地方时，或许还会有意想不到的收获。

上帝其实很聪明，他创造了人类，但又让人类拥有智慧，拥有智慧之余又有很多使命，使人们很难停下来，即使被这件事困扰打击了，又有另外一些事让您感恩戴德。所以我们没必要被某些事情阻碍自己的人生进程，只要认真生活，生活就会对你微笑，甚至还会让你捧腹大笑。所以，遇到挫折时没必要自怨自艾，而应该客观地分析是什么原因导致了这样的结果，然后让历史不再重演，这也是一种无价的财富。

亚西比德经常被周围的居民嘲笑，使他觉得十分不自在和懊恼，最后他生气地把自己的小狗割去耳朵和尾巴，然后带着它散步，最后人们议论的事情就变成他这只没有耳朵和尾巴的狗。这种做法虽然残忍，但至少让自己逃离了言论的峰端，让自己摆脱烦恼，无论走到哪里都不用心烦气躁。这不是我们要追求的生活吗？是的，我们都不希望有任何无关紧要的事情烦扰着我们的生活，我们都想随心所欲地干自己的事情，然后完成自己的目标。所以，不得不清理那些阻碍我们前进的障碍。

其实很多时候触动我们心灵的东西都是很细小、很常见的东西。就像普鲁塔克之所以挂念子女，是因为他们只要收到他的小礼物又或者听到他唱歌就会十分兴奋，他很喜欢子女们依偎在自己的身边。对于他们来说这些事情再普通不过了，但他们让普鲁塔克时常怀念，甚至会很忧伤。人类的情感就是这样，再加上我们有想象力，时不时会把这些所谓的悲痛无限放大。如果要遏制这些悲痛我们最好学会转移自己的情感，让自己不再因为思念，不再因为得失，不再因为自负而伤心、痛心和失心。

受到这些声音的刺激，悲痛便会油然而生。

——卢甘

我患有胆结石症，它经常妨碍我的正常生活。我经常感到自己要排尿，所以要经常去方便，但排得很少，导致腰间不断地疼痛，甚至让我无法集中精神去阅读、研究，这些都让我觉得很困扰。因此我经常因为这些间断的疼痛想到死，如果生命结束了应该就不用受这些折磨了吧。我真是懦弱，这么一点小事情就想到结束生命，生命何等宝贵，即使有痛苦也应该支撑着，然后去做自己想做的事情。我时时刻刻都不会忘记自己追求的事业、生活和理想，但面对病痛竟然这么不堪一击。除了这个事情，我还经常会被其他东西触动心灵，就像妻子的哭泣声，侍从的喊叫声、哀求声、孩童的欢笑声等，这些都会在我毫无防备时触动我的心灵，让我有点难以自控。

即使不是现实生活中遇到的事情，也会让我们的情感有点不能自拔。就像那些童话故事，一般都是描写一些比较美好的东西，浪漫的语调、哀鸣的话语、感动的眼神、怜悯的心，都能触动我们的情感，让我们回想起现实生活的种种，甚至觉得现实相对童话来说实在是太残酷，宁愿自己生活在童话世界中。在那个世界，人们通常都很有人情味，从不会消极看待问题，甚至都英勇无比，让人无限神往。这不是我们一直追求的世界吗？这不是我们希望得到的爱吗？这不是我们想要的浪漫吗？一切一切都那么完美，无可挑剔。又像成功的演说家，他们会运用声音的力量来触动人们的心灵，调动人们的情绪，让听众时而亢奋、时而哀鸣、时而叹息、时而激动高昂等。所以如果人们没有自制力，不能让自己的心绪转移到其他地方，就很容易被这些氛围感染，甚至觉得演说家简直是神，否则怎能把演说的技巧发挥得淋漓尽致。我们都不过是这样的人，因为某点事情就会让自己的注意力在这些事情上，然后忘记还有更重要的事情要去完成。

我曾经帮助德·格拉蒙运送他朋友的尸体，路途有点远，要从拉菲尔城运送到亡人的故乡苏瓦松。运送途中我看到很多人看到这个场景都会不自觉地十分哀伤，其实他们都不知道我们运送的是谁。还有一些演员，他们很清楚自己是在演戏，但因为被剧中主人公的情感感染，即使表演完毕也难以从角色中抽离，有时甚至严重影响自己的正常生活。

当我们的自制能力稍微差点，我们就很难控制自己的情绪，甚至把这些行为视为理所当然。但有一个妇人在这方面做得比较好，她的丈夫因为意外离开了人世，她虽然很悲伤，但也不忘骂丈夫的不是，后来骂着骂着就好像她的丈夫没有身亡一样，脸上只有愤怒没有悲伤。她把自己的情感处理得比较好，不想要身边的人担心自己，就要转移自己的注意力，让自己从悲伤的情感抽离，继续平静地过着自己的生活。她的心是何等豁达，这不是一般人能够做到的。也有这样的情况，当一个人死后，人们会说出一些从未对其说过的话，这些话通常都有些虚假。不过是人们为表示对他的惋惜而说出的一些客套话而已。我时常想，不能让别人在自己死后才说出这些赞誉的话，我的言行死前死后都要一致，以免自己的良心受责。

有一个人曾经问过一位守城人为什么这样认真，守得好难道会有什么好处吗？这位守城人谦虚地说道："我们有义务服务国家，守卫国家，至于那些所谓的好处不过是题外话罢了。"当第二天敌军攻打进城时，发现这位守城人不再心平气和，而是怒火冲天，好像怀疑自己这样卖力能得到什么，他十分憎恨战争，让他久久不能与家人团聚。有人说这个事情不过是个别的例子，很多人的情操都是高尚的，不会被别人的一两句话就影响了决心。但我想说或许你们可以否认，但这种现象对于大部分人都是存在的，每个人都会思考自己行为的动机，甚至会把行为夸大，让自己的心灵难以接受。所以我们经常会看到一些表里不一的人，心里明明很讨厌，却口硬地回应说不介意。但解决这样的问题可以采取转移注意力的方法，让自己的思想避开这些话题或场景，全身心投入到自己喜欢的领域，这样就能很好地摆脱那些事情的困扰。

就像有人听到动物的哀鸣以为是天象的预兆，难道地震会到来了吗？以至终日诚惶诚恐，不敢离开空地半步；也有的人梦到自己被仇人杀害，以为自己死期不远，怨天尤人，叹息生命的短暂，谁知很多天过去后仍没有任何动静，才知原来是自寻烦恼。

所以，人的心灵都很脆弱，经不起起伏。但我们要学会把握那个度，让自己从这些事情中抽离，不自欺欺人，不怨天尤人，不自寻烦恼，这样才能让自己保持生命力，让自己把精力放在有意义的事情上。

第五章 谈沟通的艺术
——训练思维最有效的办法是与人交谈

每个人都会犯错误,但有些错误威胁到别人的生命或人身安全或社会秩序就会被绳之以法,以儆效尤。我们喜欢把一些优秀的人作为学习榜样,也喜欢用影响到国家和人身安全的事例作为普法内容,教导人们要遵守国家秩序,维护社会稳定。而我也会经常犯错误,当然我很少犯那些触及法律的错误,但为免自己重蹈覆辙,我会主动地把这些事情说出来,让身边的人监视我,避免自己重复犯很多次也没有改正过来。我很喜欢承认错误,但甚少在人前夸耀自己,因为我不想自己沉浸在自以为是当中,即使那些荣耀不是常人能够触碰,我也不愿提及。因为我害怕自己会因此而停滞不前,我认为人生应该在不断地追求和不断地完善自己的行为中度过,不能满足于现状。

不过我不建议人们从智者那里学习仁德,因为我们只看到他的光环,却难以触及。所以我们应该从一些比较低劣,甚至愚笨的人身上去学习。当我们看到他们愚不可及的后果时,就会告诫自己如果不努力学习就会变成和他一样的人。就像大小加图经常说:"我们要学会从愚者身上总结经验,改善自己的行为,不要从那些圣人那里学习,因为我们有可能自以为是地认为自己已经和他一样。"古希腊有一个演奏家从来不会在弟子面前演奏,而是要求弟子去听那些徒得虚名的大家的演奏,然后让他们感受其中毫无规律,也没有韵律,甚至有点像噪声的声音,然后提出改善的办法,再按照自己的办法去实施,看看能不能有改善的效果。所以,我们不用去羡慕那些优秀的人能有如此优秀的能力,想当年他还不是与我们一样,只不过他们懂得从错误中总结，然后不断地修正学习方法，让自己取得成功。当然，坚持和毅力是必不可少的因素。

但我认为训练思维最有效的方法是与人交谈。我们每个人都是独一无二的生命个体，我们每天都会遇到形形色色的人，但无论是什么人，他的身上都会有发光的地方，这些地方不是单凭我们的肉眼就能看得出来，毕竟有时它会显得十分微弱。但如果我们和他交谈，我们很容易就会发现这些光环，而且这些光环还会让我们迸发自己的光芒，甚至看到别人越发光亮，我们就越迫不及待地展现自己的光芒，希望自己的光芒能够掩盖他的光芒。而且与人交谈时思维会十分活跃，甚至不能停下来，总是滔滔不绝地回应，当事后我们回想起来才发现原来自己的论点可以发挥得这么淋漓尽致。

当然谈话的对象决定我们思想的高度，如果你与一个口才了得而且知识和生活阅历都很丰富的人谈话，你会发现自己有很多的不足，根本不是对方的对手，然后你为了和他平起平坐就会更加努力地充实自己，让自己的才能得以充分发挥；但如果你与一个比较平庸的人谈话，你就会觉得十分无趣，甚至想尽快逃离。但有时虽然明知道自己的能力在别人之下，我还是喜欢与他争论，这时我就会说出一些意想不到的话，当然我也不知道自己有这样的潜力能说出击倒他观点的话语，每当这时我就会有意识地把这些语句记录下来，让自己反复消化，最后成为我的精神财富。

但有时我也会说出一些不自量力的话，而且有时甚至会困扰自己的心绪，最后懊恼不已。当然，每当这时我都会主动承认错误，反思自己的行为，不为别人能够原谅我，而仅仅希望能够改善自己的行为。

我能够和各种各样的人交谈，无论他们的观点是什么我都能够接受，因为每个人都有自己的世界观、道德观和价值观，有时很难说对与错，只要不违背自己的良心，一切都是金玉良言。他们形形色色的观点让我的思维大开，甚至眼前一亮，想想也真可以这样想，这个观念也不是不学无术的。凡此种种，我都会认真地聆听，但从来不会对其进行抨击。因为他们的观点很少有什么错误，只要你能想想说话者的身份和背景，你就会发现他的言语和谈吐与他的身份和背景很相符。就像有的人认为星期日是每个星期的第一天，而有的人却坚持一个星期的第一天是星期一一样，这些都没有对错之分，不过是他们头脑的反应，他们习惯的反应，只要本人觉得方便也未尝不可。所以我们要学会聆听各种各样的观点，不但因为它们是客观的存在，更因为这样能使我们摆脱固执己见。每个人都有自己的知识盲点，不能自负地认为自己一定正确或错误，只要细心听取，我们就能发现自己的不足，从而改善自己的行为，甚至让身心都获得裨益，何乐而不为呢？

所以我非常欢迎人们否定我的观点，我不会反感，也不会排斥，毕竟我也知道自己存在严重的不足。但当你否认我时，请注意你的言辞，不要好像盛气凌人地对我进行指责，相信无论我脾气多么好都会拒绝你的。像"你这个蠢人，写出来的东西就是那么乱七八糟"，这种话语我是很难接受的。所以，我很想你能够心平气和地说出否定我的话，让我静静思考自己是否真是犯错了。我很希望通过你的评论来让自己进步，发现自己的不足，知晓有多少能够进步的空间，这些都是我非常想知道的。还有，虽然我希望你能够心平气和，但不是要求你礼礼貌貌、规规矩矩、毕恭毕敬地说出来，如果这样我认为你没多少资格来否定我，因为你怕得罪我，甚至怕我迁怒你，既然这样你还是不要说好了。

没有一个争论是不存在激烈冲突的。

——西塞罗

如果你否定我的意见，而且很中肯，那么我很容易就把注意力集中在和你争论上。我很喜欢你能够把你的想法都说出来，但不要奇怪我会反对，因为我想知道得更多，也要维护我的观点，所以我一定会反问你一些问题，以至我能搞清楚自己是不是真的犯错误了。就像了解我的侍从从来不会惧怕我，甚至喜欢和我高谈阔论，在生活中我们时常对同一事物持不同见解，然后为了验证真伪我们经常会打赌。我说过我是一个生活白痴，缺乏生活常识，这个缺点让我已经损失一百五十埃居了。但除了这点钱，我没有损失过什么，却获得了想要了解的知识。

所以，只要能够学到知识，我不在乎自己损失多少东西，我经常看到知识这个家伙向我招手，甚至微笑。对于我来说它真是十分有吸引力，让我很不自觉就会走向它。我很喜欢别人大胆地修改我的作品，这对我没有害处，但至于采不采用完全在于我，毕竟我最了解自己作品的主题。不过，有些人总喜欢评论别人，也希望别人能够听取自己的意见，一旦别人拒绝他就会说出比较难听的话语，诸如"难怪你会没有前途"之类的。对于这种人我只能一笑置之，因为他的说法太主观，而且我不喜欢这样的人对我的批评，因为他的话语让我觉得他对我的评论不够客观，或许只是因为嫉妒我。苏格拉底从来不惧怕别人谈论自己的作品，他对自己的作品很有信心，即使有人刻意逢迎又或者恶意中伤都不会影响他的心情。因为无论对方说什么都是比较低劣的话语，真理总是偏向他这边。对于那些总是对别人批评意见唯唯诺诺的人，一般都是生活的弱者，他们没有主见，不分轻重，而且可以说没有自尊，他们为了逢迎别人，没有什么是做不到的。这种人和苏格拉底是截然相反的人，一个因为有足够的智慧，能够直面别人的批评意见，能够区分意见的主客观；而另一个不过像别人的玩偶一样，没有主见，无论别人说什么都是对的。安蒂斯坦纳要求自己的子女不能只和那些称赞他们的人交往，对于那些批评他们的人也要接纳，要学会有选择地交朋友。我十分佩服那些能在激辩中打倒我的人，因为他让我的思维又得到了有效的训练。

我喜欢和那些能够有序地进入主题、围绕主题不断提出新论点的人交往，因为这至少证明他是一个比较理智而且头脑十分清晰的人，尽管有时他的观点可以说一无是处。相对于那些说到哪里就争辩到哪里的人来说，他们优秀太多了。对那种毫无主题和杂乱无章的争论，我是不会浪费时间参与的，这些争论没有一点益处，甚至影响我的情绪、做事的心情。但与那些条理清晰的人进行争论，你的头脑会得到锻炼，甚至让它不断灵活地应对新论点，这些都让我越来越活跃，精神越来越抖擞，眼界越来越开阔。

我们很难和那些没有水准的人争辩问题，就像那些自负的人总是想通过自己的理论来改变我们的行为，但因为他们的知识和能力都不如我，我肯定不会接受他的那些所谓优秀的建议。

当我们和一些没有条理、没有控制力的人发生争论时，双方很容易就会变成敌对的关系，然后互相攻击、互相打压、互相嘲笑。这样我们的损失就会无限放大，不但错失了一位朋友，还会严重影响自己判断事物的标准。由于恼怒，我们的自制力会越来越差，行为会越来越偏激，甚至到最后连自己都在怀疑，我究竟是不是我。所以柏拉图在《共和篇》中建议缺乏知识和能力的人最好不要参与任何辩论活动。

能够和那些有条理的人发生争论是我们的幸运，因为无论他们和你怎么争论，也会不失条理，甚至不失和气，他们总是很耐心地说出自己的看法，从来不会强迫你去接受什么，而且从来都不会跑题，无论时间过了多久，他们的头脑都十分清晰，知道自己在做什么、说什么，这样的人是值得我们深交的人。但有些人不知道是因为能力不足还是脾气暴躁，只要一与人发生争论，就像脱了缰的马，东奔西走，完全没有目标、没有方向，甚至让人觉得十分疯癫。如果这些人坐在一起谈论问题，一定会跑题，然后各自说自己的观点，也没有心情聆听对方的话语，甚至他们的心灵距离会越来越远，让旁人觉得十分莫名其妙，因为一个面向东边、不断地从口中射出子弹，但没有目标；另一个除了方向不同、子弹类型不同外，其他都和向东这个人如出一辙。这种情景想着也觉得好笑，当大家都说完了，却不知道对方说了什么，甚至忘记大家是因为什么才争论起来的。这个结果还算比较好，起码他们还能够相处。但有些人一旦发现别人想的和自己想的不一致时，就会盛气凌人，然后指桑骂槐，直至对方也被激怒，最后一发不可收拾，互相攻击，甚至动起手来，双方都撕破脸皮。这种争论和我们说的吵架应该可以相提并论吧。我认为他们都太自负了，而且没有自尊心，一个真正懂得真理的人，从来都不会让自己参与到这种争论中。

知识是从好奇、怀疑开始的。当我们想了解一个问题，就会对这个问题产生疑问，然后抱着好奇心去探索，希望能够找到真正的论点，让自己获得知识，然后从了解到理解，最后把知识变成自己的精神财富。

学习知识的方法我们要从智者身上去学习，不要随意被别人的意见左右，要有主见，这样才能顺利地获得知识。就像那些语言很锋利的妇女，她们很喜欢对别人进行品头论足，但话语十分没有分寸、十分失礼，难道我们能从这种人身上学到知识吗？相信不能，因为她们连自己的行为举止都十分不得体，知识会选择在这种人身上停留吗？另外，还有学校中的某些老师，我不是说他们没有知识，但他们确实没有智慧。他们很喜欢思考，头脑也聪明，对于教学却不得要领，从来不会教导学生怎么去学习、什么方法最佳，甚至不会思考要怎么表达学生们才会从中学到知识，进而理解知识，只会拿着书本在那里大声朗读内容，我相信没有多少人愿意听他们朗读，因为大部分都是正常人，他们有眼睛，可以不用劳烦你。

但知识也不是每个人都能处理好的。我们只要学习过都会识字，但人的理解能力有差异，不同的人学习知识的能力不同。对于同一个问题，有的人不知道问题的中心，因此时常不能准确地回答问题；有的人看到一半就知道问题在问什么，心中也有最佳答案。所以即使学习条件相同，但人的智力不同也会导致知识的掌握程度不同。就像一个不喜欢阅读文字的人，如果你经常强制他看书，甚至背书，他们虽然口头答应你，但你会发现这些事情会让他们十分烦躁，甚至越来越迟钝。但如果你要求那些头脑灵活且有主见、有自己独到见解的人去做这种事，他们会觉得很容易，甚至觉得你的安排有失妥当。知识能改变命运，这句话我们在生活中经常听到，特别在那些困苦的家庭，这句话更常见。事实上很多人确实因为知识改变了命运，至少能开阔自己的视野，让自己的头脑不闭塞，明白事理。

学习真理应作为人生的追求，我们运用自己学过的知识去打败对手不是一件值得高兴的事吗？还有比这更高兴的吗？就像柏拉图和色诺拉的作品很少写人物的故事，他们通常会写人物本身。他们的行为习惯、举止、思想等，这些都反映一个人的世界观、价值观和道德观。我们看待事物时不要从事物的表面现象出发，要学会探究它的实质。这或许要花很多时间，但随着生活阅历的丰富，你会发现这些时间花费的是有价值的。德谟克利特说："我们要学会把真理表露无遗，不要把它当作收藏品，否则这只会浪费你的发现。"每个人都有自己的人生追求，我们要学会追求一些对自己有价值的东西，不要追求那些玩物丧志的东西。所以，无论做什么事情我们都要弄清楚自己想知道什么，什么东西能提高我们的能力、能对我们有所裨益。就像我读一本书，我比较喜欢了解作者的写作方式、写作技巧，内容还在其次。听别人说话时，我比较喜欢留意他说话的方式和条理，但很少理会他说话的内容。研究一些名人的作品时，我不是要把他作为人生的榜样，而仅仅因为我想认识他这个人。

不管你在我面前说什么我都不会介意，但我希望你能把握重点，而且有条理性，不要东说一点西说一点，这样会让我感觉很不耐烦，甚至不想与你交谈下去。我曾经错过几次比较大的买卖，并不是我不知道我的收益，而是与我商谈的人令我十分厌烦，说了一大堆废话也说不到正题上，最后我也耐不住性子，索性说有机会再合作。不是我不给你机会，而是我让你争取机会你却不能把握，甚至让对方不耐烦，这不但是交谈的失败，更是你做人的失败。我家的一些侍从，我也很少听到他们一次就能说出重点，最后只要他们能尽职尽责做好自己的事，我就不再理会他们的其他行为了，否则我想我很难找到别人为我做事。

有人说我单凭人家的说话方式就否定别人的能力，未免有点过分吧。他说话没有条理不代表他这个人有问题啊！或许你说的是对的，但每个人都有自己容忍不了的东西，而我就会对说话欠缺表达方式的人感到讨厌，那能怎么办。或许我太注重自己的想法而忽略别人的品德，就像有人问正在傻笑的米松为什么笑一样，米松说："不为什么，只为自己。"这就是人性，当自己忍受不了一些事情时，就会先想到自己的感受。

人人都喜欢自己大便的气味。

——伊拉斯谟[1]

所以，人们对某些事情感到反感时，就应该反思一下是不是因为自己也存在这样的行为，或许正在纠正这样的行为。我们都是比较主观的动物，看到别人身上有自己容忍不了的缺点时，我们很自然就会提出，然后让这个人自己反思一下，从来也不会觉得自己触碰了什么，不过是把看到的事情说出来罢了。这种现象十分普遍，虽然不能作为自己失礼的借口，但至少我们要学会习以为常。就像柏拉图说的："当我发现别人身上有我容忍不了的事情时，时常思考我是不是在指责自己。"类似的语句还有很多，如果静下心来分析这些话语都是比较有道理的，因为在别人身上发生的事情，或许在我身上也发生着，或许我们是指责自己而不是别人。

在生活中这些例子比比皆是，就像有一位贵族经常嘲笑邻居常向人说自己的家族多么荣耀、多么受人尊敬，自己妻子娘家的背景多么显赫，让人自惭形秽。最后我想了一下这个贵族的背景，发现他自己的背景和经历与邻居十分相似，让我不得不怀疑他是在吹嘘自己的家族，然后让人们知

1　伊拉斯谟，尼德兰人，著名的哲学家，欧洲15世纪人文主义运动的代表人物之一。他是出名的教育学者，自尊自爱，喜欢随心所欲地做自己喜欢做的事情，但对自然科学方面的知识十分抗拒。

道他们所享有的特权。这种做法有点高明，因为非悟性高的人不能理会他说话的目的，仅仅以为他在忌妒邻居。

我不太赞同在批评别人时说自己也有这样的缺点，这样的话很容易被批评人反击，最后还得不到想要的效果。当然，我们批评别人时要学会真诚一点、友好一点，如果你用责骂的方式有时会让对方反感。还有，如果我们足够聪明也会感觉到自己的问题比对方更严重，这样的话你也应该在头脑里反省一下了，最好还能找到补救方法，这样我们才能尽善尽美。就像苏格拉底所说："如果有一个人带着另外两个人去偷窃，他应该主动先向上帝赎罪，然后再要求其他两个人，这样才容易获得上帝的原谅。"所以，当我们在批评别人时如能有所觉悟，那么我们就主动站出来改正自己的行为吧。

我们要学会从生活经验中总结自己的得失，然后学会分析失去的原因，这样我们才能在遇到相似问题时让自己不再损失些什么。在谈话中也是这样，如果一个人一味诉说自己经历过什么，却没有重点，那么他的话也是不能吸引人的。相信没有多少人想知道他经历了什么，而是想知道他从这些经历中得到了什么。就像那些医术高明的医生，他不但经验丰富，而且能根据病例不断总结经验，从中发现其他比较特殊的案例，然后对其进行研究，当再次遇到新型病例时他们就会不慌不忙、对症下药，这比那些只记住几个药方的医生要强得多了。

所以人们之所以进步不在于他的经验多丰富，仅在于他比别人多花了那么一点点时间进行总结，然后让这些总结成为自己的财富，日积月累，这些财富就变得高不可攀，非常人能够触及了。我们应该尽量要求自己和这种人谈论话题，你从他们身上绝对能听到独到的见解。通过与他们谈话，我们更能清楚他这个人，这样我们就会知道他是否值得我们尊重和继续交往，我经常这样做。或许你会觉得我十分挑剔，用这种方法来挑选友人，但我不得不这样做，因为人的一生很短暂，容不得他浪费太多的时间在无聊的人和事上。

我们担任一个职务，能力应该在这个职务的要求之上，否则人们就会认为你没有资格担任这个职务。每个人都喜欢观察别人的行为，也喜欢就这些行为进行评论。可以说在社会生活中属于我们的空间很少，无论走到哪里我们都会成为他们的一道风景，即使未必亮丽。所以，职务要求我们的能力在其之上是正确的，这样我们才能身心轻松地完成这些工作，而且让那些对我们加以诟病的人哑口无言。像生活中的很多人，他们有些具有音乐家的特质、有些具有哲学家的特质、有些具有某方面专才的特质，但他们的头脑迟钝，悟性极差，导致自身的能力达不到相应的要求，即使拥有这些特质也不能使他成为这样的人。做力所能及的事情，人们才会身心愉快，面对问题时才能应付自如。

  在职场中我们经常看到这样的现象，身处高位的人智力平庸，没有什么过人之处，下属很少会主动完成工作中的任务，甚至认为他的能力还不如自己，不听从他的命令。如果你要让下属折服，你的能力必须在你的职务要求之上，然后要有自己的威严，不要随便和他们打成一片，这样他们才会觉得你深不可测，才会听从你的命令。就像贵族迈加比佐斯，他到画廊拜访一位画家，但工作室的人都很忙，暂时没有时间理会他。他只能坐着不说话。但后来他看到墙上挂着阿佩尔的作品，不由自主地说出一些对这个作品评论的话语。画家听了他的话后十分愤怒："我宁愿你不要说话，刚才看你衣着觉得你很有品位，但你一说话就暴露了你在绘画方面没有一点知识，让人大失所望。"所以，必要时我们不要为了讨好别人说出一些不是自己专长的话语，否则无论你给人的第一印象多好，最后都只会让真实的你暴露无遗。

  就像国王赐予爵位或公职一样，他都仅仅凭借一个人的背景、条件、知识甚至外貌、形象等来进行评价，很少因为他的能力。因为国家的人有千千万万，但公职和爵位寥寥无几，难道要大肆举行比赛来进行挑选吗？这不但浪费时间还劳民伤财。所以即使我们说公选的制度不完善也没用，毕竟人力物力都有限。如果真要这样大肆选拔，相信这个政府的架构应该是无懈可击的。

  我们要学会避免自己从结果去判断事物的本质。因为无论结果多么辉煌，也不代表完成这件事的人多么出色。罗马人很少为战争的胜利进行庆祝，因为领战人的能力不怎么样，尽管结果不错。所以我们不能以成败论英雄，有些事情冥冥中是有主宰的，不是我们的主观意识能够改变的。就算我们的力量多么强大，对完成某件事情绰绰有余，结果却失败了，这不能在我们身上找原因，因为总有一些客观的因素制约着我们，让我们傲气尽失，甚至左右为难。每当这个时候我们只能随遇而安，即使想反抗，也会感到有心无力。这或许就是人们常说的命运，上帝很公平，让人有得有失，甚至必要时还把这些已经赐予我们的东西通过各种途径夺走，打击我们的自信，打击我们的心灵。但每件事物有果必有因，我们没必要怨天尤人，只要多加总结，或许那些宝贵的东西就会失而复得。

命运自有出路。

——维吉尔

即使愚钝的行为也有善良的结果，如果我们再次介入，只会让自己暗自神伤。所以学会平静地应对生活中遇到的困难，不要太过偏激，只要我们学会转移注意力，那么这一切根本不算什么。况且当你走进问题，你会发现自己想的什么理论、哲学都是空想，其实解决问题的方法很简单，无非是我们日常处理事务的方法和建议罢了。我们没必要把问题放大，平常心对待就可以了。

这就是生活，我们每个人遭遇事情的伤害都是一样的，上帝没有刻意让你更难过，一切都取决于你自己。所以，我们只要学会用平常心应对，然后随遇而安，那么当时间过去，我们再回过头来，那些曾经伤害我们的事情都不过如此罢了。当事情来临时，我们没必要痛彻心扉，只要说不过是一场暴雨罢了，待到雨过天晴，一切雨水都会被太阳的热量蒸发得无影无踪。

好像冥冥中有很多事情都有主宰，无论我们如何谨慎规划自己的路子，但都有很多措手不及的情况让我们失败。如果我们拥有预测的能力就好了，但造物主没有给予我们这种能力。对于军事行动我们计划得比什么都要周全，原因是怕半路杀出一些我们意想不到的事情，比面临大敌还难以对付的事情。不过我个人认为比较难以对付的还有我们自己，我们很多时候都是一个矛盾体，面对事情举棋不定，情绪易变，甚至连自己都难以把握，从而导致事情的结果偏离计划。这除了是命运的影响外，也有个人因素。

有一些国家把政权交给妇人，因为妇人很多时候都出乎意料地比其他人做得好。但有一些人说她们不过是拥有"运气"罢了。但真实的情况是这样吗？我相信不是，只是她们明白自己的使命，也没有时间顾虑那么多，随机应变，最后比那些喜欢精明规划但一成不变的人做得优秀。

在某个领域得到命运女神厚爱的人，会步步高升，而我们都会说这个人精明能干。

——普罗特

所以，个人的成败不是从他做事的过程来评论的，只有最后的结果才是人们衡量其成败与否的标准。就像一个智力水平一般的人被推举成为我们的领导人，我们马上因为他所处的位置而对他俯首称臣。无论他干什么我们都认为他精明能干、十分有霸气等。但一旦他从这个位置下来，看到原来的他，就会怀疑是不是自己眼花了，难道眼前这个胆小怕事、畏首畏尾的人是我们当时认识的那位至高无上的领导人吗？难道我们就是一直听命于这种人吗？这些现象真是很常见，人们经常根据别人的位置去判断一个人的成败，从来不会优先考虑别人的智慧。无论一个人多有智慧，如果他身处平庸的位置，甚至仅仅只是一个普通的民众，人们就会认为他和自己一样，还不是要听命于别人，接受别人的统治。有时戏剧中大人物的位置也会震慑我们的神经，以为这在现实生活也存在。如果让他们对戏剧中的这个人做出评价，他们一定会说："他说话的声音十分威严，让我肃然起敬。"但我个人很少受到这种情况影响，因为我比较喜欢用理智去判断问题，不单单从结果。就像别人问梅朗提约斯对戏剧人物的看法一样："我不喜欢这个人物，说话长篇大论，又没有重点。"

安蒂斯坦纳曾让人用驴子耕田，但这个人反驳说："很少人用驴子，它的力量不如马。"安蒂斯坦纳听后生气地说："凡事只有尝试过才知道可否，就像打仗的时候你们都任用那些所谓的军事家作为将领吗？难道不是军事将领就不能打胜仗吗？"

每个人的潜意识里都有这样的看法，这并不罕见。就像墨西哥人很敬重自己的国王，对他的任何命令都不会违抗，总认为他的想法最周全、他的方法最明智、他的精神最可嘉。但我认为客观地评论一个人，就要从他的外形、言谈、举止、做事方式方法甚至表情来进行分析评论，这样才能不带感情色彩地正确评价他，才会知道他的真正能力和智慧。

所以我们面对一些事情时，要学会摆脱自己的主观意识，不要带着感情色彩对任何问题妄加评论，这对谈话者会有失公平。况且很多比较正确的理论都出自那些平时不受人待见的人的口中。正所谓忠言逆耳,他们说出的话都很不好听,而且经常与人们背道而驰,让人们觉得这个人有点不可理喻,甚至有点疯癫。但他们往往是事情的预言者,因为他们的话语是经过深思熟虑的,否则他们绝对不会把这些事说出口,智者基本都能辨别什么话应该说出来、什么话不应该说出来。还有我们要学会对那些流言蜚语保持中立的态度,毕竟我们都没有去考究过事情的真相究竟是什么,不能轻信别人的片面之词,否则当真相浮出水面,你会发现自己很肤浅、很无知,甚至迟钝。前文说过我很喜欢与人辩论,但我经常通过他们的话语就能预测他下一步会说点什么,再根据预测想办法堵住他们的嘴,让他们感觉措手不及,然后哑口无言。但我不会因此而觉得快乐,我对他们的不堪一击感到很失望,毕竟我也不是什么老谋深算的人,但我希望他们至少能够不断地学习和研究,充实自己的力量,让对手出乎意料,来不及应对才是智者的所为。

　　还有当我们能力不足时,即使不从自身出发也要学会从对手出发。我之所以能够预测对手的下一部分内容并不是因为命运之神附在我的身上,而仅仅因为我很喜欢想他们为什么会提出这样的论点,这些论点的论据是什么,什么论点能够让这个问题露出本性而让对手难以应付。我就是有这样的思维习惯,并不比任何人聪明。所以,无论做什么事情,我们都要搞清说话者的动机,然后对症下药,才能战胜自己的对手。就像我们读维吉尔的作品,很少人能够细细品味,通常都会以偏概全,否则我们即使花上一年的时间也未必能够把握作品的精髓。另外,每个人的表达方式都是有限的,有时会受到智力因素的影响。所以,如果我们要对作品作出评论但又不被那些所谓的专家抨击的话,我们应该对作品的整体进行评论,绝对不要从某一个篇章、某一个字段、某一句话,甚至某个辞藻进行评论,如果你有足够的能力这样做我不会阻止你,但如果没有请遵守以上守则,这样我们才能避免被别人说我们无知,甚至是白痴。所以当你不得不涉足自己力所不能及的事情时,请保持沉默。

　　对于那些不能准确评估自己辩论水平的人,我们没必要帮助他,因为无论你怎么帮助他,他都会认为你很多事,插手一些不该插手的事情。人们都是这样,很少认识到自己的不足,甚至自视甚高,不能容忍任何人对他加以诟病。这也是人性的弱点之一。所以，当我面对这种人时，我很少插手他正在进行的事情，即使明明知道他的行为很荒唐、话语很幼稚。我会让他们认清自己，知道自己的不足。或许事后他们会觉得我有点残忍，但每个人都必须对自己的行为负责，不要对我说这样的话语："为什么当时明明知道都不提醒我？为什么你这样过分，像看猴子戏一样看我表演，也不制止我？"说句老实话，难道提醒你和制止你是我的义务吗？难道你没有脑子吗？自己不能辨别自己行为的好坏吗？所有这些，在我眼中都有点愚不可及，甚至觉得难以理解。就像有人要求居鲁士到战场演讲以激励士兵，让他们的斗志激昂。但单凭一次演讲就能把事情解决吗？每个人即使把错误重复了三次也不一定能够发现并改正，如果单凭一次充满激情的演讲就能打胜仗，那么国家为什么还要浪费钱财去增添精锐武器呢？索性用这些钱财去培养演说家好了。

所以，我们要感激那些在路上不时给予你提醒的人，毕竟他们没有任何义务要提醒我们，只是想我们变得更好。如果每个人都只靠自己的力量在这个世界生存，那么可以很坦白地说，无论他多么努力也很难见精彩，除非你是那些少之又少的能人异士中的一员。所以我们要摆脱自负、自满、自傲的情绪，这样才能让我们更好地融入这个社会，和谐地与人相处。即使真是有什么机会，别人首先都会想到你，因为每个人都喜欢和谦虚、谦逊的人合作，这样的人无论怎么看都不会是平庸之辈。就像有一句话："性格确定命运。"所以，我们要学会及时修正自己的行为，并不断地学习和完善，这样我们才能在竞争激烈的社会占有一席之地。

还有一种比较好的谈论方式，就是保持欢快的气氛。在这样的氛围中我们不怕暴露自己的弱点，因为人们都会一笑置之，但本人不能掉以轻心，应该及时记住这些缺点，然后反复思考，弄清头绪，改变行为和言语，这样才能对自己的未来产生积极影响。在欢快的氛围中，我们经常能够摆脱思维的局限，让自己的头脑灵活发挥，然后会冒出一些特别的灵感，这样，我们就能发挥自己前所未有的潜力，发现自己优点，然后有针对性地进行培养，或许能达到一个连自己都意想不到的高度。另外，在欢快的氛围中除了能够发现自身的优缺点外，还能心平气和地听取别人对自己的评价，无论好坏我们都很少大动肝火，反而会认真思考自己是否真有这种行为，然后在自己想不到解决方案时还能主动征询别人的意见，从而在谈论中不断认清自己、思考自己，让自己的心灵得到洗涤。

我经常碰到这种状况，就是别人让我对他本人及他的作品进行评价，我经常会反问他们对自己和作品的看法。然后再根据他们的评价进行分析和提问，让他们认清自己，了解作品的主题，从而考虑要不要做些改变，或在作品中添加些什么等。说句老实话，很多人都不太喜欢正面地评论别人的作品，因为他们十分清楚自己的能力，而且很多时候都会比较主观，甚至可能有点忌妒。所有这些因素都会让他们的评价欠缺中肯，甚至让人感觉无知。即使是我自己，也难以时刻保持客观的态度去对待别人的作品。况且很多时候有很多作品的主题我都认为很好，但它们在市场上没有竞争力，甚至遭人唾弃；但有些我觉得不怎么样，特别是写作方式和语句都不怎么样，却很畅销。所以作品的好坏不是每个人都能够准确预料的，只有当它经过社会的考验、历史的考验、时间的考验，才能知道它是否属于佳作，就像现在的很多名著一样。

就像菲利浦·德·考密纳和塔西佗[1]的作品都对助人有同样的看法，而且十分精辟："不要过分完美地帮助别人，否则别人会认为这是你该做的事情，一旦成为习惯，他就会对你有所埋怨。"又如塞内克和西塞罗对欠债也说过类似的话："认为欠债羞耻的人，只会在万不得已的情况下才会欠债。"所以，尽管他们个性不同，但对于某些事情的观点是一样的，只是表达形式有点变化，但内容的中心意思都是一致的，让我们有点难以区分谁才是这个观点的发起者，是塞内克还是西塞罗，还是另一个不为我们熟知的人，所有这些我们都无从考究，甚至没有资料可查。所以我们对别人作品的评价一定要保持谨慎的态度，不要一意孤行，否则只会贻笑大方，甚至得罪某些名家。

这就是我认为的沟通艺术，不足的地方有很多，让我有点怀疑自己有没有把论点说清楚。但不管怎样，我都已经尽力而为了。

---

1 塔西佗，古罗马著名的历史学家，在史学上的成就地位与希腊史学家修昔底德一样，而且继承了李维的史学传统和成果，并在李维的基础上有更深的延续和发展。

第六章　谈意志掌控力
——克制不好自己就是将自己租给他人

我很少被外界的事物困扰，因为我自身就有很多事情需要解决处理，根本无暇顾及别人的事情。或许人们会认为我很自私，但我不这样认为，每个人生活在这个世上，造物主早就塑造了他的角色，而且会分给他能力范围内的事情去完成。当然，一旦他变得轻浮，甚至浪费时间，他就会完成不了这些事情，甚至因为完成不了而让自己身心疲惫、心力交瘁。所以，我很明白这一点，我也不能容忍自己把时间花费在别的事情上，即使有闲余时间去理会这些事情，我也不会让自己深陷其中。因为我知道自己一旦沉醉在本不属于自己范围内的事物时，就会损失一些我不能估量的东西。对于不能预计的价值损失，我是不会随便冒险去触碰的。应该像快乐和痛苦一样，如果你不能控制好那个度，也会乐极生悲、甜中生苦。所以，应该像柏拉图说的那样，要学会平衡这两种情绪，这样才能让自己头脑清醒地去面对生活的考验。

我们要学会把自己的事情优先安排，不要一味想着别人要求我们做的事情，否则我们即使帮助了别人也不会得到什么，反而会损失些什么。就像与别人争吵，如果我一味为了争吵而争吵，那么我的情绪就会变得十分激动，而且不能自控，甚至有点疯狂。对于我的对手而言，他会很高兴，因为他的目的达到了，就是让我像疯子一样锱铢必较，甚至不可理喻。事后当你平静下来时，你才会发现当时的自己多么丑陋，甚至无脸面对其他人，这不但影响你的日常交际，而且会阻碍自身任务的完成。所以，我们无论遇到什么情况，都要学会控制自己，克制行为，尽快从无关紧要的事件中脱离，投入自身的事情之中，避免自己损失更多。我们必须明白，即使别人或其他事件不来打扰我们的生活，我们本身就足够混乱了。一切从自己出发，只为自己做事，只为自己负责，我们要谨记这些。

但有的人就是喜欢多管闲事，甚至为了实现自我价值不惜租借自己的身体，然后让承租人支配自己的身体，无论什么事情都去做，只要能够顺利地完成任务，能够让自己不停下来，一直处于活动状态，不论事情大小都去参与，不论对错只要是承租人的指示他都会尽力完成。仿佛这些就是他们的追求，就是他们想要的生活，就是他们想要实现的价值。他们喜欢忙碌，在忙碌中享受心灵的休憩，对时间和身体的挥霍却毫无止境，甚至觉得这是他们的使命，他们有必要这样做，但最后的得益人是别人，不是自己。

我个人很不赞同这种做法，我除了让自己服务自己外，很少要求别人服务于我，就如前文所说，每个人的生命都承担着一般人不能触及的担子，这个担子仅属于他个人，甚至脱离了这个人这个担子就没有意义。所以，该是我承担的事情我一定会尽自己最大的努力去承担，但如果这个担子不属于我，我是不会主动去触碰的，即使触碰也不会深陷其中，毕竟有些东西是我不能承受的。

你行走在灰烬掩藏着的火上。

——贺拉斯

曾有人提名我做波尔多的市长，但我当时身处异国，而且也没有这个方面的打算，因为我父亲曾经做过类似的职位，我看着他整天为政务愁眉深锁，而且没有一点私人时间，每天都在办公楼忙进忙出，但好像精神上十分痛苦。虽然最后得到了人们的好评，但这样心力交瘁地完成这次任务让我感到非常难以接受，甚至有点感觉力不从心。所以我很想拒绝，因为我比较喜欢从事自己喜欢做的事情，然后心灵自由、精神自由地生活。但他们告诉我国王介入了这次任职，他在众多候选人中选择了我，而且这次任职为期两年，且没有任何物质奖赏甚至薪酬，仅仅是义务劳动，赢取职业的荣耀而已。如果任期期满，有可能连任。听到这样的话语，我觉得自己没有理由拒绝，毕竟他们已经把事情说得很清楚，况且我也是那种比较乐于追求精神生活的人，似乎这个职位是为我这样的人而设，因此感觉没必要拒绝。

我去见波尔多先生时，我特意向他说明了一下我的个性，以免任职后他才发现，这样就愧对国王的信任了。我是一个没有记性、没有心机、没有戒备、没有贪念的人，这或许会影响我对事情的判断，而且可能和一些贵族的利益发生冲突，凡此种种都不是我的本意，我不过是认真完成自己的本职工作罢了。而且让我做一些有违我的价值观、世界观和道德观的事情，我一定会予以拒绝，千万不要说我没有礼貌。这也是我和父亲的区别，他认为集体利益高于个人利益，但我不认为这样，总不能为了集体就忘记自我吧，我的心不允许我这样做，我也不想这样做。宽厚、仁慈、友善是我应对人们持有的态度，但如果让我过度地使用这些，我会觉得很痛苦，甚至认为自己完全是人民的公仆，我的思想境界还没有这样的高度。就像前文所说，我有自己追求的东西，不会完全投入到别的事物当中。

我们的信仰和习俗要求我们舍己为人，如果是集体的事物，我们必须积极参与，让自己全身心投入公共事务当中。倡导这种信仰的人，认为人与人之间应该少强调个体问题，应以集体利益为前提，每个人都有为社会、为国家服务的义务。当这些信仰深入人们脑海，我们就像被洗脑一样完全丧失自我，甚至忘记曾经的追求，忘记人生的目标。所有这些，都让我们失去自我，甚至像木偶一样任人摆布。面对这些情况我们要学会紧闭双眼，然后静心思考分析才能逃过这些所谓真理的蒙蔽。

就像帕拉斯神庙中的有些祭神仪式，他们在人们面前展示的一套仪式让我们感觉似乎真有天神，但其实他们暗地里为仪式的顺利进行准备了很多东西。如果我们不深入其中，就很难发现当中的奥妙之处，然后变得"迷信"。所以我们不要让除自己以外的事物动摇自己的决心，因为每个民族为了集体利益都会不惜从学校的课本上或通过其他渠道传播一些所谓的真理和道德品质等。如果我们放弃自己的意志和判断力，它们就会如洪水猛兽般侵蚀我们的大脑，直至影响我们的行为。一切都为了国家利益，一切都为了民族精神，一切都为了公众利益，但从来没有一切都为了自己。所以，我们可以接受这样的教育，但绝不能被这些教育侵蚀我们的大脑，甚至操控我们的行为，否则我们生存的意义是什么呢？如果仅仅为了集体，那么这个人为什么一定要是我呢？只要明智一点，就会发现原来失去了自我，甚至忘记了自我。我们要学会为自己负责任，无论干什么，这是必须的。在我看来，如果一个人连为自己负责任这样的意识都没有，那么又何来民族使命，又何来公众责任？

迷恋总会误导别人。

——斯塔斯

我并不是说国家长期存在的信仰有错误，我自己也参与其中的学习。但我认为自己的思想没必要被这些信仰侵蚀，在必要时我们付出行动就可以了。在人的一生当中，又有多少时刻要求我们奉献自己，这些都是偶尔的行为。在大部分的时间里，我们都是自由的，可以选择追求任何不触犯法律的事情，因此我们必须保持清醒的头脑，让自己不断学习、不断追求、不断地完善自己的行为。清醒的头脑能够使我们随机应变，保持活力，投身于各种自己喜欢的事物当中。但当我们缺乏控制力，把自己的思想和行为都沉浸在一些事物中不能自拔，我们就会发现自己有点疯狂和疯癫，甚至对自己造成伤害。因为他的很多行为都是突发的，从来没有经过思考，甚至可以用冲动妄为来形容。对于这种人，他们自己就是人生的绊脚石，无论用什么办法都不能把它搬离。

就像我有一位朋友，他在某位亲王手下做事，据我所知他的能力超群，很多重大的事情亲王都交给他去完成。但或许因为得到太多的奖赏，让他的思维沉浸在对亲王事情的狂热当中，如果亲王没有命他去完成一些看似重要的事，他就会十分懊恼，甚至对执事者有忌妒之心，久而久之他变得作茧自缚，甚至面对一些事情都不能灵活应对。所以我们要学会让自己保持清醒的头脑，无论对一个事物多么有兴趣也要防止自己深陷其中，避免变得一无是处。另外，我们要学会与心灵对话，因为心灵是人的灵魂，它最清楚你自己现时想要的是什么，然后再和自己现时的行为做对比，你就会发现这些行为与自己的追求相冲突，这样我们就会有意识地避开它、疏离它,让它没有办法侵占我们的心灵,影响我们的行为。

苏格拉底、梅特罗多尔、伊壁鸠鲁、梅托克勒斯等名人不甚追求物质生活,只要能有两餐温饱就很满足。从来都不会羡慕别人的金子有多少,屋子多大多豪华,只要能够有驻足的地方就已知足。

试问有多少人能够做到他们这样,不利欲熏心,不追求金子财富。我经常看到有些人为了获取自己想得到的财富,不惜牺牲自己的自尊。还有一些人习惯了奢华的生活,一旦自己的财富不能满足这种奢华,他们就会到处举债,甚至不惜牺牲自己的健康。如果是我,我不能容忍自己出卖健康,如果真要我这样选择,我宁可失去自己的生命,这样就应该无所求了吧。

我有时会觉得自己觉悟得太迟,如果早一点知道健康的身体是革命的本钱的话,我就不会随便挥霍;如果早一点知道晚年的体力不能够支持我们持续工作的话,我年轻的时候就不会过分透支。如果,可惜这个世界没有多少如果,一切都只能由我们自己做选择,所以凡事最好三思而后行,不要太过分,甚至应该感恩上天赐予我们的恩惠,不要吝啬自己的心,该怎么办就要怎么办。所以我们不要追求太多的东西,按照自己的真实需要去追求,否则我们很容易被贪念侵占心灵,使我们沉浸在一些没有实质用处的地方,浪费自己的精力、浪费青春、浪费时间。人的一生是很短暂的,要学会有所取舍,不要总认为自己有三头六臂,得一想二,这样只会使你一事无成,甚至枉度此生,到了晚年才感慨自己,那就得不偿失了。况且我们没必要暴露自己的缺点在人前,暴露得越多,你就会觉得自己越不幸,最后丧失意志、丧失追求、丧失生命力。这样的人生还有意义吗?

就像有些戏剧演员,他们十分投入角色,即使睡觉也要穿着那件大红袍,然后双手合十,就像自己真是一位传教士一样。我认为没必要这样,演戏不过是给人以娱乐,我们只要在抹上粉的一刻记着自己扮演的角色,然后上台表演就可以了,不用每时每刻都在想着这些事情。造物主让我们担任了很多的角色,演员只不过是工作的角色,我们还有可能是父亲、是老师等。如果每个角色都这样重视和投入,相信你自己也会十分混乱,到最后竟然不知道自己在什么时候是什么角色,这样的生活有意义吗?每一个角色都要求我们学会享受角色带给我们的快乐,如果连这一点都把握不了，当面对更大的事情，相信你也承担不了，甚至被它压垮。

我不会让角色侵占我的心灵，我很难做到那样，因为我一般都会理智分析这些行为的后果，以及如果我担任这个角色会对我有什么好处。我从来都不会刻意地要求自己做到什么程度，要思考到怎样一个深度。每件事物只要我认为可以做，我都会蜻蜓点水般地行动起来，或许人们会说我一点也不专业，对此我不会否认，因为我没想过让自己成为某个学科或某个领域的专家，我只想平平淡淡地生活，不想追求太多的物质，否则我会很苦恼，甚至觉得压力很大。虽说压力就是动力，但过分的压力会让我们喘不过气来，甚至忘记自己涉足这个领域的初衷。所有这些都是我不能允许的，都是我十分抗拒的。

当两个人产生对立时，如果每个人都沉浸在自己关注的事物当中，那么这个矛盾就会升级，最后只会导致两败俱伤。就像庞培和恺撒，一个追求荣誉一个追求职位，但两个人都沉浸在自己的目标中不能自拔，最后产生分歧，导致双方变成敌对关系。那么无论恺撒的军事战略多么优秀，庞培都会认为是他野心的体现；而无论庞培的战术多么完美，恺撒都只会认为一文不值。所以他们都不过是为了维护自己的追求，并没有什么目的，但无论行为多么幼稚，都与他们只关注自己的需求有关。

所以，我们不要过分追求自己的利益，否则只会影响事情的全局，甚至会让人觉得你自私，不会从整体出发。我们要学会掌控自己的追求，而不是让追求掌控我们，否则它一旦侵占了我们的心灵，我们就会变成它的玩偶，任凭它摆布，无论姿势多么丑陋，我们就这样如实地展现在人前。

所以，我们没必要庸人自扰，总是过分地要求自己。另外，我们还要保持触觉灵敏，不要让它变得迟钝，否则，我们很难发现自己已被这些所谓的正当追求控制住。就像第欧根尼为了证明自己不怕寒冷，在冬天里光着身子抱着石像，当有人问他觉不觉得冷时，他竟然说一点也不冷。这句话也暴露了他的缺点，为了展现自己强壮的一面，竟然感觉不到大冬天的阵阵寒风、石像般的冰冻身体。这有点自欺欺人，却无不体现他变得麻木的心。我们要学会痛就说痛，好就说好，幸福就说幸福，伤心就说伤心。没必要掩藏些什么，因为明白事理的人绝对会理解你、不会训斥你、不会讨厌你、不会骂你。

另外，我们要学会分析某些事情的发展方向，一旦发现它的弊大于利，我们就要采取必要的措施避开它。就像考蒂斯国王，有人进贡一些精美的餐具给他，全部都是陶瓷制品，很有民族特色，而且图案十分精美，非现时的一般技术所能够制造出来，因此十分珍贵。但如果用来收藏显得有点浪费，如果用来用餐又很容易打碎。最后国王决定收下所有餐具，逐件欣赏后将其全部打碎，因为他不想因为这些盘子而迁怒于侍从，以免影响自己仁慈的形象。另外居鲁士也曾经历过类似的事件。他受命保护天姿国色的潘德，但他怕自己垂涎她的美色而影响自己的名誉，不惜委托另一位值得信任的能人去完成任务，使自己逃过一劫。难道他们拥有神的能力吗？不是，仅仅因为他们清楚自己的品性，为了不犯下严重的错误而选择避开这些不利于自己仕途的因素。我们要学会了解自己，发现自己的不足和缺陷，然后在遇到可能暴露自己本性的事情时要有目的地避开它，让自己不受这些缺点和不足的控制，这样才能避免那些有可能是灭顶之灾的事情影响到我们。我们是有主观能动性的动物，分清是非黑白，这对我们的人生和自己都是负责任的做法。

这便是一块屹立在大海中的岩石，迎着狂风怒涛，任由天与海向它威胁施暴，它犹自挺立毫不动摇。

——维吉尔

我们除了要学会分析事情的发展趋向外，还应该学会不被外界环境影响自己对事情的判断。在社会生活中，每个人都很难逃离别人的眼睛，每个人都在别人的监视下活动。不要以为地方偏僻就没有人看到你，无论走到哪里，发生在你身上的事情至少都有三方面知道：天知、地知、自己知。所以，要学会不断地规范自己的行为，无论身处何地都能无愧于心。这样我们就能挺直腰板，该干什么就干什么。有些人可能因为嫉妒或者挑剔，看不得别人比他过得好，因此有意无意地中伤别人，甚至作茧自缚地认为别人不如他。当看到他的这些行为针对我们时，只要问心无愧，我们也没必要解释些什么，更没必要为此苦恼。你应该庆幸有人竟然会留意你，他们留意你无非是因为你的优秀引起了他们的注意。所以，一个清楚地知道自己在干什么的人，是不会受到这些流言蜚语的影响的，他们都很喜欢继续自己的行为，让那些不断地中伤自己的人变得哑口无言。我们都是独立的个体，必须学会独立地思考。一件事情如果开头已经知道是一个坏事情或一个坏结果，那么无论你的主观能动性多么强，相信也会于事无补。所以，一旦发现事情的发展不能达到我们想要的结果，我们就要果断抽身，然后重新挑选对我们有利的方向，当然我们应该总结一下之前的经验，这会让我们拥有事半功倍的效果。

当微风尚在禁闭它的森林中瑟瑟作响，那低沉的喃喃声已在警告水手们暴风雨即将来到。

——维吉尔

有时我们为了使事情能够顺利地发展，不得不对有些东西进行取舍，只有舍了才有得。面对这些选择我们必须鼓起勇气，如果不能做到我们就会无所得。我也曾经经历过几次类似的事情，但我没有过分伤心，因为我很明白事情走到这一步不容易，保全全局似乎不是我力所能及的，既然这样，我就会果断选择放弃。也有人问过曾否为此后悔，我可以坦白地说没有，因为得失不是我们能够操控的，只要能够顺利完成目标，损失一点点还是可以接受的。就像一个天真的孩子无所顾忌地告诉别人母亲在法庭上受到的伤害一样，这些对于案件的顺利进行显得十分无关紧要，只要事情最后的结果是好的，我们就不要太计较得失。另外，因为我的家庭背景关系，我经常可以接触那些达官贵人，但我从来都不曾要求他们帮助我什么，因为只要一涉及他们，人们就会怀疑我自身的能力，讽刺我是靠背景关系才能促成某些事。虽然我不大理会他们的想法，但我更喜欢追求心灵的平静。

每件事情在进行之前我们都要认真分析思考，不要因为不好意思就勉强答应。一旦事情发展下来，你想逃避或回避都已经不可能了。我很讨厌一些人，明明知道自己的能力是什么程度，却在别人的怂恿和推举下开始做一些事情。开始的时候或许你觉得没什么问题，但事情往往都不会那么简单，他有你触及不到的高度，你又何必让自己踮起脚跟又或者利用凳子抬高自己的高度来与它保持一致？但无论你使用什么方法都不会长久，长期踮起脚跟难道你不累吗？难道你以为自己仅仅坚持一时半刻就能换来一生的平静吗？如果这样，就只能怪你太单纯。看来你只能被这些事情牵着鼻子走了，并且不得不走。所以不要随意跟别人诉说你多么痛苦、多么不幸，一切都是你咎由自取、自取其辱。或许你会认为我不近人情，但事实摆在眼前，不容得你有半点辩驳。

幸福，属于那通晓事物的根由，蔑视所有恐惧的人，他不屑于无情的命运，还有吝啬的阿舍隆四周的喧哗！幸福，也属于那熟悉乡间神祇的人，潘神、年老的西尔维安，还有水泽中的姐妹女神。

——维吉尔

所以我们一开始就要睁大自己的双眼，看清事情的真面目，比如在事情的婴儿期，我们只看到他幼滑的肌肤，看不到任何毛孔，但随着年纪的增大，他的毛孔会越来越大，让我们即使远距离也能看得十分清楚。所以无论我们怎么努力，怎么弥补，我们都很难恢复到婴儿般润滑。

我有理由惧怕昂头吸引别人的目光。

——贺拉斯

我在担任市长一职时，不时听到别人对我评价。有人说我和善，而且处事公平、公正，但也有人说我有点冷漠，对周围的事情都漠不关心。对于前者的话语我通常不予理会，因为我只对自己的事情负责，不知道什么时候做了什么事情让人们对我有这样的评价。而对于后者的评论，我也不会生气，因为我事实上真有过逃避，面对人们的喧闹我有时很想逃离，希望自己能够独处一下，我在很多文章里说过我喜欢有自己的空间不想受周围事物的影响。但既然是我自愿担任这个职务的，我的行为和能力当然会尽量表现得适合这个职位。我可以对天发誓，我从来没有逃避过这个职位的每一项工作，只要是工作任务我都会以最出色的表现来完成，所以我问心无愧。（以下的内容仅用来证明我的能力与职位相匹配，没有任何炫耀之处）以至我的任期快满时，波尔多先生又作为使者说国王希望我连任。对于这些为集体效力的事情我从来都不会轻视，而且很多时候甚至把自己的私人物品拿来公用。有的人因此评价我在任职期间基本上没有被发现有什么不良记录或瑕疵，可以说天生是当市长的材料。这些都不过是题外话，但可以知道我做事细心，没有贪念，事必躬亲。也正因为这样，我很少对政府的架构或其他制度进行改革，因为我知道难度很大，也不是单靠我个人就能完成。所以为避免自己沉浸其中，过分自负，我尽量让自己对这些事务采取时松时紧的态度，因为如果管得过紧会伤害绝大部分人的利益，因为这些制度已经深入人们的脑海，就像信仰一样；但如果管得较松，人们又会怀疑你的权威性，以致怀疑你的能力。所以，我很少过分地采取行动，只会在这两者中进行平衡，为求达到管理的目的。或许因为幸运，这种方法很适合我当时的情况，让我不留痕迹地把事情处理得干干净净，不会得失任何一个人。所以很多人都希望我继续留任，但这个问题对于我，还是要认真地思考清楚。因为我虽然把事情处理得很妥当，但好像我的个性真是不适合从事这方面职务，应该慎重考虑清楚。

  难道你希望我信赖这猛兽？难道你愿我忘却这平静的海面与宁静的波涛底下可能隐藏着的东西吗？

——维吉尔